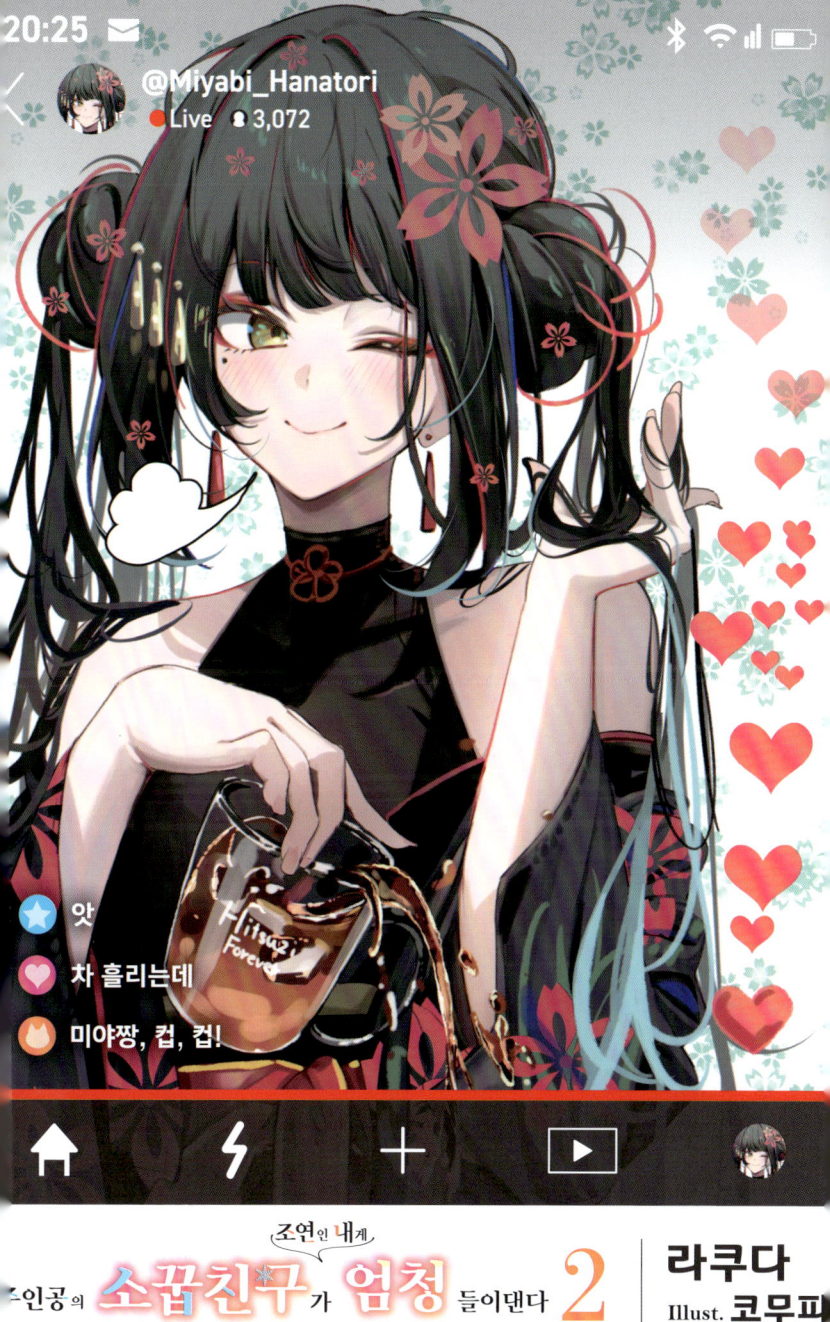

c o n t e n t s

"야호, 이시이! 놀러 왔지롱!"

히다카 미코토

아마다 테루히토의 소꿉친구.
냉담한 『얼음 여왕』……인 줄 알았지만,
카즈키를 위해서라면 무슨 짓이든 하는,
행동파에 적극적인 노력가.

"자, 오빠는 언제든 할 수 있단다."
"징그러워!! 표정이 징그러워어어어어어어어어!!"

히츠지타니 미와

전형적인 히로인 도입 이벤트와 함께
히라사카 고교로 온 전학생.
첫 번째 인생에서는 아마다를 자신의 『기사』로
선택했지만, 아마다가 없는 이번 인생에서는……?

이시이 유즈키

카즈키의 여동생. 카즈키 왈 『천사』.
중증의 시스터 콤플렉스인 오빠 때문에 고생이 많지만,
히다카가 오빠에게 들이대는 건 왠지 마음에 안 드는,
이래저래 마음이 복잡한 중학교 2학년 여학생.

이시이 카즈키

러브 코미디 때문에 한 번 죽었던 남자.
두 번째 인생에서는 최악의 미래를 바꾸는 데
성공했지만, 『바뀌지 않은 미래』에 대한 걱정 때문에
히다카와의 관계는 보류 중.

츠키야마 오지

아마다의 전 절친 포지션이었던 남자. 카즈키가 미래를 바꾼 결과, 어쩐 일인지 카즈키 무리와 어울리는 일이 많아진 『실망 프린스』.

아마다 테루히토

러브 코미디의 주인공임을 자부하는 소년. 카즈키를 모함해서 히다카를 얻으려 했지만 실패. 호된 경험을 통해 생각도 바뀌었는지 새로운 길을 선택하기로.

"테루치……."

"괜찮아, 미와. 내가 지켜줄게."

"스토커는 이미 미와가

이 학교에 다닌다는 것까지 다 알아냈다고 합니다."

우시마키 후우카

예전 아마다의 히로인 중 한 명. 엄청난 짓을 저지른 결과, 교내에서의 위치가 많이 달라지면서 뭔가 곤란한 상황에 처하는데……

이바 코우키

예전 아마다의 히로인 중 한 명. 카즈키가 미래를 바꾼 결과, 그 처지는 많이 달라졌지만 뭔가 꿍꿍이가 있는 것 같기도……?

주인공 의
조연인 내게
소꿉친구 가 엄청 들이댄다 2

조연은 자신이
원하지 않는 것을 믿는다 (1)

꿈을 꿨다……. 미래이기도 하고 과거이기도 한, 그리운 첫 번째 인생의 꿈.

그 시절의 나는 주인공(아마다 테루히토)과의 소소한 교류를 통해 조금이나마 내가 특별한 존재라고 필사적으로 되뇌던 한심한 조연이었지…….

중간고사가 끝나고 함께 어울려 노는 무리도 대충 다 정해진 1학기 말.

슬프도다. 조연으로서의 위치를 확고히 한 나——이시이 카즈키. 평소라면 함께 다닐 조연 동료들이 하나같이 다 감기에 걸려서 결석하는 바람에 혼자 쓸쓸히 식당에서 점심을 먹으려고 하는——데 그걸 그냥 두고 보지 못하는 남자가 있었다.

"이렇게 이시이랑 단둘이 점심을 먹는 것도 오래간만이네."

"나한테 신경 꺼주면 좋겠는데."

아마다 테루히토. 입학 초기에는 나와 똑같은 조연 포지션인 남자였지만 그것도 이젠 과거의 일. 내가 나태한 조연 라이프를 즐기는 동안 아마다는 히라사카 고교에서도 인기 많은 미소녀들과 신기한 인연을 맺어가며 그녀들이 가진 고민을 해결해 주었고, 그 소녀들은 그런 아마다에게 특별한 감정을 품게 되었다. 나랑 같은 조연인 줄 알았는데 러브 코미디의 주인공이었던 셈이다.

"어떻게 친구를 혼자 두냐."

그런 아마다를 시기할 만도 했지만, 곤란하게도 이 남자는 너무 착한 녀석이었다. 늘 미소녀들에게 둘러싸여서 점심을 즐길 수 있으면서도 반에서도 공기처럼 존재감 없는 남자와 단둘이 먹는 점심을 선택할 정도로 말이다.

만약 내가 아마다였다면 그 녀석이 혼밥하게 될 것을 알면서도 죄책감을 외면하고 미소녀들과 함께하는 점심을 택할 것이다. 아마 대부분의 남자라면 그럴 거라 생각한다.

그런데도 아마다는 나를 선택했다. 착한 사람이라는 말이 이 정도로 잘 어울리는 녀석도 없을 것이다.

덕분에 시기심보다는 열등감이 앞섰다.

러브 코미디 주인공의 위치를 확고히 한 것도 다 그 성격 덕분이다.

웬만한 녀석들은 다 포기할 미소녀들의 심각한 고민을 진지하게 마주하고 해결해 줬기 때문에 인간적인 매력으로 미소녀들을 사로잡을 수 있었다.

나라면 절대 그렇게 못 했다. 아마다이기에 가능한 위업이다.

"……땡큐."

큰 열등감을 작은 감사의 마음으로 가린다. "신경 쓰지 말라니까 그러네"라고 웃으며 대답.

조금이라도 짜증 나는 녀석이었으면 함부로 대할 수 있을 텐데.

이런 생각을 하기 때문에 나는 조연이고 아마다는 주인공인 거다.

"어떤 의미에선 좋은 타이밍이었어. 얼마 전까지 진짜 힘들었거든……."

리스트 밴드를 찬 오른손으로 턱을 괴더니 살짝 지긋지긋하다는 듯 한숨을 쉬는 건 본인의 말대로 어제까지 아마다가 떠안고 있던 큰 문제가 그 원인이다.

이유는 모르지만 히다사카 고교에선 러브 코미디 이벤트가 빈번하게 발생한다.

그리고 아마다는 어김없이 거기에 말려든다. 역시 러브 코미디의 주인공.

지금까지 슬럼프에 빠진 육상부 에이스(미소녀), 낯을 많이 가려서 친구가 없는 아이(미소녀), 울렁증 때문에 힘을 발휘하지 못하는 반장(미소녀) 등 다양한 러브 코미디 히로인들의 문제를 해결해 온 아마다였지만, 이번 러브 코미디의 문제는 지금까지와는 비교도 안 될 정도로 심각했다.

"버추얼 아이돌은 여간 힘든 게 아닌 것 같아."

"그러게. 응, 진짜 그래……."

계기는 전학생. 얼마 전에 히츠지타니 미와라는 미소녀가 우리 반으로 왔다.

누구와도 격의 없이 얘기하는 소탈하고 밝은 성격을 가진 히츠지타니는 전학 오자마자 수많은 남학생의 마음을 빼앗으며 일약 인기인의 자리에 올랐다. 물론 나도 그중 한 명.

나 같은 조연에게도 싹싹하게 말을 걸어주는 미소녀 전학생. 아마다에 대한 선망 때문일까. '혹시 나한테도 러브 코미디의 기회가 온 건가'라는 기대도 했다.

물론 그럴 리는 없지만.

그리고. 으레 그렇다고 해야 하나, 운명이라고 해야 하나. 당연히 히츠지타니에게는 큰 비밀이 있었다.

바로 미소녀 여고생인 동시에 100만 명이 넘는 구독자를 가진 인기 스트리머라는 사실이다. 물론 얼굴을 공개하고 활동했던 건 아니다.

3DCG로 만든 캐릭터에 자신의 목소리를 입힌…… 버튜버로 활동.

그런 인기 스트리머인 히츠지타니 미와가 우리 학교로 전학을 온 건 심각한 이유가 있어서였다.

스토커 문제.

얼굴을 숨긴 채 활동했는데도, 열혈 팬이 히츠지타니의 방송에서 정보를 모아 인기 버튜버의 정체가 히츠지타니라는 사실을 밝혀낸 것이다.

그리고 히츠지타니는 그 스토커로부터 도망치기 위해 히라사카 고교로 전학을 왔다.

털털한 미소녀의 큰 비밀. 평소엔 밝은 히로인이 뒤에서는 공포에 질려 떨고 있었던 셈이다.

스토커가 너무 무서운 나머지 자신이 사는 곳이 특정되지 않도록 어쩔 수 없이 그렇게 좋아하던 인터넷 방송까지 그만둔 히츠지타니. 이제는 괜찮을 거야. 이러면 스토커가 찾아내지 못하겠지.

하지만 그 작전은 실패. 쓸데없이 열정적인 스토커는 전학 간 학교까지 쫓아왔다.

여기서 아마다가 나선다. 히츠지타니에게 도와달라는 요청을 받은 아마다는 절친인 츠키야마, 다른 히로인들과 함께 이 문제에 개입했다.

"이시이도 협력해 줘서 고마워."

"난 거의 한 것도 없는데, 뭐."

이번 일은 내용이 내용이다 보니 아마다도 평소의 멤버만으로는 해결하기 어렵다고 판단했는지 반 전체에 도움을 구했다.

남학생들은 전원 참가. 여학생들은 전원 불참가.

히츠지타니에게 멋진 모습을 보여주고 싶은 남학생들은 의기양양하게 참여를 결정했지만, 스토커에게 겁을 먹은 여학생들은 (카니에를 제외한) 전원 참가하지 않겠다는 의사를 밝혔다.

물론 그 남학생들에 포함된 나도 참가. 그렇지만 딱히 대단한 일을 한 건 아니다.

다른 조연 동료들과 함께 히츠지타니가 다니는 통학로에 아무것도 모르는 얼굴로 서 있다가 스토커가 나타나면 보고 하는 역할. 그리고 내가 있던 곳에 스토커는 나타나지 않았다.

히츠지타니가 단톡방에 올린 스토커의 얼굴 사진을 필사적으로 머릿속에 새겨뒀는데, 참 슬픈 이야기다.

따라서 아무것도 안 한 것이나 마찬가지인 셈이었다. 절대적으로 안전한 곳에서 혹시라도 활약을 펼치게 되면 히츠지타니가 특별한 감정을 가지게 되진 않을까 하는 야비한 속셈을 가지고 참가한 게 전부인 존재이다.

결국 최종적으로는 아마추어의 대대적인 스토커 체포가 아니라 프로이자…… 공권력을 가진 경찰의 힘을 빌렸지만, 어쨌든 스토커 퇴치에는 성공했다.

경사로다, 경사로다. 이렇게 해서 또 하나의 문제가 해결―.

"스토커 하나로 끝났으면 좋았을 텐데……."

되었다면 좋았겠지만 그렇게 뜻대로 되진 않았다.

무려 이 사건에는 후속편이 있었다.

우리 학교로 전학을 온 후부터는 방송을 그만둔 히츠지타니의 현재 주소를 스토커가 어떻게 알아냈는지 의문이었는데, 그 정보를 흘린 인물이 따로 있었던 것이다.

심지어 그 범인은 우리와 같은 히라사카 고교에 다니는 다른 반의 여자 동급생.

그 여학생은 히츠지타니처럼 버튜버로 활동했다는데 성과가 별로 좋지 않아서 구독자 수는 50명도 채 되지 않는다고 했다.

그런 와중에 히츠지타니가 전학을 왔고 목소리를 듣고 인기 버튜버라는 사실을 알아차린 그 여학생은 질투에 눈이 멀어 스토커에게 히츠지타니의 정보를 흘렸다. 그것도 사적인 이득을 챙기는 형태로.

그 여학생은 히츠지타니의 정보를 스토커에게 돈을 받고 팔았던 것이다.

그래서 스토커는 히츠지타니가 전학을 온 학교가 어디인지도 특정할 수 있었다.

제3자인 나는 얘기만 들어도 복잡하고 귀찮은 내용이다.

그러니 이 사건의 해결에 앞장섰던 아마다는 얼마나 많이 고생했을지 눈에 선했다.

"그러고 보니, 그 자식은 전학 갔지?"

내 질문에 아마다는 씁쓸한 표정을 지었다.

"어……. 가능하면 원만하게 끝내고 싶었는데……."

최종적으로 정보를 흘린 여학생은 자신의 혐의를 부정했지만, 이미 증거가 다 있었기 때문에 아무도 믿어주지 않았다. 게다가 남녀 가리지 않고 모든 학생의 비난이 쏟아지자 정신적인 압박을 견디지 못하고 결국 히라사카 고교를 떠났다. 바로 이렇게 뒷맛이 조금 씁쓸한 결말이 이번에 일어난 문제다.

"아마다 네가 걱정할 일은 아니잖아."

잘못한 건 히츠지타니의 정보를 흘린 여학생이다.

"그나저나 그렇게 골치 아픈 일에는 왜 끼어든 거냐?"

"힘들어하는 걸 보고 어떻게 그냥 놔둬."

역시 러브 코미디의 주인공. 닭살 돋는 대사를 아무렇지도 않게 내뱉다니.

"그리고 살짝 도전해 보고 싶은 마음도 있었어. 내 힘이 어느 정도까지 통하는지."

굉장히 주인공스러운 말이다. 아마다 말고 다른 사람이 이런 말을 했다면 다들 비웃었을 것이다.

멍하게 그런 생각을 하고 있는데 맞은편 자리에 한 여학생이 앉았다.

"앗! 미코토!"

누구인지 확인하자마자 반갑게 외치는 아마다.

그럴 만도 하다. 러브 코미디의 주인공인 아마다 테루히토의 소꿉친구이자 그가 진짜 좋아하는 여자.

히다카 미코토가 우리 맞은편 자리에 앉았으니 말이다.

그런데 왠지 평소보다 기운이 없는…… 것 같다고 해야 하나, 풀이 죽어 보였다.

괜찮아? 무슨 일 있으면 내가 힘이 되어줄게.

용기를 조금 내서 그런 말을 걸어 볼까 하는 생각도 했지만.

"괜찮아? 무슨 일 있으면 내가 힘이 되어줄게."

아마다가 한발 먼저 말했다. 이럴 때 한 박자 늦는 것도 내가 조연인 이유다.

"말 걸지 마."

"읏! 미안……."

큰일 날뻔했네~. 러브 코미디의 주인공인 아마다에게도 이런 태도인데, 하물며 조연인 내가 같은 말을 했다면 더 심한 꼴을 당했을 게 뻔하다.

날카로운 눈빛에 차가운 목소리. 그야말로 얼음 여왕에 어울리는 행동.

"……."

왠지 히다카가 굉장히 무서운 눈으로 나를 보고 있는 것 같은데, 기분 탓일까?

넌 존재 자체가 방해되니까 어디 다른 곳으로 꺼지라고 말하는 건가?

자, 어떻게 할까?

"아~, 저기…… 미코토. 그 아이, 못 도와줘서 미안해."

포기를 모르는 강철 멘탈을 가진 아마다의 말에 그제야 히다카가 왜 기운이 없는지 알 수 있었다.

히라사카 고교에서 친구라 부를 만한 존재가 없는(정확히 만들지 않는) 히다카였지만, 딱 한 명, 우호적인 관계를 맺고 있던 여학생이 있었다.

하지만 불행히도 그 여학생은 히츠지타니의 정보를 흘린 범인이었다.

자기 친구가 나쁜 일에 가담했고 결국엔 도망치듯 전학을 가고 말았다.

이것은 분노일까, 낙담일까, 외로움일까……. 어쨌든 다양하게 뒤섞인 감정으로 인해 히다카는 기운을 잃은 것이리라.

혹시 혼자 있는 게 힘들어서 아마다에게 도움을 구하려고 이곳에 온 건가?

원래는 아마다와 둘이 함께 있으며 이야기할 생각이었지만 훼방꾼이 있었다.

그런데도 어떻게든 되지 않을까 하는 생각에 억지로 우리가 있는 곳으로 온 것이다.

"저기, 아마다. 난 이만 가볼게……."

조연이 러브 코미디를 방해하는 일은 결코 있어선 안 된다.

내가 할 수 있는 일이라곤 분위기를 파악하고 주인공과 히로인만 있을 수 있는 자리를 만들어주는 것뿐이다.

나는 자리에서 일어나 얼른 식당에서 나가려 했다.

"어? 아, 잠깐, 이시이. 나도 같이 가!"

이 자식아, 분위기 파악 좀 해. 내 배려를 헛되게 할 생각이냐고.

아마다가 허둥지둥 일어나더니 내 귀에만 들리게 말했다.

"괜히 신경 안 써줘도 돼."

제길……. 하여간에 착해빠진 놈…….

한심한 조연인 나는 아마다의 다정함을 마음껏 누리며 둘이 함께 식당을 뒤로했다.

그런 우리(정확히는 나)를 히다카가 소름 끼치게 무서운

눈으로 노려보는 바람에 나도 모르게 걸음이 조금 빨라진
건 비밀로 해두자.

　히다카는 엄청난 미인이지만 너무 무서운 걸 어떡해…….

제1장

우자는 과거를,
현자는 현재를,
조연은 미래를 이야기한다

"……으음."

아침에 눈을 뜨니 제일 먼저 눈에 비치는 건 낯익은 천장. 익숙한 내 방의 모습.

나──이시이 카즈키는 예전까지만 해도 특별할 것 하나 없는 인생을 사는 조연이었다.

그런 내 인생을 완전히 뒤바꾼 전환점은 종언과 함께 찾아왔다.

내 죽음이 방아쇠가 되어 시작된 두 번째 인생. 지독한 괴롭힘, 가족의 상실, 모든 것이 싫어진 나는 열일곱 칠석날에 스스로 목숨을 끊었다. 원래라면 그것으로 끝이어야 했는데 정신을 차리고 보니 열다섯…… 고등학교 1학년 입학식 날로 타임슬립을 했다.

새로 시작한 두 번째 인생.

첫 번째 인생과 똑같은 실수를 하지 않으려고 행동하는 가운데 나는 여러 사실을 알게 되었다.

『얼음 여왕』이라 불리는 히다카 미코토는 조금(?) 과한 면이 있긴 해도 내겐 유일한 아군이라 할 수 있는 든든하고 다정한 존재이자, 무려 내게 특별한 감정을 품고 있었다.

그리고 소중한 친구라 생각했던 아마다 테루히토는 소꿉 친구이자 좋아하는 사람이기도 한 히다카 미코토의 진심을 알고 있었으며 오직 히다카를 수중에 넣기 위해 나와 가짜 우호 관계를 맺었고 첫 번째 인생에서는 주위 사람들을 이용해서 나를 모함에 빠뜨렸다.

우연과 필연에 의해 아마다의 속셈을 안 나는 이번……두 번째 인생에서는 절대 저번과 같은 전철을 밟지 않기 위해 아마다와 싸우는 길을 선택했다.

그리고 최종적으로는 승리를 거두고 아마다의 악행을 낱낱이 드러내는 데 성공했다.

첫 번째 인생보다 압도적으로 파란만장한 두 번째 인생.

나는 온갖 고난과 역경을 이겨내고 미래를 바꾸었다.

지금으로부터 약 2년 후, 나와 우리 가족이 목숨을 잃는 최악의 미래를 바꾼 것이다.

——물론 아직 확정되었다고 단정할 순 없지만.

"그러고 보니 슬슬 그 시기가 다가오네."

잠에서 깨기 전에 꾼 꿈은 첫 번째 인생에서 나와 아마다가 나눈 대화.

히라사카 고교는 이상할 정도로 러브 코미디 이벤트가 대량으로 발발했으니 말이다.

첫 번째 인생의 내게는 과거이며 두 번째 인생의 내게는 미래에 일어날 일이다.

뭐, 괜찮겠지. 그보다 빨리 일어나자. 학교에 지각할 순 없다.

그렇게 판단한 나는 침대에서 상반신을 일으켰다.

그리고 아무 생각 없이 옆을 확인했는데,

"언제든 할 수 있어."

자신감 넘치는 표정을 한 히다카가 정자세로 앉아서 나를 보고 있었다.

히다카 미코토는 엄청난 미인이다. 단정한 이목구비에 균형이 잘 잡힌 몸매. 손목에 찬 리스트 밴드가 교복 소매 사이로 보이자 조금 쑥스러운 기분이 들었다.

신뢰하는 사람에게는 우호적으로 대하지만 그렇지 않은 사람에게는 상당히 무뚝뚝한 대응.

그 매정한 모습 때문에 붙은 별명은 『얼음 여왕』.

그런 얼음 여왕님께서 이유는 모르겠지만 내 방에 떡하니 자리를 잡고 앉아 계셨다.

"언제든 할 수 있어."

다시 똑같은 말.

보충 설명을 하자면 나와 히다카는 함께 사는 게 아니다.

히다카의 집은 전철까지 포함해서 30분 정도 걸리는 곳에 있다.

그런데도 스토…… 아니, 적극적인 노력가(본인 주장)인 이 여자는 단 하루도 빼먹지 않고 아침마다 우리 집에 출근 도장을 찍고 있었다.

그리고 결국엔 아침 댓바람부터 내 방까지 올라오게 된 건가…….

"뭘 말인가요?"

어차피 시답잖은 거겠지. 그래도 한 가닥 희망을 품고 물었다.

"아침 뽀뽀."

한 가닥 희망은 사라졌다.

"사양하겠습니다."

정중하게 거절하고 침대에서 일어났다. 옷을 갈아입어야 하니까 좀 나갔으면 좋겠다.

하지만 히다카는 그 자리에서 꼼짝도 하지 않은 채, 침대에서 일어난 나를 긴 속눈썹을 팔랑거리며 올려다보고 있었다. 여기까지만 했다면 얼마나 귀여웠을까.

"그럼, 칭찬의 뽀뽀로 봐줄게."

입술을 쭉 내밀자 우스꽝스러운 가면을 쓴 것 같은 얼굴로 변신.

아무리 미인이라도 괴상한 표정을 지으면 못생겨진다는 쓸데없는 깨알 지식을 손에 넣었다.

"무슨 칭찬?"

"잠들어 있는 카즈뽕에게 몰래 키스하지 않으려고 꾹 참았거든. 나 잘했지?"

우스꽝스러운 가면에 의기양양한 표정까지 더해졌다.

"맘대로 내 방에 들어오면서 다 상쇄됐어."

"그건 아니야. 허락받고 온 거라구."

"누구한테?"

"아버님과 어머님."

제발 부탁할게요, 패밀리 여러분. 아들 좀 지켜주세요.

나도 모르게 천장을 올려다보고 있자 탁탁탁, 활기찬 발소리가 복도에서 울려 퍼졌다.

"미코 언니! 왜 멋대로 카즈 방에 들어가 있어?!"

문을 여는 호쾌한 소리. 내 방으로 들어온 사람은 나의 천사이자 여동생인 이시이 유즈키.

새침하게 화난 얼굴과 몸짓이 너무 사랑스러워서 어쩔 줄 모르겠다.

좋아. 아침 뽀뽀를 해야지.

"좋은 아침, 유즈키. 오빠는 언제든 할 수 있단다."

"뭐를?"

"아침 뽀뽀. 받는 쪽도 괜찮고 하는 쪽도 상관없어."

일단 있는 힘껏 입술을 오므렸다.

"징그러워!! 표정이 징그러워어어어어어어어어!!"

아아, 천사의 미성이 울려 퍼지는구나. 난 참 행복한 사람이야.

오늘도 유즈는 너무 귀엽다. 어째서 이렇게 귀여운 걸까?

"이제 알겠지, 히다카. 그런 표정은 다들 징그럽다며 싫어해."

"즉 내 우스꽝스러운 얼굴과 카즈뽕의 우스꽝스러운 얼굴을 합체시키면 마이너스와 마이너스가 곱해져서 플러스가 된다는 뜻?"

아니다. 그런 뜻이 아니다.

"무슨 말도 안 되는 소리를 하고 있어? 자, 미코 언니, 얼른 일어나."

"그건 좀 힘들 것 같은데."

"뭐어~?"

유즈의 의아해하는 목소리. 그 의문에 히다카는 말이 아니라 행동으로 보여줬다.

정자세 그대로 옆으로 털썩 쓰러진 것이다.

"다리가 너무 저려……."

도대체 언제부터 내 방에 있었던 거지……?

"하아……. 도대체 내가 왜……. 그럼, 그냥 끌고 간다?"

유즈가 히다카의 두 손을 꽉 잡았다.

"가능하면 카즈뽕의 공주님 안기를……."

"안 돼!"

그런 말을 하면서 내 방에서 질질 끌려 나가는 히다카.

내 두 번째 인생은 첫 번째 인생과는 많은 부분에서 달라져 있었다.

잠에서 깨자마자 우스꽝스러운 얼굴의 습격이라는 기상천외한 아침을 마친 후, 옷을 다 갈아입은 나는 계단을 내려가서 1층으로. 가족에 수상쩍은 인물까지 더해진 다섯 명이 식탁을 둘러싸고 앉아서 아침을 먹었다.

자리 순서는 제일 상석에 아빠, 나와 유즈가 그 바로 옆이고 바로 맞은편에는 히다카와 엄마.

히다카가 처음 왔을 때와 비교하면 자리 위치에 조금 변화가 생겼다.

"음~! 이 고기 조림, 맛있네! 카즈키는 어때?"

고기 조림을 먹더니 누가 봐도 부자연스럽고 과장된 리액션을 하는 우리 아빠.

노리는 게 뭔지 훤히 다 보였지만, 솔직하게 대답한다.

"맛있어. 그런데 평소랑 조금 다른 것 같아."

"그렇다는구나, 미코토!"

내 대답을 듣자마자 웃는 얼굴로 히다카에게 패스하는 아빠.

이 불청객은 우리 가족을 이미 다 구워삶아서 어느새 나를 제외한 세 명은 히다카를 성이 아니라 이름으로 부르게 되었다.

"너무 기뻐요……."

이게 내 방에 침입해서 괴상한 표정을 짓던 사람과 동일 인물이라니. 다소곳한 태도로 미소 짓는 히다카. 나에게는 적극적인 히다카지만 우리 가족과 지낼 때는 평소와 달리 상당히 조신하다. 일부러 자제해서 그런 건 아닌 것 같고.

뭐라고 해야 하나, 행복을 음미하는 것 같은…… 아, 눈이 마주쳤다.

"다 함께 먹으니까 맛있는 것 같아."

"……읏! 그, 래…….."

깜짝이야. 갑자기 다정하게 미소 지으니까 심장이 터질 뻔했잖아.

"여보, 여보. 이거 예사롭지 않은 분위기 맞지? 혹시, 혹시 그건가?!"

"당신이 쓸데없는 말만 안 했어도 그랬겠지."

"아, 그건 안 되겠는데! 난 쓸데없는 말을 안 하고는 못 사는 사람이잖아!"

엄마에게 핀잔을 듣고도 껄껄 웃으며 넘기는 아빠.

첫 번째 인생에서는 잃었지만, 두 번째 인생에서는 지켜 낼 수 있었던 당연한 일상.

첫 번째 인생에서 우리 가족은 모두 목숨을 잃었다. 아마다가 꾸민 계략에 빠져서 러브 코미디에 휘말린다는 어이없는 이유로 나 혼자만이 아닌 다른 가족들까지 죽었다.

그렇지만 두 번째 인생에서는 더 이상 그렇게 될 일이 없다.

두 번째 인생에서는 아마다가 숨기고 있던 본성을 드러내면서 더 이상 러브 코미디를 즐기지 못하게 되었다.

나와 우리 가족, 그리고 히다카도 아마다의 러브 코미디에 휘말릴 일은 없어졌다.

그 덕분에 앞으로도 가족들과 함께하는 당연한 시간을 누릴 수 있다.

나 혼자서는 이런 미래를 손에 넣지 못했을 것이다. 히다카가 도와줬기 때문에…….

"카즈, 고기 조림만 먹지 말고 거기 있는 계란말이도 좀 먹어봐."

내가 쑥스러워하며 히다카를 보고 있자 옆에서 천사의 목소리가 울려 퍼졌다.

뭐, 계란말이라고?

"이, 이건……! 유즈가 만든 계란말이! 굉장해, 유즈!"

"그래, 맞아. 나도 요즘은 집안일도 꽤 거들고 있거든……."

우리 천사는 어쩜 이렇게 부지런할까. 히다카가 우리 집에 와서 아침 식사 준비를 돕기 시작하면서 유즈도 함께 거들게 되었지.

아직은 살짝 서툰 것 같지만, 그 점이 더 좋다. 나도 모르게 눈물이 차오르기 시작했다.

"크흑! 아직 먹지도 않았는데 짠맛이 나!"

"카즈, 호들갑 좀 그만 떨어……."

"그럴 순 없지! 유즈가 새벽 4시에 일어나서 몇 번이나 실패를 거듭하며 만든 계란말이잖아. 어떻게 감동을 안 할 수 있냐고!"

"그걸 어떻게 알았어?!"

"홋……. 나 정도 유즈 마스터가 되면 유즈가 잠에서 깨는 순간에 덩달아 깨게 되어 있는 법. 새벽 4시에 유즈가 혼자 몰래 주방에서 연습하는 걸 확인했지. 실패를 거듭하며 분해하는 모습을 보고 '아아, 안아주고 싶다'는 욕망에 사로잡혀서 결국엔 욕망이 이끄는 대로 행동할까 봐 폐가 되지 않도록 다시 방으로 돌아가 침대에서 잤어."

"늦잠 잔 원인이 그거야?!"

유즈를 생각하면서 잤는데도 꿈에 나오지 않는다니.

신이시여, 어찌하여 이렇게 잔인하십니까.

◇ ◇ ◇

늘 그렇듯 유즈의 욕과 경멸하는 시선을 받은 후에야 집에서 출발.

최근 들어 히다카와 친해진 유즈는 매일 한 번도 빼먹지 않고 손을 잡고 역까지 걸어간다.

그 바람에 내가 유즈와 손을 못 잡게 되었다. 히다카가 부러워 죽겠다.

"미코 언니, 요투베 봐?"

"보지. 시간도 때울 수 있고 공부에도 도움이 되니까."

요투베는 동영상 공유 서비스의 별칭이다. 영어를 그대로 일본어로 읽어서 요투베.

일반인과 연예인, 기업 모두 자신이 만든 영상을 자유롭게 올릴 수 있는 편리한 서비스이지만 그만큼 눈에 띄고 싶어 하는 이상한 인간도 가끔 나타난다. 간장을 핥는 영상도……

아, 이건 다른 곳에 올라왔나?

"오~. 보통 어떤 거 봐?"

"요리랑 침입 관련 영상."

"전자와 후자의 차이가 어마어마해!"

"괜찮아. 요즘은 후자 쪽은 잘 안 보거든. 그래서 말인데, 재미있는 영상 좀—."

"당연히 있지!"

신나서 외치는 유즈. 처음부터 자기가 즐겨 보는 영상을 히다카에게 보여주려는 속셈이었나 보다.

그런데도 솔직하게 말하지 못하는 걸 눈치챈 히다카가 자연스럽게 유즈의 말을 끌어냈다.

하아, 우리 천사님은 배려심이 깊어서 문제라니까. 그런데 왜 나한테는 추천해 주지 않는 거지?

"어떤 건데?"

"미야비 채널의 하나토리 미야비!"

"유즈?!"

"와앗! 갑자기 왜 그래, 카즈?"

생각지도 못한 유즈의 말에 나도 모르게 외쳤다.

하나토리 미야비라고? 하필이면 유즈가 하나토리 미야비에 빠져 있다니?!

첫 번째 인생에서는 몰랐던 정보다.

"유즈, 하나토리 미야비가 최애야?"

"음~. 최애까지는 아니고 그냥 재미있어서 보는 거야. 도움이 되는 말도 많이 해줘서 잡담 코너도 꽤 괜찮고, 가끔 하는 PON도 엄청 웃겨."

PON이란 일본어 폰코츠(허당)에서 온 말로 스트리머가 방송 중에 무심코 저지르는 실수의 총칭이다.

그리고 보니 하나토리 미야비는 방송 중에 자주 PON을 저지르곤 한다. 하지만…….

"저기, 다른 스트리머는 어때? 하나토리 미야비의 PON 은 호러 게임에서 소리를 질러서 바로 게임 오버되거나 게임 시작 전에 물을 엎질러서 소리 지르기, 가습기에 물을 안 넣고 사용하기 등…… 기분 탓인지, 어디선가 들은 것 같은 PON을 의도적으로 하는 느낌이……."

"뭐어? 뭐라는 거야, 카즈. 유명한 걸 당당하게 베끼는 뻔 뻔함과 들키지 않은 줄 아는 얄팍함이 바로 미야비의 PON 이야. 진짜 뭘 모른다니까~."

할 수만 있다면 유즈가 하는 모든 일을 긍정해 주고 싶다.

그렇지만 하나토리 미야비는…….

"미야B의 팬들도 그런 PON을 즐기는 거야. 아, 미코 언 니, 미야B는 『워너비』와 『미야비』를 섞어서 만든 말이야. 미 야비를 응원하는 사람들이란 뜻이지."

"그렇구나. 그럼 나도 한번 볼게."

"아싸! 다음에 둘이 함께 감상도 나눴으면 좋겠어!"

나라는 존재는 없는 것처럼 즐겁게 대화를 나누는 유즈와 히다카.

최애가 아니라 방송이 재미있어서 보는 것뿐이라면…… 괜찮, 겠지?

"그럼, 난 간다! 카즈, 미코 언니한테 이상한 짓 하지 마."

그 말을 끝으로 발걸음도 가볍게 우리와 헤어져서 가는 유즈.

그러자 남겨진 히다카는 들뜬 모습으로 나를 향해 손을 내밀었다.

"카즈뽕, 가자."

"왜 내가 손을 잡을 거라고 생각하지?"

히다카가 내민 손목 사이로 리스트 밴드가 살짝 보이자 조금 쑥스러웠지만, 유즈가 한 말을 떠올리고 손을 잡진 않는 나.

아침마다 있는 연례행사인데 거의 매번 거절당하면서도 히다카는 포기할 줄을 몰랐다.

"괜찮아, 카즈뽕. 손을 잡는 건 이상한 짓에 들어가지 않아."

"들어가시 않더라노 내가 해야 할 이유가 되진 않지."

"홋. 맞는 말이야. 그래도 난 성장했어."

"도대체 무슨 성장을 어떻게 하면—."

"이 손에는 방금까지 잡고 있던 유즈의 온기가 남아 있어."

"……읏! 이, 이 자식……!"

듣고 보니 맞는 말이잖아! 제길! 난 왜 그렇게 중요한 일을!

"카즈뽕이 필요 없다면 나 혼자 즐기지, 뭐…… 어떻게 할래?"

"마, 마음대로 해……."

"응!"

젠장. 이 여자, 착실하게 성장하고 있긴 한 것 같다…….

◇ ◇ ◇

"그나저나 너희는 언제 사귈 거냐?"

점심시간. 식당의 야외 테이블 맞은편에 앉은 츠키야마 오지가 기괴한 질문을 던졌다.

눈앞에 펼쳐져 있는 건 꽃놀이에나 가야 볼 수 있는 호화로운 찬합.

인기를 좀 얻어 보려고 부모님의 돈으로 고급 도시락을 사서 반 아이들에게 나눠 주려고 했다는데 멋지게 거절당했다고 한다.

그래서 혼자선 다 못 먹어서 식당 야외 테이블에서 우리에게 선심을 쓰고 있는 중이다.

"실망이, 아주 잘 말했어. 이 자리에 있는 걸 허락하지."

히다카가 뻔뻔하게 말했다.

"황공하옵니다! 가 아니라 여긴 식당의 야외 테이블이라고! 누구나 올 수 있는 곳이야!"

미남에 공부는 물론 운동도 잘하고, 사장님 아들이라 돈도 많은 초절정 고스펙인 주제에 성격에 아쉬운 점이 많아서 붙은 별명이 『실망 프린스』.

오늘도 평소처럼 막된 취급을 받고 있다.

"츠키의 말도 일리는 있어. 나도 같은 의견이고."

"저도 그래요."

뒤이어 발언한 사람은 예전에 아마다의 히로인으로 나를 모함하려 한 우시마키 후우카와 이바 코우키. 최근 들어 츠키야마와 이바, 그리고 우시마키가 종종 점심 식사 자리에 함께하곤 한다.

그런데 초기 아마다 히로인 세 소녀…… 통칭『쓰리 스타즈』의 마지막 한 명, 카니에 코코로는 없다.

내성적인 성격 때문에 오해를 받아서 같은 반 여학생들과 어울리지 못했던 카니에는 최근에는 오해가 풀려서 같은 반 아이들과 지내는 시간이 많아졌다.

그래서 지금까지 함께 지냈던 이바, 우시마키와의 사이는 소원해졌다.

그렇다고 껄끄러운 사이는 아니지만, 아마다라는 공통 목표가 사라지면서 함께 어울릴 기회도 줄었다고 한다. 여자들은 내 생각보다 더 냉정한 것 같다.

뭐, 그건 그렇다 치고.

"너희는 무슨 면목으로 여기 있는 거야?"

같은 반인 츠키야마는(아슬아슬하게) 괜찮다 쳐도 이바와 우시마키는 다른 반.

게다가 이 녀석들은 아마다의 앞잡이가 되어 나를 지옥에 빠뜨리려 한 망할 여자들이다.

이용당한 불쌍한 존재이기도 하지만, 악마도 두 손 들 정도로 엄청난 악행을 저질렀기 때문에 동정심이라곤 조금도 들지 않았다.

"이시이, 과거에 너무 사로잡혀 있는 건 좋지 않아요. 과거는 잊고 사이좋게 지내도록 하죠."

"닥쳐, 속이 시커먼 악마야. 홀랑 속아 넘어 가놓고 어디서 거들먹거리고 있어?"

언뜻 보면 우아한 반장인 이바. 이 여자는 첫 번째 인생에서 나를 지옥으로 밀어 넣은 극악무도한 인간이다.

아마다 문제가 해결되었다고 해도 옛날의 원한을 다 용서한 건 아니다.

두 번째 인생에서도 나를 모함하려고 했었고.

"윽! 꽤 단호하게 말하네요…….."

"하하하! 하긴 히메는 속이 시커메서 경계할 만도 하지! 그런 반면 나는―."

"너도 똑같아, 이 변태녀."

어디서 자기는 괜찮은 것 같은 표정을 짓고 있지?

두 번째 인생에서는 네가 제일 말도 안 되는 짓을 저질렀잖아.

오히려 그나마 정상이었던 건 이 자리에 없는 카니에다.
……정상이라서 여기 없는 건가?

"쳇! 누구더러 변태라는 거야!"

두 손으로 테이블을 짚더니 새빨간 얼굴로 외치는 우시마키.

네가 변태가 아니면 누가 변태냐. 아무리 아마다에게 이용당한 거라 해도 나를 도촬범으로 몰기 위해 진짜 속살을 드러내고 사진을 찍은 여자가 뭐라는 거야?

"애당초 그건 히메가······."

"계획을 세운 건 나지만 실행에 옮긴 건 모카잖아요? 한심하긴······."

"왜 내가 다 잘못한 것처럼 말하는 거야! 그나저나 그 사진은 지운 것 맞지?"

자기가 찍게 해놓고 삭제를 바라다니, 새삼 확인해서 어쩌자는 건지 모르겠다.

무엇보다 내 스마트폰에는 우시마키가 옷을 갈아입는 사진 따윈 들어있지도 않았다.

그럴 줄 알고 사전에 츠키야마와 스마트폰을 바꿔서 들고 있었으니까.

"몰라. 츠키야마에게 물어봐."

"안심해. 일부 남학생들이 돈을 줄 테니 양도하라고 했지만 거절했고 사진도 지웠으니까."

"지, 진짜지? 돈에 눈이 멀어서 사실은······."

"너한테 상처를 주면서까지 돈을 벌 생각은 없거든. 게다가 아버지한테 말하면 돈이야 얼마든지 받을 수 있고."

역시 실망 프린스. 뒷부분만 없었으면 완전 멋졌는데······.

성격에 아쉬운 부분이 많은 츠키야마이지만, 그래도 정의감은 강한 녀석이다.

사진을 지웠다는 말은 사실일 것이다. 나라면 남겨두고 협박용으로 사용했을 텐데.

"다행이다……."

츠키야마의 말을 듣더니 휴우 하고 안도의 숨을 내쉬는 우시마키.

현재 이 녀석들은 무해한 존재이지만, 언제 어떤 상황에서 이를 드러낼지 모른다.

솔직히 지금도 경계를 늦추지 않고 있다. 나한테 접근하는 이유도 모르겠고.

"그런데 너희가 왜 여기 있냐?"

결국 궁금했던 질문을 던졌다. 이바와 우시마키 모두 미소녀에 인기도 많다.

내가 아마다의 악행을 간파하면서 거기에 가담한 이바와 우시마키도 한때는 그 입지가 흔들렸지만, 지금은 예전보다 더 신뢰를 회복한 상태다.

"여기 와서 이러지 말고 반 아이들과―."

"그쪽 탓이에요." "네 탓이야."

"뭐?"

우시마키와 이바의 말이 동시에 겹쳤다.

"이시이, 내가 고립되어 있었을 때, 오지에게 나를 도와주라고 했죠? 덕분에 고립되었던 환경에서는 벗어날 수 있었지만, 실망 프린스로 이름 높은 오지와 어울려 다니게 되면서 결국 나까지 다들 피하기 시작했어요. 미궁을 빠져나왔더니 또 다른 미궁이 있었던 셈이죠."

"그건 츠키야마 탓이지!"

"훗……. 이시이, 나를 너무 만만하게 봤어."

왜 이 녀석들은 하나같이 이렇게 의기양양하지?

이제 됐다. 무슨 말을 해도 안 통할 것 같다.

"그러면 우시마키는? 넌 상관없잖아."

"너, 진짜 아무것도 모르는구나?"

어이없는 얼굴로 한심하다는 듯 고개를 흔든다. 얼마 전까지 러브 코미디를 획책하는 남자에게 홀라당 속아서 옷까지 벗었던 여자가 뭐가 이렇게 당당하실까?

"내가 학교에서 바늘방석에 앉은 것처럼 지낼 때, 네가 악역을 자처해 준 덕분에 반 아이들과 다시 친하게 지낼 수 있었어. 솔직히 정말 고맙게 생각해. ……고맙기만 한 거야!"

히다카의 무시무시한 시선을 알아챈 우시마키가 서둘러 고맙다는 말을 강조했다.

"너한테 다른 의도가 있어서 그런 건 아니야! 그냥 길거리에 굴러다니는 말똥 정도로만 생각하고 있어!"

그러면 넌 말똥에 꼬이는 파리냐?

"길거리에 말똥이 굴러다닐 일은 거의 없을 것 같은데……. 애앵."

솔선해서 파리를 자처하며 몸을 맡기는 미소녀 한 마리.

가능하면 나를 말똥 취급한 일에 대해 화를 내줬으면 좋겠는데.

"그때는 너무 기뻐서 나도 테…… 콜록. 아마다 일에 연연하지 않고 새로운 한 발을 내딛기로 결심했어. 그랬더니……."

"그랬더니?"

"남자들이 미친 듯이 몰려드는 거야! 그것도 연애가 아니라 성적인 의미로! 네가 알아? 뒤에서 남자애들에게 『쉬운 여자』라 불리는 내 심정을! 『부드럽게 할 테니까 괜찮지?』라면서 상의를 벗은 채 달려들기도 했단 말이야!"

"역시 변태녀."

"난 처녀거든!"

무지막지하게 쑥스러운 말을 큰 소리로 외쳤는데 괜찮을까?

"그러면 여자애랑 놀면 되잖아."

"당연히 해봤지! 그런데 여자애들하고만 어울려 다니니까 『도와줬는데 은혜도 몰라』라고 뭐라고 하고, 남자를 무서워하는 여자애들도 나를 피해서…… 이젠 완전히 인간 불신 상태야!"

아무래도 우리 학교에는 쓰레기들이 상상 이상으로 많은 것 같다.

아니, 생각한 대로지. 첫 번째 인생에서는 나도 험한 꼴을 많이 당했으니까.

"사정은 잘 알았어. 하지만 이바나 우시마키 모두 나와는 상관없다고 생각하는데?"

확실히 비참한 상황이긴 하지만, 따지고 보면 이 녀석들이 초래한 사태다.

카니에는 우리 반 여자애들과 잘 지내고 있는데, 혹시 내가 모르는 곳에서 무슨 문제가 있는 건 아닐까?

""도와주려면 확실하게 도와줘야죠(도와줘야지).""

이 자식들, 때려도 되겠지?

"히다카, 넌 괜찮아? 이 녀석들과 같이 있는 건……."

"얼마 전까지는 너무 싫었어. 하지만……."

조금 겸연쩍은 듯 나한테서 눈을 돌린다. 왜 이러지?

"이시이, 우리가 당신이 좋아서 접근한다는 소문이 돌아서 곤란하니까 빨리 히다카와 사귀면 안 될까요?"

"맞아! 나도 이시이의 연필꽂이라고 불린단 말이다!"

웃기지 마. 내가 어딜 봐서 연필이냐! 늠름하고 훌륭한 만년필이라고.

"참고로 나도 둘이 빨리 사귀었으면 좋겠어. 절대 안 될 게 뻔한데 히다카를 포기하지 못하고 기회만 노린다는 오해를 받아서, 남자들과 친하게 지내지도 못한단 말이다."

사리사욕을 위해 남의 연애 사정에 개입하다니…… 뭐, 그건 나도 마찬가지인가.

내가 살기 위해 러브 코미디를 박살 냈으니까.

잠깐, 히다카가 이 녀석들을 거부하지 않는 이유가…….

"협력자의 존재는 아주 소중하지."

단호하게 대답하는 것 봐라.

"그렇게 말하면 내가 싫어할 거란 생각은 안 드냐?"

히다카가 대답하려나 했더니 바로 이바가 끼어들었다.

"오히려 그 마음을 알면서도 계속 나중으로 미루는 이시이야말로 히다카에게 미움받진 않을지 두려워서 그러는 건 아니고요?"

"시끄러워, 이바! 나한테도 다 생각이 있거든!"

자꾸 그렇게 맞는 말만 하기냐, 이 속이 시커먼 고릴녀야!

"……앗! 카즈뽕, 혹시 그 말은, 프, 프, 프러포……."

"성급하긴!"

솔직히 히다카에게 고마운 마음을 가지고 있는 건 사실이고, 특별한 감정은 없느냐고 하면 당연히 그렇진 않다.

엄청난 미인에 성격이 다소 적극적인 부분이 있긴 하지만 그 이상으로 매력적인 여자다.

하지만…….

"그건 그렇고, 아마다는 어쩌고 사는지 아무도 몰라?"

그러자 모두 무거운 표정을 짓더니 아무 말도 하지 않았다.

아마다 테루히토. 히다카의 소꿉친구이자 자신을 러브 코미디의 주인공이라고 믿고 있는 정신 나간 남자.

첫 번째 인생에서는 오직 자신의 러브 코미디를 완성하겠다는 일념으로 간접적이긴 해도 나와 우리 가족을 죽인 미친놈이다.

하지만 두 번째 인생에서는 그렇게 되지 않았다. 첫 번째 인생과 마찬가지로 나를 모함하려 했지만 그걸 반대로 이용해서 함정에 빠뜨렸기 때문이다. 그날 이후, 그 녀석은 학교에 나오지 않고 있다.

거기에 대해 죄책감을 느끼진 않느냐고 하면 가슴을 펴고 아니라고 할 수 있다.

이바와 우시마키에게도 원한이 없는 건 아니지만, 아마다는 또 다르다.

그 녀석하고만은 절대 어울릴 생각도 없고 그냥 이대로 히카사카 고교에서 사라졌으면 좋겠다.

"미안하지만 나는 잘 몰라요. 솔직히, 별로 엮이고 싶지 않아서……."

"나도 똑같아."

이바와 우시마키가 어색한 표정을 지으며 말했다.

하긴 이 두 사람은 아마다에게 이용당했으니 나와는 다른 복잡한 감정을 품고 있겠지.

"그래……."

내가 히나가에게 내 마음을 전하지 못하는 이유도 이거다.

아마다는 분명 격퇴했다. 히라사카 고교에서 녀석이 가지고 있던 위상은 추락했다고 할 수 있다.

그런데도 나는 그 녀석이 히다카를 포기했다는 생각이 도저히 들지 않았다.

기적적으로 히다카가 내 마음을 받아준다 해도 그건 해피엔딩이 아니다.

아마다가 알게 되면…… 내 상상을 훌쩍 뛰어넘는 행동을 할지도 모른다. 첫 번째 인생처럼 나만이 아니라 가족들과 히다카까지 끌어들인 무시무시한 짓을…….

그래서 나는 지금도 히다카에게 내 마음을 전하지 못하고 있었다.

"아~. 그게, 나, 실은 한 번 만났어. 테루랑……."

츠키야마가 겸연쩍은 표정으로 말했다.

"그런 일이 있긴 했지만 역시 그냥 놔둘 수가 없더라고. 학교에 안 나오는 것도 걱정이고…… 그래서 만나러 갔어."

"어땠어?"

내 질문과 동시에 다른 사람들의 시선도 츠키야마에게 모였다.

그만큼 우리에게 아마다 테루히토라는 존재가 크다는 뜻이다. 물론 나쁜 의미로.

내 물음에 츠키야마는 불안한 눈빛으로 되려 반문했다.

"화 안 내?"

"네가 만나고 싶으면 만나는 거지. 아마다랑 좀 만났다고 내가 왜 화를 내냐."

"……그렇구나. 역시 넌 착한 놈이—."

"""""됐으니까 빨리 말해(줘).""""""

"우정을 음미할 시간 정도는 줄 수 있잖아!"

거 참, 까다롭게 구네, 실망 프린스. 고작 그 정도로 우정을 느끼지 마.

"하아……. 잘 지내는 것 같았어. 하지만 학교엔 안 돌아올지도 몰라."

"무슨 말이야?"

"만났을 때 그러더라. 『어떤 얼굴로 돌아가면 좋을지 모르겠다』고."

"그래 주면 고맙지."

"이시이, 너…… 진짜 테루에겐 냉정하구나……."

"당연하지. 그딴 놈, 두 번 다시 만나고 싶지 않아."

"하긴 네 입장이라면 그럴 수 있지……."

기대를 벗어난 내 대답에 낙담하는 눈치였지만 내 알 바 아니다.

아마다가 돌아오지 않는다면 최고다. 두 번 다시 엮이지 않아도 되니 말이다.

그나저나 멍청한 자식. 이후에도 네가 좋아하는 러브 코미디가…… 아.

"왜 그래, 이시이?"

생각났다. 그러고 보니, 슬슬 그 시기잖아.

전형적인 새 히로인 도입 이벤트…… 전학생의 습격.

히라사카 고교는 러브 코미디 주인공인 아마다의 영향인지, 보통 학교라면 10년에 한 번 정도 일어날 러브 코미디 이벤트가 당연하다는 듯 자주 일어난다.

그리고 아마다가 히로인들과 함께 그 문제들을 해결해 나갔었는데……, 앞으로는 어떻게 될까?

이제 곧 찾아올 미소녀 전학생도 그렇지만, 그 외에도 러브 코미디 이벤트는 줄줄이 이어질 것이다.

하지만 정작 주인공인 아마다는 없다. 그렇다면 해결이 불가능해진다.

내가 해결하라고? 절대 사양이다. 내가 두 번 다시 러브 코미디 따위에 엮일까 보냐.

"아~, 츠키야마, 이바, 우시마키. 혹시, 혹시 말인데, 다음 주 초에 전학생이 오면 아마 엄청난 문제를 안고 있을 테니까 좀 도와줘."

내 돌발 발언에 세 사람은 "뭐라는 거야"라는 당연한 대답과 함께 고개를 갸웃거렸다.

"히츠지타니 미와라고 합니다! 앞으로 잘 부탁드려요!"

다음 주 월요일, 1학년 C반에 전학생——히츠지타니 미와가 왔다.

예쁘게 정돈된 짧은 머리. 어른스러운 분위기를 풍기는 얼굴. 키는 여학생 중에서는 조금 큰 편. 교복은 히라사카 고교의 교복이 아니라 예전에 다니던 학교의 교복.

교복을 준비할 시간도 없을 만큼 **급하게 전학을 와야 할 이유가 있었는지도 모른다.**

두말할 필요가 없는 미소녀의 모습에 남학생은 말할 것도 없고 여학생들까지 감탄의 한숨을 흘렸다. 하지만 츠키야마는 그런 미소녀 전학생의 등장에 감동보다는 놀라움이 더 컸는지, 믿을 수 없는 것을 본 것 같은 눈으로 나를 쳐다봤다.

간단한 자기소개를 마친 히츠지타니는 그대로 새로 마련

히츠지타니 미와

된 제일 뒷자리로.

어쩌다 옆자리에 있게 된 남학생에게 환한 미소를 지으며 "잘 부탁해"라고 말했다.

HR이 끝난 후는 늘 그렇듯 전학생 환영 이벤트다.

자리에 앉은 히츠지타니의 주위에 몰려든 여학생들이 "왜 이 시기에 전학 왔어?" "전에 다닌 학교는 어디야?" "너무 예쁘게 생겼어"라며 웃는 얼굴로 질문 공세를 퍼붓고 있다.

여자 전학생이 왔으니 여자가 먼저 말을 건다. 사실 누구보다 먼저 말을 걸고 싶은 건 남학생들이겠지만, 그랬다가는 남학생들 사이에서도 너무 눈에 띄고 여학생들에게도 안 좋은 인상을 주게 된다.

그래서 지금은 때를 기다린다. 관심 없는 척하면서 귀를 쫑긋 세운 채, 나중에 말을 걸 때 써먹을 소재로 삼을 만한 정보를 모으고 있다.

때마침 지금은 히츠지타니가 소심한 카니에에게 웃는 얼굴로 말을 걸고 있었다.

"와아! 너무 귀엽게 생겼다! 이름이 뭐야?"

"어? 저…… 고마워……. 난, 카니에, 코코로…….."

밝은 히츠지타니의 목소리에 수줍게 대답하는 카니에 코코로.

최근 카니에는 우리 반의 리더격인 여학생의 마음에 든 덕분에 우리 반의 마스코트 같은 존재가 되었다. 한때 남학생들이 지긋지긋할 정도로 수작을 걸어대는 통에 이젠 남자애들과는 제대로 말도 안 하게 되었고, 다른 여학생들도 그런 카니에를 앞장서서 지켜주고 있다.

카니에가 다른 여학생과 함께 히츠지타니와 얘기하고 있는 것도 남학생들이 말을 못 거는 이유 중 하나다.

"야, 이시이! 이시이! 이시이!"

그런 가운데 전학생 히츠지타니가 아니라 나를 향해 제법 빠른 속도로 다가온 것은 츠키야마다.

첫 번째 인생에서 츠키야마는 여학생들을 포함해서 누구보다 먼저 히츠지타니에게 말을 거는 바람에 "또 츠키야마야" "하여간에 츠키야마는 귀엽기만 하면 사람을 안 가린다니까"라는 뒷담을 들었지만, 이번 인생에서는 다른 행동을 취했다.

"가시 말 인 걸이도 되냐?"

"멍청하긴. 귀여운 전학생에게 갑자기 말을 걸었다간 내 입지만 더 나빠질 게 뻔하잖아."

아무래도 이번 츠키야마는 저번보다 조금 똑똑해진 것 같다.

아니, 그보다는 상당히 빠른 단계에서 『실망 프린스』에 등극하면서 자신을 돌아보게 된 것이리라.

"앗, 그게 아니라!"

츠키야마가 숨을 살짝 헐떡이며 물었다.

"너 도대체 뭐야? 진짜 전학생이 왔잖아! 난 그 말이 농담인 줄 알았다고!"

"그래? 나도 깜짝 놀랐어."

"그런 것치고는 무진장 침착한데?"

"얼굴에 안 드러나는 타입이라 그래. 아무 감정도 없는 것 같지만 사실은 엄청 놀란 상태야. 그렇다고 좋아하진 마라?"

"안 좋아해!"

그러면서 교실 입구를 힐끔 확인하니 우리 반에 전학생이 왔다는 정보를 재빨리 입수한 이바와 우시마키가 츠키야마와 비슷한 표정으로 나를 살펴보고 있었다.

"이바한테 연락이 왔어. 나중에 자세한 얘기를 해달라고."

"자세하고 말고 할 것도 없이 나도 모르는 일이야."

태연하게 대꾸했지만 츠키야마는 도저히 못 믿겠는지 "거짓말 마"라며 작은 목소리로 투덜거리고 다시 자기 자리로 돌아갔다. 바로 그때 스마트폰이 진동했다.

『카즈뽕, 어떻게 생각해?』

히다카다.

『아무 생각 없어』

『그치만 귀엽게 생겼잖아?』

히다카를 힐끔 쳐다보니 불안함을 감추려고도 않은 채 나를 보고 있었다.

무슨 생각을 하는지 훤히 다 보여서 괜히 쑥스러워졌다.

『귀엽긴 해도 그게 관심을 가질 이유가 되진 않아. 지금 환경이 최고니까』

『즉 내가 제일이라는 뜻?』

『미안. 나한테는 유즈와 엄마가 있어』

『괜찮아. 유즈랑 어머니는 이미 명예의 전당에 들어갔으니까 순위에 안 들어가. 오히려 순위를 매기는 게 무례한 거지』

역시 히다카. 아주 잘 알고 있잖아.

일단 나는 유즈에게『유즈는 명예의 전당에 들어갔으니까 이젠 모든 것을 초월한 거야』라는 메시지를 보냈더니『작작 좀 해!!』라는 답장이 왔다.

바로 답장을 보내다니, 역시 유즈는 천사다.

3교시 쉬는 시간. 슬슬 괜찮겠다 싶었는지, 히츠지타니를 중심으로 한 여학생들 무리에 남학생 몇 명이 끼기 시작했다. 여자애들도 남자들의 목적은 알고 있지만, 제어하지 않는 건 남자들을 방해했다가 괜히 미움을 사기 싫어서다.

"저기, 히츠지타니. 혹시 전에 다닌 학교에 남친은 없어?"

"아하하! 없어, 없어! 나 지금은 그런 거에 관심 없거든."

기쁜 정보와 슬픈 정보가 뒤섞인 대답.

히츠지타니 미와는 언뜻 보면 소탈한 여자처럼 보이지만── 그건 가짜.

일부러 소탈한 척하는 녀석이다. 평소에는 하고 싶은 말은 시원하게 하는 거침없는 말투에 연애에는 관심 없다는 듯한 태도로 지내지만, 신뢰하는 사람—— 아니, 자기 마음에 드는 남자에게만은 의도적으로 약한 모습을 보인다.

평소에는 강단 있는 아이가 자신에게만은 약한 모습을 보여주는 그 갭에 홀린 남자는 히츠지타니에게 본격적으로 빠져들게 된다.

여기서 골치 아픈 건 히츠지타니는 그렇게 약한 모습을 보인 남자에게 연애 감정이 없다는 것. 이용 가치가 있다고 판단한 사람을 조종하기 위해 그런 행동을 취하는 만만치 않은 여자다. 역시 히라사카 고교의 미소녀 중에는 정상적인 인간이 하나도 없다.

"그러는 넌 여자친구 있지 않아?"

"어? 아니, 없어!"

"진짜야? 완전 있을 것 같은 분위기인데!"

"뭐, 뭐, 그런 애가 생기면 좋긴 하겠지······."

네, 일단 첫 번째 먹잇감. 히츠지타니의 술수에 멋지게 걸려든 남학생이 탄생했습니다.

저 남자에게 여자친구가 없는 건 사실이겠지만, '여자친구가 있을 것 같다'는 말을 듣게 되면서 히츠지타니라는 미소녀가 자신을 남자로 보고 있진 않나 하는 작은 우월감을 품게 된다.

게다가 그 말을 한 사람은 평소에는 소탈한 태도로 솔직한 말만 하는(다들 그런 줄 아는) 히츠지타니. 수완 하나는 정말 감탄할 만하다.

"제법이네." "제법이군." "제법이네요."

하지만 거기에 속아 넘어가지 않는 녀석도 있었다. 히다카 미코토, 우시마키 후우카, 이바 코우키다.

하다못해 점심시간까지는 기다려주길 바랐지만, 참을성 없는 세 사람(주로 이바와 우시마키)은 당연하다는 듯 내 자리로 왔다.

그런데 이바와 우시마키 모두 히다카가 없는 곳에서 나와 얘기하는 건 금지라는 규칙이라도 만들었는지 일단 히다카를 향해 슬쩍 시선을 던져 눈도장을 찍었다.

그리고 히다카가 내 자리로 오는 것을 확인한 후에야 자신들도 움직였다.

얼핏 보면 귀찮은 절차 같지만, 히다카는 '카즈뽕을 지키기 위한 거니까 어쩔 수 없어. 이건 하는 수 없이 하는 거야' 하고 설레는 미소를 지으며 말했다.

이런 것도 히다카가 우시마키와 이바를 멀리하지 않는 이유인지도 모른다.

다시 하던 이야기로 돌아가서.

"뭐, 제법이긴 하네."

세 사람의 공통된 의견에 대답. 지금은 입지가 좀 어정쩡하지만, 얼마 전까지만 해도 남학생들에게 인기가 많았던 미소녀라서 그런지 역시 다르다.

히츠지타니의 본성을 정확히 간파한 것 같았다. 카니에도 이미 히츠지타니와 어울릴 생각을 안 하는 걸 보면 그 본성을 어렴풋이 눈치챈 것인지도 모른다.

"응? 다들 왜 그래? 그냥 얘기만 하고 있는데."

그리고 아무것도 모르는 츠키야마는 어리둥절한 얼굴로 고개를 갸웃거렸다.

우리는 동시에 한숨을 크게 내쉬었다.

"하아……. 이래서 실망이는 안 된다니까. 바로 그런 점 때문에 실망하는 거야."

"오지, 순수함과 우둔함은 종이 한 장 차이예요. 그리고 지금 당신은 후자구요."

"츠키, 너 바보 맞지? 이럴 때는 특히 더."

"바보라니까. 저걸 보고도 아무 생각이 안 들다니, 불감증에도 정도가 있는 법이야."

"나한테 상처를 주는 일에는 왜 그렇게 여념이 없는 거냐?!"

딱히 상처를 주려는 건 아니다. 그저 깨닫지 못하는 어리석음을 한탄할 뿐.

"그나저나 이시이. 저 사람은 어떤 문제를 안고 있나요?"

멍청한 츠키야마에 대한 흥미를 잃은 이바가 단도직입적으로 물었다.

"글쎄? 애당초 문제를 안고 있는지조차도 잘 몰라."

"흐음……."

의문의 눈초리. 사실은 다 알고 있다.

히츠지타니 미와의 또 하나의 얼굴은 인기 버튜버. 이때는 히츠지타니 미와라는 이름이 아니라 『하나토리 미야비』

라는 이름으로 활동한다. 첫 번째 인생에서는 아마다에게 처음 이 이야기를 들었을 때, 『양(히츠지)』과 관련이 있는 이름이지 않을까 했지만 "상당한 거물이 그 이름을 사용해서 그만뒀대"라는 설명을 들었다. 겹치더라도 그럭저럭 괜찮을 것 같은데.

유즈가 하나토리 미야비의 방송을 본다고 했을 때 내가 초조해했던 이유가 바로 이거다.

과거의 아마다 히로인에게 유즈가 호감을 품는 게 솔직히 불쾌했고, 혹시라도 무슨 일이 생겼을 때 유즈가 말려들진 않을지 불안했다.

어쨌든 히츠지타니 미와가 우리 학교로 전학을 온 이유는 스토커로부터 도망치기 위해서다.

난 스토커를 무사히 물리치더라도 사건은 끝나지 않는다. 다른 반…… D반의 여학생이 스토커에게 히츠지타니의 정보를 흘렸기 때문에 그것까지 처리해야 한다.

그 문제를 간단하게 뚝딱 해결해 줘. 이 말을 어떻게 하냐고.

"거짓말인 거 다 알아. 네가 지난주에 우리한테 말했잖아. 전학생이 오면 문제를 안고 있을 테니 도와주라고. 너 혹시 미래라도 보는 거니?"

"유감스럽게도 그런 특수한 능력은 없어."

다른 특수 능력이라면 발동했지만, 지금도 가능한지 시험할 용기는 없다.

지금의 환경을 잃는 건 절대 사양이니까.

"그렇다면 왜—."

"아마다야."

"뭐?"

"아마다는 이상할 정도로 연애 관련 사건이 많은 녀석이었잖아? 그래서 그 녀석의 특성을 고려하면 슬슬 전학생이 오지 않을까 생각한 거야. 그리고 그런 전학생은 당연히 문제를 안고 있겠지? 설마 맞을 줄은 몰라서 나도 놀란 상태지만."

"그렇다면 뭐……."

예전에는 자기도 거기에 해당하기 때문인지 우시마키는 겸연쩍어하며 납득했다.

이바는 아직 나에 대한 의심을 거두지 않은 것 같았지만, 뭐라 추궁하면 좋을지 모르겠는지, 어쩔 수 없이 물러났다.

"그러면 이시이 너도 히츠지타니가 어떤 문제를 안고 있는지 모르냐?"

"어. 그것과 관련해서는 츠키야마가 알아내 주면 좋겠는데. 문제가 있는지 없는지도 확실하지 않지만."

"음~."

츠키야마가 난색을 표했다. 여자아이가 가진 문제를 해결하는 건 인기인이 될 수 있는 최고의 기회란 말이다.

"사실 난 히츠지타니에겐 고민 같은 건 없을 것 같아. 저렇게 털털한 성격이니까 만약 곤란한 일이 있으면 솔직하게 말하지 않겠어?"

그 순간, 네 개의 돌풍 같은 한숨이 쏟아졌다.

"실망. 경이적인 실망."

"아, 역시 츠키는……. 이젠 질린다…….."

"이 정도면 답이 없어요. 절망적으로 끝난 거예요."

"하지만 그런 츠키야마이기에 안성맞춤이지 않을까? 부자에 운동도 잘하고 공부도 잘하는 미남이잖아. 이용하고 버리기에 이보다 알맞은 사람이 또 있을까?"

""맞아.""맞아요!"

"너희들 도대체 뭐야?! 욕하는 거냐, 칭찬하는 거냐, 어느 쪽이야!"

당연히 칭찬하는 거지. 너만큼 속이기 쉬운 녀석이 어디 흔한 줄 아냐?

"츠키야마, 히츠지타니가 솔직하게 고민을 털어놓을 사람은 자기가 신뢰(이용)할 수 있는 사람뿐이야. 그리고 너라면 그런 남자가 될 수 있어. 그러니까 얼른 가서 말 걸고 와."

"싫어. 괜히 말 걸었다가 지금보다 더 애들에게 찍히면 어떡하라고. 무엇보다……."

"무엇보다?"

"네가 그렇게까지 말하는 게 좀 수상해. 반대로 더 말 걸기 싫어졌어."

크크크……. 이럴 때의 실망 프린스는 정말 기대를 저버리지 않는다니까.

넌 모르겠지만 난 첫 번째 인생을 통해 이미 다 알고 있거든.

히츠지타니 이벤트에 휘말리기 위한 조건은 **전학 온 히츠지타니에게 말을 걸지 않는 것**이다.

즉 츠키야마가 말을 걸러 가지 않으면 필연적으로 츠키야마가 히츠지타니 이벤트에 말려들게 된다.

만약 내 예상이 빗나가서 히츠지타니의 문제를 아무도 해결하지 못하더라도 그건 그것대로 괜찮다.

어차피 나는 모두가 행복해지는 길을 선택한 게 아니니까.

나와 우리 가족, 그리고 또 한 사람만 행복해지면 그것으로 충분히 만족한다.

괜찮아, 히츠지타니. 스토커도 그렇게 심한 짓은 안 할 테니까.

얌전히 경찰관 아저씨의 힘을 빌리든지, 아니면 이용할 수 있는 남자를 찾으면 돼.

일요일, 히라사카 고교가 쉬는 날이기도 해서 나는 편의점 알바 근무 시간을 길게 넣어두었다.

물론(이라고 해도 될지 모르겠지만) 히다카도 함께.

이제 아르바이트도 익숙해져서 평소처럼 일을 하고 있는데……

"야호, 이시이! 놀러 왔지롱!"

뭐가 어떻게 된 건지 모르겠지만, 히츠지타니 미와가 손님으로 가게에 찾아왔다.

제2장

조연이란 밝은 방 안에서
바로 앞에 있는 답을
계속 무시하는 사람이다

전학 온 지 불과 하루 만에 히츠지타니 미와는 우리 1학년 C반의 인기인으로 자리매김했다.

(표면적으로는) 소탈한 성격인 히츠지타니는 남녀 가리지 않고 살갑게 말을 잘 건넸다.

무릇 미소녀란 남학생들에겐 말을 걸기 어려운 이미지가 강하지만, 히츠지타니는 자기가 먼저 말을 걸어주니 남자들에겐 이보다 고마운 존재가 없을 것이다.

게다가 인간관계의 균형 감각도 뛰어나서 남자들이 자신에게 말을 걸 때는 솔선해서 여자에게 말을 걸어서 함께 대화에 참여하도록 이끌었다.

이를 통해 '저 녀석은 남자하고만 말한다'는 골치 아픈 오해를 사전에 봉쇄하고 누구와도 사이좋게 잘 지내는 성격 좋은 여자라는 포지션을 획득했다.

여기까지의 흐름은 저번 인생과 똑같다. 나중에는 히츠지타니도 아마다의 하렘에 들어가게 되지만, 전학을 오자마자 바로 들어가는 건 아니다.

오히려 초반 일주일은 교류가 없었다. 왜냐하면 이 시기에 히츠지타니는 찾고 있었기 때문이다.

자신을 스토커로부터 지켜줄, 기사가 될 인재를.

그렇게 해서 선택받은 게 바로 아마다 테루히토. 이유는

'누구보다 자신에게 관심을 가지지 않았기 때문'.

어떤 사람과도 싹싹하게 대화를 나누는 히츠지타니는 그 성격과 외모 덕분에 남자들이 금방 연애 감정을 품는 게 고민이었다고 한다(나는 거짓말이라고 생각하지만).

그래서 믿을 수 있는 건 겉으로 드러난 자신이 아니라 내면을 봐주는 남자. 소탈하고 싹싹하게 얘기하는 자신에게 연애 감정을 품지 않는 남자가 바로 히츠지타니가 원하는 존재였다.

그런데 그런 이유로 고르는 게 맞는 거냐? 스토커처럼 위험한 놈과 대치해야 하니까 멘탈보다는 피지컬 중심으로 기사를 선택하라고.

어쨌든 첫 번째 인생에서는 전학해 온 다음 주 월요일에 히츠지타니가 아마다에게 접근하면서 히츠지타니 편이 본격적으로 시작되지만, 물론 두 번째 인생인 이번에는 그런 전개는 펼쳐지지 않았다. 왜냐하면 아마다가 학교에 나오지 않기 때문이다.

가짜 단죄극을 벌였다가 히로인들의 신뢰를 잃은 아마다는 현재 등교 거부 중.

이래선 기사로 선택할 수가 없다.

반강제로 떠안게 되는 히츠지타니 선발 시험을 피할 수 있는 유일한 방법이었다.

그럼, 누가 히츠지타니를 스토커로부터 지켜줄 것인가? 누가 히츠지타니의 기사로 선택될 것인가?

나는 절대 싫다.

사정을 알고 있기에 더 위험한 일에 엮이고 싶지 않았다.

그렇지만 히츠지타니와 조금도 엮이지 않으려다 보면 반대로 '누구보다 자신에게 관심을 가지지 않았기 때문'이라는 합격 항목을 만족시켜서 선발 시험에 합격할 가능성이 있었다.

게다가 지금은 아마다가 학교에 나오지 않는 상황이다. 이것도 합격 확률을 높이는 요인이 될 터.

그래서 몰래 보험을 들어뒀다. 바로 츠키야마 떼어놓기 작전이다.

히츠지타니의 기사 선발 시험은 그녀에게 관심을 가지지 않으면 합격률이 급상승한다.

첫 번째 인생에서는 누구보다 앞장서서 히츠지타니에게 말을 걸러 갔던 츠키야마이지만, 두 번째 인생의 츠키야마에게는 큰 변화가 있었다. 당초 예정보다 상당히 빨리, 그리고 첫 번째 인생보다 비참한 상태로 『실망 프린스』라는 타이틀을 획득한 게 바로 그거다.

그 결과, 츠키야마는 자신에 대한 평가가 떨어지는 것을 극단적으로 두려워하는 남자가 되었다.

거기에 더해 내가 미리 히츠지타니에 대한 이야기를 의미심장하게 해두면 흥미보다는 경계심이 더 커져서 히츠지타니에게 말을 거는 일은 없을 거라고 판단했다.

그 계획은 대성공. 내 이야기를 들은 츠키야마는 더 경계하면서 히츠지타니 가까이 가지도 않았다.

이로써 히츠지타니 선발 시험의 합격 요건인 '히츠지타니에게 관심을 가지지 않기'라는 조건을 채웠다. 다음 주 월요일 정도 되면 히츠지타니가 먼저 츠키야마에게 상담하러 올 것이다.

그렇게 되면 나는 조금도 엮이지 않고 히츠지타니 이벤트를 처리할 수 있다.

정의감 넘치는 츠키야마라면 히츠지타니가 상담을 해오면 반드시 힘이 되어줄 테니 말이다.

게다가 뛰어난 운동신경을 자랑하는 피지컬의 소유자이자 집도 부자이니 그냥 파워와 머니 파워로 히츠지타니의 고민을 슥삭 슥삭 해결해 줄 것이다.

저번 인생에서도 히츠지타니의 스토커 문제를 해결할 때 제일 활약한 사람은 츠키야마였다. 그런데도 정작 히츠지타니는 아마다를 좋아하게 되니, 츠키야마도 참 가여운 녀석이다.

하지만 괜찮아. 이번 인생에서는 네가 주인공이니까, 츠키야마.

꼭 히츠지타니와의 멋진 러브 코미디를 즐겨주길 바랄게.

그렇게 생각하고 있었는데…….

"오~! 여기가 이시이가 일하는 곳이구나! 일도 열심히 하고 있네! 감탄, 감탄!"

일요일 오후 3시 30분.

어떻게 된 일인지, 히츠지타니가 내가 알바하는 편의점으로 왔다.

상품을 진열하는 내 옆에서 쾌활하게 웃으며 편의점 안을 흥미롭게 둘러보는 히츠지타니. 이 세상은 나에겐 한없이 불리하게 이루어져 있는지, 그 많던 손님조차 지금은 없었다.

손님이 있으면 '손님이 기다리고 계셔' 작전을 사용할 수 있는데 그것조차 못 하게 생겼다.

"히다카도 안녕!"

그녀는 계산대에 서 있는 히다카를 향해 아무 생각 없는 것처럼 웃으며 손을 흔들었다.

물론 히다카는 아무 대답도 없다. 오히려 분노의 임계점을 돌파했는지, 등 뒤에서 어마어마한 눈보라가 몰아치는 것 같은 표정으로 히츠지타니를 노려보고 있었다.

"어라? 나랑 친해지기 싫어?"

고개를 갸웃거리며 내게 확인.

"그런 것 같아. 포기하고 돌아가."

"우와! 이쪽도 싸늘해…… 나 운다?"

"얼마든지."

"후후. 맘에 들어!"

이렇게 싸늘한 대접을 받는데도 히츠지타니는 기쁘게 웃고 있었다.

도대체 뭐지? 남자가 차갑게 대해주면 오히려 흥분하는 타입?

"이시이, 얘기하고 싶은 게 있는데 시간 좀 내줄래?"

"알바 중이야."

"휴식 시간은?"

"휴식 시간은 쉬는 데 사용하는 거야. 피곤하기 위해 사용하는 게 아니라."

"나랑 얘기하는 게 피곤해?"

"존재 자체가 피곤해."

"내가 그런 말을 들을 짓이라도 했어?!"

했다. 첫 번째 인생에서 네가 나와 우리 가족에게 무슨 짓을 했는지 알아?

누명 때문에 심판을 받고 설 자리를 잃은 후, 넌 인기 버튜버라는 지위를 이용해서 방송에서 내 이야기를 했지. 우리 가족 이야기도.

그게 원인이 되어 나뿐만 아니라 우리 가족까지 특정되는 바람에 아빠는 갖은 고생을 하며 재취업할 곳을 찾아야 했고 재취업한 후에도 극심한 괴롭힘에 시달려야 했으며, 유즈는 다니던 학교에서 괴롭힘을 당해야 했다.

그 후, 아빠는 육체적인 피로가 쌓인 결과 사고를 일으켜서 목숨을 잃었고 유즈는 정신적인 피로가 쌓여서 신호가 빨간색인 것도 모르고 길을 건너다 목숨을 잃었다.

즉 이 녀석은 첫 번째 인생에서 간접적이긴 해도 아빠와 유즈를 죽인 여자.

하지만 그건 아마다에게 이용당했기 때문이다. 아마다를

좋아하는 순수한 마음을 이용당하고 속은 히츠지타니 역시 피해자다──라는 생각은 조금도 들지 않는다. 됐으니까 빨리 꺼져.

"그런가……. 하긴 너랑 얘기하는 건 이게 처음이지."

오싹 하고 등에 소름이 돋았다. 위험하다……. 이 대사는 진짜 위험해…….

아니지? 설마 나를 기사로 선택하는…….

"지난 일주일 동안, 너만 나한테 말을 걸지 않았어. 나한 테 관심이 없지?"

망했다. 합격 통지를 받았습니다.

첫 번째 인생에서 아마다가 기사로 선택되었을 때와 똑같은 대사되시겠습니다.

아냐, 아직 포기하지 마.

"츠키야마도 똑같잖아."

"응? 츠키야마? 그저께 금요일에 복도를 걷고 있는데 갑자기 뒤에서 『고민이 있으면 언제든지 말해』라고 무심하게 말하길래 좋은 사람이라는 생각은 했지만 좀 찝찝하더라구."

실망이야! 진짜 실망했다고오오오!!

뭐~냐~고~, 왜 쓸데없이 정의감을 드러내고 난리야! 좀 더 몸을 사리란 말이다!

적일 때는 골치 아프지만 같은 편이 되면 쓸모라곤 없다니, 네가 하만 님(슈퍼 ○봇)이냐!

동방불패 할아범을 보고 좀 배우란 말이다!

"그래 봬도 가끔은 듬직한 놈이야…… 무진장 실망이긴 하지만……"

"그 시점에서 이미 듬직함과는 거리가 먼 것 같은데?"

완전히 예상을 빗나갔다. 설마 츠키야마가 타고난 정의감을 발휘할 줄이야…….

빌어먹을! 나도 히츠지타니에게 알맹이는 없지만 의미심장한 말을 해 둘 걸……!

"그래서 말인데, 이시이. 너한테 할 얘기―."

"거절할게."

"벌써?"

오히려 늦은 거야. 이래 봬도 말할 때까지 기다려준 거니까.

"저기, 부탁이야……. 꼭 너한테만 하고 싶은 얘기가 있어……."

네, 왔습니다. 히츠지타니의 특기인, 털털한 내가 약한 모습을 보여주는 전법입니다.

구려, 구리다고. 쓰레기장과 토사물을 뒤섞은 것 같은 냄새가 마구 풍긴단 말이다.

미리 말해두지만, 지금 이 자리에 네 스토커가 나타나더라도 난 아주 기뻐하며 스토커에게 너를 내줄 거야. 그대로 사건의 전말을 지켜볼 수도 있어.

"기이한 우연이네. 난 너하고만은 절대 말하고 싶지 않거든."

"뭐?"

자신의 전매특허 전법이 통하지 않자 눈이 동그래지는 히츠지타니.

흥. 히다카 정도 되는 미소녀를 허구한 날 보고 사는 나를 얕보지 말라 이거야.

"골치 아픈 얘기라면 츠키야마에게 해. 그 녀석은 정의감이 강하니까 도와줄 거야."

"설마 친구에게 다 떠넘기는 거야?! 아무래도 그건 좀……."

"그 녀석은 친구가 아니야. 멋대로 들러붙어 있는 씹다 버린 껌이지."

"방금은 듬직한 사람이라고 칭찬했잖아?!"

"맞아. 가끔은 듬직하고 정의감과 자존감이 높은, 씹다 버린 껌이지."

"친구가 아니라는 점만큼은 절대 포기 못 하는구나."

당연하다.

"뭐라고 해야 하나…… 진짜 들었던 대로네……."

"들었다고?"

내가 질문을 하자 히츠지타니는 걸려들었다는 듯 미소를 지었다.

"흥미가 생겼어?"

"조금. 말하고 싶으면 말해."

"어떻게 할까……, 앗, 어디 가?! 아직 얘기 중이잖아!"

의미심장하게 굴면 들을 필요 따윈 없다. 말할 생각이 없는 것으로 간주하겠다.

"마침 손님이 왔어. 난 손님한테 가봐야 하니까 아무것도 안 살 거면 돌아가."

"으으으……. 만만치 않네……."

그건 내가 할 말이다. 노골적으로 적대적으로 굴면 돌아갈 줄 알았는데 통 돌아갈 기미를 보이지 않았다. ……그러고 보니, 아마다에게 조종당할 때의 히로인들도 비슷한 느낌이었지.

히로인은 쉽게 포기하지 않는다. 나에게 불리하면 불리할수록. 정말 짜증 나는 세상의 규칙이다.

그 후에도 히츠지타니는 편의점을 떠날 생각을 하지 않았다.

일하는 중인 내게 계속 말을 걸거나 아무것도 안 사고 가게에 눌러앉아 있는 건 주의의 대상이 된다는 건 아는 모양인지, 가끔 주먹밥이나 음료수를 들고 계산대에 와서 "사이좋게 지내자니까"라고 말하곤 했다. 그것도 꼭 히다카가 계산대에서 다른 손님의 물건을 계산하고 있을 때.

그럴 때마다 히다카가 무서운 눈으로 히츠지타니를 노려봤지만 조금도 개의치 않았다.

한입 디저트, 빵, 문구류, 일용품 등 다양한 물건을 들고 와서 말을 거는 히츠지타니. 역시 인기 버튜버. 재력이 남다르다.

마음대로 쓸 수 있는 돈이라는 관점에서 보면 츠키야마보다 더 많을지도 몰랐다.

그래도 슬슬 한계가 올 때가 됐다. 재력이 아니라 근력이.

"저, 저기……. 이 정도면 가엽지 않아?"

질렸다는 얼굴.

다양한 물건이 잔뜩 든 비닐봉지 세 개를 양손 가득 든 채 히츠지타니가 말했다.

재고를 어떻게 처리할지 고민하던 물건까지 구매해 주셔서 정말 감사합니다.

"전혀. 누가 하라고 등 떠밀었냐?"

이번 구매 물품인 샤프펜슬 코드를 찍으면서 한 마디.

"그럼, 이러고 있으면 폐가 되니까 얘기라도 듣는 건?"

"아니. 듣고 싶은 건 이미 다 들었어."

여러 번에 걸친 계산대 습격 때, 아까 의미심장하게 말했던 '들었던 대로다'라는 말에 관한 얘기도 이미 들었다. 우리 반 녀석들이 나에 대해 '누구와도 친해지려고 하지 않는 이상한 남자'라고 했다고 한다. 누구와도 친해지려고 하지 않는 건 아니다.

히다카와는 친하다. 그 외에는 별로 없지만, 츠키야마? 그건 멋대로 들러붙어 있는 껌.

슬슬 접착력이 떨어지지 않을까 기대하는 중이다.

"그러면 하나만 말해줘. 나를 왜 그렇게 피해?"

"난 너를 피하는 게 아니야. 기본적으로 대부분의 놈을 멀리하고 있는 거지."

첫 번째 인생에서 히라사카 고교의 인간들에게 얼마나 심한 일을 당했는지 모른다.

내 이상을 말하자면, 히다카를 제외한 모든 사람과 일절 엮이지 않고 지내고 싶다.

"그 이유를 가르쳐줘."

"언제든 쉽게 배신하는 게 인간이야. 그러면 처음부터 친하게 지내지 않으면 돼. 친하게 지내는 건 배신당해도 용서할 수 있는 사람뿐이야."

"흐음. 그러면 히다카는 거기에 해당하는 사람이야?"

"그래."

그렇게 대답하자 사무실에서 쉬고 있던 히다카가 바로 나왔다.

조금 전까지만 해도 히츠지타니를 적의 MAX로 노려보더니 지금은 상당히 기분이 좋아 보였다.

그대로 치킨 스틱을 꺼내더니 직접 결제. 히츠지타니에게 건넸다.

"카즈뿅에게서 그 말을 끌어내다니, 아주 잘했어. 상으로 이걸 주지."

"와아! 고마워!"

네가 넘어가면 어쩌냐!

"그러면 이시이가 아니라 히다카에게—"

"돌아가."

"딱 이제부터 친해질 분위기 아니었어?!"

하지만 중요한 부분에선 절대 흔들리지 않았다.

그녀는 치킨 스틱을 건네더니 다시 휴식을 취하기 위해 쏜살같이 사무실로 돌아갔다.

한껏 비행기를 태웠다가 추락시키는 스타일이다.

"할 수 없지. 오늘은 이 정도로 하고 끝낼까……."

"두 번 다시 오지 마."

"싫어. 나도 이시이랑 똑같거든. 알지?"

그래, 다 알지.

어차피 그거 아냐? 나도 사람을 쉽게 못 믿어. 그래서 모두와 친하게 지내는 거야. 똑같이 웃는 얼굴을 보여주면 진짜 마음을 안 보여줘도 되니까. 알지? 라는 식으로 말할 거잖아?

"나도 사람을 쉽게 못 믿어. 그래서 모두와 친하게 지내는 거야. 똑같이 웃는 얼굴을 보여주면 진짜 마음을 안 보여줘도 되니까. 알지?"

이 자식, 토씨 하나 안 틀리고 똑같이 말했어. 그나저나 '알지?'는 좀 하지 마, '알지?'는.

애수가 감돌고 있는 모습에서 풍기는 수상쩍은 냄새가 코를 찔렀다.

"괜히 귀찮게 해서 미안. 그래도 대화할 수 있어서 기뻤어."

하지만 본인은 애수가 감도는 모습으로 내 관심을 끌 수 있을 거라 생각했는지, 쓸쓸한 눈빛을 흘리며 편의점을 나갔다.

그래서 자동반사적으로 "감사합니다~"라고 말해줬다.

난 왜 이렇게 허구한 날 귀찮은 일에 말려드는 걸까.

◇ ◇ ◇

"카즈뽕, 그 여자는 어떻게 할 거야? 처리해?"

알바를 마치고 돌아가는 길, 히다카가 순수한 눈으로 무시무시한 말을 꺼냈다.

어쩌면 그렇게 예쁜 얼굴로 이렇게 무시무시한 말을 할 수 있는 거지?

"눈에 띄는 일을 한 것도 아닌데 뭘 어떻게 처리해."

"카스뽕. 만약 네가 아니라 유즈가 당했으면 어떨 것 같아?"

"처리해야지."

"그게 지금 내 심정이야."

그렇구나. 아주 알기 쉽다.

하지만 말이다. 현재 히츠지타니를 처리하려 해도 그 녀석은 아직 아무 짓도 안 했다.

첫 번째 인생의 일 때문에 당연히 원한은 있지만, 두 번째 인생에서 만난 히츠지타니는 아마다의 히로인이 된 것도 아니고 그냥 도움을 구하고 있을 뿐이다.

당연히 거리는 두겠지만, 역시 처리하는 건 쉬운 일이 아니고 마음도 불편하다.

"뭐, 마음대로 억측을 해보자면 곤란한 일이 있어서 이야기를 좀 들어줬으면 하는 거겠지."

"도와주고 싶어?"

"도와주고 싶어. 물론, 나는 손 하나 까딱하지 않는 방법
으로."

처음에는 어떻게든 엮이고 싶지 않았던 히츠지타니의 문
제이지만, 기사 선발 시험에 합격한 이상 대응을 바꿀 필요
가 있을 것 같다. 히츠지타니의 문제를 어떻게든 해결해 주
고 싶다.

해결하지 않으면 앞으로도 계속 끈덕지게 들러붙을 테
니까.

"그렇구나. 그런 거라면 나도 동의."

"자세한 설명은 안 했는데?"

"훗. 나 정도 되는 적극적인—."

"아, 됐습니다."

도중에 말을 가로막자 조금 불만스러운 얼굴로 쿡쿡 찔러
댔다. 간지러워.

그러고는 '심술부린 벌'이라며 손을 잡았다. 이게 벌이
라고?

"진짜 곤경에 처했다면 나보다는 츠키야마가 더 도움이
되지 않을까? 그 녀석이 더—."

"그건 아니야."

히다카가 딱 잘라 부정했다.

"나라면 꼭 카즈뽕에게 도움을 요청할 거야. 하지만 그 이

상으로 카즈뽕을 도와주고 싶어."

작은 미소. 평소에도 미인이지만 이럴 때는 소름이 끼칠 정도로 미인이다.

"도움이라면 이미 충분히 받았으니 괜찮아."

괜히 쑥스러워서 얼른 시선을 피했다. 실제로 난 히다카에게 충분히 많은 것을 받았다.

히다카가 없었다면 히라사카 고교의 생활은 지금보다 더 지루했을 테고 아마다 문제도 해결하지 못했을 것이다. 정말 고맙게 생각하고 있다.

"내가 만족하지 못하니까 아직 부족해. 내가 돕는 게 싫어?"

속내를 말하자면 말리고 싶고 조금…… 아니, 상당히 걱정되는 게 사실이다.

히다카는 어떤 때라도 반드시 내 편에 서 준다. 그렇지만 그런 식으로 나만을 위해 행동하는 건 『좋은 여자』이긴 해도 『만만한 여자』가 되는 것 아닌가?

물론 히다카를 이용할 생각은 털끝만큼도 없다.

하지만 내가 잘못된 일을 하면?

그래도 나를 믿고 나와 함께 잘못된 길을 걸어갈지도 모른다.

그렇게 되는 건 원하지 않았다.

"그 가면녀가 카즈뽕에게 접근하지 못하게 하는 거, 이것만 하게 해줘. 안 돼?"

단, 이럴 때의 히다카는 무슨 말을 해도 안 통하니까…….

"히츠지타니에게 직접 불만을 말하거나 히다카가 히츠지타니의 고민을 해결해 주는 일 같은 건 안 하기다?"

"물론 안 할 거야. 난 카즈뿅이랑 같이 있고 싶은걸."

그러면 도대체 뭘 어떻게 하겠다는 거지? 그런 의문이 생겼지만 "그럼, 너만 믿는다"라며 심플하게 대답하자 "응" 하는 작고 귀여운 대답이 돌아왔다.

그나저나 진짜 어떻게 할 생각이지? 히츠지타니의 문제는 상당히 까다롭다.

현재 히츠지타니는 스토커에게 쫓기고 있어서 자신을 지켜줄 기사를 구하고 있는 실정이다. 하지만 문제는 여기서 끝나지 않는다.

실은 히츠지타니와 똑같이 버튜버로 활동하고 있는 여학생이 히츠지타니가 하나토리 미야비라는 걸 알아채고 스토커에게 정보를 흘리고 있기 때문이다. 그것도 돈을 받고.

그리고 자신의 악행이 낱낱이 드러난 여학생은 히라사카 고교에서의 입지를 잃고 전학을 간다.

단 한 명, 그 여학생하고만 친하게 지냈던 히다카는 섭섭해했지만…….

"있지, 히다카."

"응?"

갑자기 신경 쓰였다. 첫 번째 인생에서는 그 여학생과 사이가 좋았던 히다카이지만, 두 번째 인생에서는 어떨까? 지금 즈음이면 이미 친하게 지내고 있어야 한다.

"저기, 학교에서는 거의 나랑만 있는데, 그 외의 시간은 쓸쓸하지 않아? 예를 들면 남녀 따로 하는 수업이나."

"카즈뽕, 혹시 나를 속박하고 싶은 욕망이……."

"아닙니다. 걱정한 것뿐입니다."

"그래도 너무 기뻐. 그치만 걱정은 안 해도 돼. 사실 최근에 친해진 애가 있거든."

"아……."

"D반의 키타미 사에. 함부로 선을 넘지 않는 다정한 사람."

행복해하며 말하는 히다카를 보니 마음이 복잡했다.

아무래도 첫 번째 인생 때와 똑같은 사람과 친해진 것 같다…….

키타미는 히츠지타니에게는 소중한 친구이지만, 그 본성은 히츠지타니의 정보를 스토커에게 팔고 있는 조금…… 아니, 많이 성격에 문제가 있는 인물이다.

물론 그 사실을 히다카에게 말할 생각은 없었다. 내가 갑자기 그런 얘기를 하면 당연히 혼란에 빠질 것이고, 무엇보다 첫 번째 인생에서 키타미가 전학한 후에 본 히다카의 쓸쓸한 얼굴은 지금도 똑똑히 기억하고 있다. 그러니 더더욱 내가 어떻게든 알아서 할 생각이다.

가능하다면 키타미가 아직 스토커에게 정보를 흘리지 않았으면 좋겠지만, 히츠지타니가 내게 도움을 요청한 걸 보면 키타미가 이미 정보를 팔아넘겼다고 보는 게 맞다.

그나저나 마음에 드는 이유가 '선을 넘지 않아서'라는 게 참 히다카답다는 생각이 들었다.

보통은 진짜 자신을 알아주는 사람을 좋아하게 되는 법인데, 히다카는 다르다.

필요 이상으로 접근하지 않는 다정함이라는 것을 알고 있기에 키타미를 신용하고 친해진 건가.

하지만 친하게 지내도 서로 조금 거리가 있었기 때문에 몰랐던 게 아닌가 싶다.

키타미가 히츠지타니에게 어떤 감정을 품고 있고 무슨 짓을 했는지.

"잘됐네."

"응. 앞으로도 친구로 지내고 싶어."

그렇다면 히츠지타니의 문제는 첫 번째 인생과는 다른 형태로 해결해야겠군.

만약 이대로 츠키야마와 다른 히로인들에게 맡겨두면 지난번과 똑같은 결말에 이를 가능성이 높다.

아마다는 첫 번째 인생에서도 제일 좋은 것만 자기가 냉큼 가로챘고, 실제로 행동해서 해결한 건 거의 츠키야마와 히로인들이었으니까.

◇ ◇ ◇

인생이란 예측불허의 연속이다. 설령 두 번 경험하는 인생이라도 그건 다르지 않다.

히츠지타니 미와의 전학. 그리고 기사 선발 합격. 예상을 벗어난 전개이자 최악의 상황이다.

앞으로 나는 상당히 귀찮은 일에 말려들 것이다.

아아, 학교에 가기 싫다. 제발 월요일이 안 왔으면 좋겠다.

히츠지타니, 나한테 귀찮은 일을 들고 오는 네가 미치도록 밉다.

그런 식으로 생각했는데…….

"히츠지타니, 굿 잡!!"

나는 환희의 눈물을 흘리며 히츠지타니 미와에게 감사의 말을 전했다.

"난 하나도 안 기뻐……."

현재는 아침 등교 중.

평소처럼 히다카, 유즈와 함께 집을 나오니 히츠지타니 미와가 있는 게 아닌가.

히츠지타니도 나를 놀라게 하려다가 반대로 자기가 더 놀란 눈치였다.

그럴 만도 했다. 나와 함께 히다카가 나타났으니.

당황한 얼굴로 "같이 살아?"라고 물어서 "아니"라고 즉시 대답.

그대로 당연한 양 내 옆에 나란히 서서 같이 학교에 가려고 했지만,

"카즈 옆자리는 내 거야!" "카즈뽕의 옆은 나."

양쪽에 유즈와 히다카가 서서 빈틈없이 히츠지타니를 막

아섰다.

난 지금 왼손은 유즈, 오른손은 히다카와 잡은 상태. 히츠지타니는 완전히 소외된 상태.

오랜만에…… 무려 26시간 만에 유즈와 손을 잡으니 하염없이 눈물만 흘렸다.

이게 바로 속된 말로 애태우기 플레이라 부르는 건가?

정말 장난꾸러기 천사라니까.

"저, 저기, 이시이……. 가능하면 내 얘기를……."

셋이 나란히 걷고 있는데 뒤에 있는 히츠지타니가 조심스럽게 말을 꺼냈다.

그러자 내가 아니라 히다카가 바로 뒤돌아서 대답했다.

"카즈뿅에게 말할 때는 사전에 나부터 거치도록 해. 심의 결과, 불합격."

"히다카조차 통과하지 못하다니?!"

히츠지타니의 슬픈 목소리가 통학로에 울려 퍼졌다.

그러자 목표물을 변경했는지, 이번에는 유즈에게 말을 건다.

"저기, 여동생 양. 네가 부탁 좀 해주면 안 될까? 내 이야기를―."

"유즈에게 말할 때는 사전에 나부터 거치도록 해. 심의 결과, 불합격."

"도대체 뭘 어떻게 해야 합격하는 건데?!"

당연하잖아? 애당초 왜 네 이야기를 들어줄 거라 생각하는 거지?

네가 얼마나 귀여운지 몰라도 이쪽에는 유즈라는 귀여움을 넘어선 경지에 이른 천사와 초절정 미인이자 나한테만 다정한 히다카가 있단 말이다.

그러자 나의 천사가 관심이 생겼는지 언짢은 시선을 던졌다.

"그런데 히츠지타니 씨. 왠지 목소리가 익숙한 것 같은데…….."

"앗?! 아, 아냐~, 그냥 기분 탓이 아닐까? 아하! 아하하하하!!"

누가 봐도 뭔가를 감추는 것처럼 당황하는 히츠지타니.

자신이 버튜버인 하나토리 미야비라는 사실을 숨기려는 거다.

그래서 누가 봐도 수상쩍지만 필사적으로 얼버무리고 있다고 유즈가 생각하게 만드는 작전인가.

히츠지타니는 머리 회전이 빠른 여자다.

방금 말만 듣고도 유즈가 하나토리 미야비를 알고 있다는 것을 알아챘을 것이다.

하지만 자신의 팬인지 아닌지까지는 모른다. 그러니 그걸 알아내야 했다.

"구, 궁금해서 그런데~, 누구랑 비슷한 것 같아?"

당황한 나머지 시선을 이리저리 굴려서 초조함을 연출하면서도 은근슬쩍 탐색하는 듯한 눈빛.

"하나토리 미야비. 미야비의 방송을 자주 보거든요."

"앗! 그렇구나!"

히츠지타니의 눈동자에 희망의 빛이 어른거렸다. 확신했기 때문이다. 이게 기회라는 것을.

유즈가 하나토리 미야비의 팬이라면 부탁을 들어줄 수도 있었다.

이를 계기로 나를 기사로 발탁하고 싶겠지만……

"사실 이건 비밀인데~…….""

"당신이 하나토리 미야비라는 건 알아요. 그냥 어쩌나 보고 있었던 거예요."

"최애 아이돌에게 이러기야?! 아니, 잠깐, 그런데 어떻게 안 거야?!"

안 됐군. 내가 이미 다 손을 써뒀지.

안 그랬으면 내가 너희 둘이 마주치게 놔뒀겠냐?

내게 우리 천사를 지키는 것은 최우선 임무다.

"카즈에게 들었어요."

"뭐?! 아니, 나, 이시이에게도 말한 적 없는데?!"

튀어나올 것처럼 놀란 눈으로 나를 쳐다보는 히츠지타니.

"목소리를 듣고 알았어. 그리고 즉시 히다카, 유즈와 정보를 공유했지."

"적어도 사전에 나한테 확인 정도는 해야지! 착각한 걸 수도 있잖아!"

절대 그럴 리 없잖아. 사실 내가 알고 있는 이유는 목소리 때문이 아니니까.

"안심해. 학교 애들에겐 말하지 않을 거야. 괜히 귀찮아질 것 같으니까."

"이유는 너무하지만……. 그렇다면 뭐……."

자신이 하나토리 미야비라는 걸 알고 있다는 사실에도 별다른 동요를 보이지 않는군.

스토커 때문에 곤경에 처했다면 더 초조하게 굴 것 같았지만, 우리라면 괜찮을 거라고 판단한 걸까? 반갑지 않은 신뢰다.

"뭐랄까, 빈틈없이 방어하고 있는 요새를 향해 달랑 죽창 하나만 들고 쳐들어가는 기분이네……."

그것 잘됐군. 그렇다면 지금 당장 꺼져줄래?

"저기, 여동생 양. 여동생 양은 나를 도와줄 거지?"

질리지도 않고 다시 유즈에게 도움을 구하기 시작했다.

오늘 히츠지타니가 나와 접촉을 시도하려고 아침 일찍부터 집 앞에 와 있다는 사실은 그 전에 와 있던 히다카에게 얻은 정보를 통해 이미 알고 있었다.

게다가 예전에 유즈에게 하나토리 미야비의 얘기를 들었던 히다카는 동영상을 다 봐뒀기 때문에 전학해 온 첫날부터 히츠지타니가 하나토리 미야비라는 사실을 알아챘다.

(사실은 다르지만) 나도 같은 이유로 눈치챈 척하면서 히다카와 함께 어떻게 하면 좋을지 의논했다. 솔직히 처음엔 유즈가 히츠지타니에게 관심을 가질까 봐 유즈에겐 말하지

않을 생각이었다. 그런데 히다카가 이렇게 말했다.

『유즈라면 괜찮을 거야. 오히려 말하는 게 더 좋을 거라고 생각해』

히다카가 그렇게 말한다면 믿자. 히다카와 나는 유즈에게 히츠지타니에 대한 이야기를 했다.

그러자 유즈는 하나토리 미야비가 전학을 왔다는 사실에 흥미를 보이긴 했지만 기뻐하진 않았다.

오히려 우리가 아르바이트하는 곳까지 찾아와서 수작을 걸었다는 사실에 분노했다.

그래서 감격의 눈물을 흘리며 안아주려고 했지만 거절당했다.

"그렇다면—."

"난 미야비 씨기 최애인 미야B는 아니에요. 그냥 방송을 즐겨 보는 것뿐이죠. 그러니 미야비 씨의 본체에는 관심 없어요."

"상상 이상으로 단호하네."

"공과 사는 확실히 구분해야죠."

이런 면은 애니메이션 캐릭터와 성우의 관계와 비슷하다고 보면 될까?

캐릭터는 캐릭터이지 그 캐릭터를 연기하는 성우 본인은 아니다.

물론 동일시하는 사람도 있지만, 유즈는 그런 사람이 아니었다.

"저기, 내 다음 방송이 기다려지지? 실은 최근에 방송을 못 하는 사정이 있는데…….."

"그러면 그 문제는 알아서 해결하세요. 괜히 카즈를 끌어 들이지 말고."

"윽!"

"자, 가자. 카즈."

그렇게 말하며 내 손을 잡은 손에 힘을 주는 유즈.

"유즈, 그 말은 오빠를 천국으로 데려가 주겠다는 뜻?"

"아니거든! 카즈가 이상한 일에 말려들면 나랑 엄마, 아빠도 피곤해지잖아! 그래서 어쩔 수 없이 그런 거야!"

"크흑! 오빠가 그렇게 걱정되는 거냐! 유즈, 오빠도 사랑해!"

"짜증 나!!"

아아, 오늘도 유즈의 츤데레는 최상이군. 그래도 괜찮아.

유즈의 츤은 애정 100%라는 걸 잘 알고 있으니까.

그 후, 역에 도착해서 유즈와 헤어질 때, "다음은 미코 언니한테 맡길게"라고 하자 히다카는 "나만 믿어"라며 웃는 얼굴로 대답했다.

유즈와 헤어지고 역으로 가려는데 히츠지타니가 "괜찮다면 택시 타고 안 갈래?"라며 고등학생은 상상도 할 수 없는 VIP 발언을 했지만, 당연히 무시.

나와 히다카 모두 히츠지타니의 유혹에 넘어가기는커녕 발언 자체를 무시하고 역 안으로 들어갔다.

어쩔 수 없이 따라오는 히츠지타니. 그동안에도 히다카의 철벽은 건재.

유즈가 없어지면서 비게 된 옆자리로 온 히츠지타니를 보더니 "카즈뽕, 벽 쪽으로 붙어"라며 자기 몸을 꾹꾹 밀어서 나를 벽으로 몰아넣었다.

보통은 여자가 벽 쪽에 서고 남자가 지켜주는 것으로 알고 있는데.

"저, 저기……. 히다, 카."

"왜?"

아무리 히츠지타니라도 이렇게까지 나오니 의욕이 꺾였는지 평소의 기운찬 모습은 사라지고 없었다.

피폐한 모습으로 히다카를 향해 머뭇거리며 말했다.

"이시이에게 이상한 짓을 할 생각은 전혀 없어. 그냥 얘기를 하고 싶어서……."

"카즈뽕에겐 그게 이상한 일에 해당할 가능성이 있어. 무엇보다 카즈뽕이 이렇게 싫어하니까 빨리 단념해. 너한테도 좋을 건 하나도 없잖아?"

지당하신 말씀입니다.

히츠지타니가 스토커 때문에 곤경에 처했고 자신을 지켜줄 사람을 찾고 있다는 건 나도 안다.

하지만 그 기사로 나를 선택한 건 아무리 생각해도 잘못 생각한 거다. 지금까지 내 태도를 보면 아무리 사정을 얘기해도 자신을 도와주지 않을 거라는 알 수 있을 텐데.

"윽! 그치만 이시이가 아니면 안 되는 이유가 있어서 그래⋯⋯."

나를 힐끔 쳐다보더니 의미심장한 발언. 하지만 나는 그런 이유에는 관심이 없었다.

촉촉한 눈동자로 필사적인 분위기를 풍기며 나한테 말을 걸려고 했지만,

"나도 카즈뽕이 아니면 안 돼. 카즈뽕, 우리 둘은 같은 무덤에 묻히는 거야."

"하다못해 결혼하자는 말에서 끝내면 안 돼?"

경쟁심을 불태우는 히다카가 마찬가지로 눈가를 촉촉이 물들이며 말도 안 되는 얘기를 꺼냈다.

"즉 결혼이라면 해주겠다는 거구나⋯⋯."

"아니."

"알았어. 그러면 지금은 애인 사이인 걸로 타협하지⋯⋯."

"이제 그 수에는 안 넘어가."

"⋯⋯분하다."

도어 인 더 페이스. 처음엔 '큰 요구'를 해서 상대에게 거절당한 후에 원래 하려던 '작은 요구'를 해서 진짜 요구를 쉽게 수락할 수 있게 만드는 기술이다.

예전에 내가 이 기술에 걸려드는 바람에 히다카는 매일 아침 우리 집에 찾아오고 있다.

이번에는 절대 안 걸려든다.

"내가 끼어들 틈이 전혀 없구나⋯⋯."

"맞아. 나와 카즈뽕은 언제나 함께. 아주 멋진 운명으로

맺어졌지."

"기분 탓인지, 운명으로 맺어진 게 아니라 사슬로 묶여 있는 것 같은데……."

"카즈뽕, 그런 취향이었어? 알았어. 열심히 해볼게."

"아니거든! 열심히 하다니, 어느 쪽을 어떻게 열심히 하려고?!"

"둘 다 할 수 있도록 준비해 둬야지. 난 카즈뽕을 위해서라면 무슨 일이든 할 수 있어."

"나를 위해 그렇게까지 할 필요는 없으니까……."

라고 말했지만 "카즈뽕만이 아니라 나를 위한 것이기도 해"라고 행복하게 웃으며 팔짱을 끼는 바람에 난 더 이상 아무 말도 할 수가 없었다.

그런 우리를 본 히츠지타니가 "이러면서 왜 사귀지 않는 거야?"라고 투덜거렸다.

히츠지타니는 어떻게든 내게 고민 상담을 하려고 했지만, 히다카에게 다 가로막히는 바람에 결국 아무것도 하지 못했다.

히라사카 고교에 도착해서 우리 반인 1학년 D반으로 들어간 순간부터 작은 웅성거림과 큰 동요가 일어났다. 이유는 간단하다. 내가 히다카, 히츠지타니라는 두 명의 미소녀와 함께 등교했기 때문이다.

하지만 거기에 질투의 감정을 더해서 보는 사람은 없었다. 오히려 눈에 띄는 감정은 연민과 동정.

그리고 그 감정의 창끝은 내가 아니라 히츠지타니에게 향하고 있었다.

내가 자리에 앉자 평소와 같은 멤버들이 다가왔다.

"히츠지타니도 참 딱하지⋯⋯. 하필이면 이시이에게 접근하다니⋯⋯."

"무지는 죄라는 말이 있는데, 보아하니 이미 벌까지 받은 것 같군요."

"이렇게 목숨 귀한 줄 몰라서야. 어쩌다 이시이에게 수작을 걸어가지고는⋯⋯."

"츠키야마는 그렇다 쳐도 왜 이바와 우시마키까지 있는 거냐?"

"우리 반에 내 자리는 없으니까(요)"

의기양양한 표정으로 한심한 발언을 하는 미소녀가 두 마리.

내가 교실에 들어왔을 때부터 이미 츠키야마와 함께 있긴 했지만, 나와 히다카가 온 후에는 아예 셋이 나란히 내 자리로 왔다. 정말 지긋지긋하다.

학교에 오는 길에도 히다카에게 철벽 수비를 당한 히츠지타니는 다소 피폐한 상태로 교실로 들어왔지만, 반 아이들에게 에워싸이자 바로 환한 얼굴로 바뀌었다.

역시 버추얼 아이돌. 근성으로 버티고 있는 것 같다. 츠키야마가 물었다.

"그런데 히츠지타니는 왜 너한테 붙어 있는 거냐?"

"내가 너를 한참 잘못 본 게 큰 요인이라고 할 수 있겠지."

원래 예정대로라면 츠키야마가 히츠지타니에게 일절 접촉하지 않아야 했는데, 내가 모르는 곳에서 히츠지타니를 걱정해서 말을 걸었을 줄은 몰랐다.

이 자식은 선의로 나를 괴롭히는 데는 도가 텄다.

"넌 나한테 그렇게 상처를 주면 좋냐? 도대체 왜 그러는데?"

"처음엔 너한테 귀찮은 일을 떠안겨서 어떻게든 하게 할 계획이었는데, 네가 내 예상과는 다른 행동을 하는 바람에 그 귀찮은 일을 내가 떠안게 생겼잖아. 민폐도 이런 민폐가 없다고."

"그거야말로 내가 할 말이지……."

관자놀이 부근에 핏대를 세워가며 말하는 츠키야마.

"그렇다는 건 역시 히츠지타니에게 뭔가 문제가 있다는 말인가요?"

이바가 탐색하는 듯한 눈으로 나를 바라봤다.

"문제라기보다는 고민이 있는 것 같아. 그 얘기를 들어달라며 일요일부터 나를 따라다니고 있어."

사실은 문제가 있는 게 맞지만, 거기까지 알고 있다고 할 순 없으니까.

어디까지나 현재 시점에서 내가 얻은 정보만 말하기로

하자.

"그래서 미코…… 콜록. 히다카는 그 문제에 이시이가 말려들지 않도록 평소보다 더 붙어 있는 거고?"

우시마키가 히다카를 이름으로 부르려다가 기침으로 얼버무린 후 다시 성으로 불렀다. 이름으로 부른다고 히다카가 화를 낼 리는 없지만, 남자인 나는 모르는 여자들만의 뭔가가 있을지도 모른다.

"맞아. 카즈뽕은 내가 지킬 거야. 그래서 어쩔 수 없이 이렇게 옆에 있는 거고."

내 팔을 감싸안은 자신의 팔을 더 세게 밀착시킨다. 절대 어쩔 수 없어서 그러는 게 아니다.

아무래도 일요일에 말했던 나를 지킬 방법이라는 게 늘 내 옆에 붙어서 히츠지타니가 가까이 오지 못하게 하는 것인가 보다.

그 효과는 절대적이었다. 오늘 아침에도 어떻게든 내게 스토커 얘기를 하려는 히츠지타니를 철저하게 방어. 스토커에게 가로막혀서 스토커 얘기는 꺼내지도 못하는 기적이 일어났다.

지금도 교실 안에서 보란 듯이 딱 붙어 있는 히다카였지만, 이젠 그게 당연한 일상이 된 1학년 D반에서는 히다카의 어필이 좀 과격할지언정 뭐라 하는 사람은 아무도 없었다.

"저기, 히츠지타니, 괜찮아? 저기, 웬만하면 이시이에게는 가까이 가지 않는 게……."

"아하하! 괜찮아, 괜찮아! 그냥 아직 별로 얘기를 못 해본 것 같아서 말을 걸어본 것뿐이야."

고작 그 정도 이유로 아침 댓바람부터 우리 집에 오는 게 말이 되냐?

히츠지타니 입장에서는 어떻게든 스토커 문제를 해결하고 싶은 마음이 굴뚝 같겠지만, 이렇게까지 구는 나한테 들이대도 너무 들이댄다.

그렇지만 이대로 히츠지타니와 일절 엮이지 않는 방법만 계속 취할 수도 없는 노릇이다.

현재 상황에서 히츠지타니가 필사적으로 나한테 기대려 한다는 건 이미 스토커 때문에 곤경에 처했다. 즉 이사한 곳까지 스토커에게 들켰다는 뜻이다.

그리고 그 정보를 흘린 사람은 키타미 사에. 하필 그 진범은 히다카의 하나뿐인 친구다.

"카즈뽕, 왜 그래?"

"좀 신경 쓰이는 일이 있어서."

스토커에게 정보만 팔아넘기지 않았어도 키타미는 히다카에게 좋은 친구다.

하지만 이미 다 흘렸다면 이야기는 달라진다.

어쩌면 히다카에게까지 위해를 가할 수 있는 위험인물이다.

"신경 쓰이는 일?"

내가 왜 이 역할을 떠안아야 하나 싶지만, 일단 키타미를 설득하는 수밖에 없을 것 같다.

　그래서 히다카의 원망을 사서 조금 거리가 멀어지게 되더라도.

　지금이라면 키타미가 히츠지타니에게 사과하면 용서받고 문제도 해결될 수 있을지 모른다.

　"저기, 부탁이 있는데……."

　"알았어. 뭐든 말해."

　"적어도 무슨 말인지는 들어보고 대답하지?"

　"카즈뽕이 지금 이런 표정을 짓고 있을 때는 나를 위해 뭔가를 열심히 하려 할 때. 그렇다면 무슨 말인지 안 들어도 난 카즈뽕을 위해 무엇이든 할 거야."

　히다카가 엄청난 발언을 하는 것과 동시에 아침 HR을 하기 위해 선생님이 들어왔다.

　그것을 확인한 츠키야마는 자기 자리로, 우시마키와 이바는 자기 반으로 돌아갔다.

　우시마키는 "빨리 좀 사귀면 좋을 텐데 말이죠"라는 불만스러운 말을 남기며 자리를 떴다.

　왜 네가 불만스러운 얼굴을 하냐고.

　HR이 끝난 후, 히다카에게 『키타미와 얘기 좀 하고 싶은데』라는 메시지를 보내자 『알았어. 사에한테 물어볼게』라는 답장이 왔다.

그리고 그대로 교실을 나가는 걸 보니 아마도 키타미 사에에게 가는 것 같다.

이제 히다카가 약속을 받아내면 스토커 문제를 확인할 수 있다.

나는 발걸음도 가볍게 교실을 뒤로하는 히다카를 보면서 수업을 위해 교과서를 꺼냈다.

그러자 마치 이때를 기다리고 있기라도 한 것처럼 다가오는 여자가 한 명. 히츠지타니다.

"이시이!"

천진난만한 미소. 반 아이들은 무모하기까지 한 히츠지타니의 행동에 식은땀을 흘리고 있었다.

도대체 다들 얼마나 나를 무서워하고 있는 걸까.

"이제야 말할 수 있게 됐네. 히다카의 방어가 보통 삼엄해야지."

경쾌한 웃음과 함께 이어지는 사교적인 멘트.

히다카가 교실을 나갔을 때부터 이렇게 될 줄 알고 있었다. 반드시 나를 지키겠다고 했던 히다카치고는 너무 빈틈이 많은 행동이다. 보통은 그렇게 생각할 것이다.

"여, 여어, 이시이!"

그러나 당연하게도 히다카는 이런 상황도 염두에 두고 대책을 세워두었다.

새빨간 얼굴로 더듬거리는 말과 함께 교실로 들어온 사람은 우시마키 후우카.

무슨 일인지 호흡이 많이 거칠었다.

게다가 교실 입구에서는 몰래 이쪽을 살피는 이바의 모습
도 확인할 수 있었다.

"어라? 넌 아침에도 이시이랑 얘기하고 있던…….'

"아, 아니, 아! 나, 는, 이시이의, 치, 친구, 니까!"

심하게 우물쭈물하는 말.

평소 우시마키와 이바가 나와 교류할 때는 반드시 히다카
가 동석한다.

그게 두 사람이 스스로에게 부과한 규칙이고 지금까지는
그 규칙을 철저히 지켜왔다.

하지만 이번만큼은 예외. 우시마키가 올 거라는 건 히다
카도 알고 있었다.

아니, 정확하게는 히다카가 직접 불렀다.

HR이 끝난 후에 주고받은 메시지 중에 히다카가 마지막
으로 보낸 메시지는 『내가 옆에 못 있어 주니까 대신할 호위
를 보낼게. 우시와 이바』.

요컨대 우시마키는 히다카 대신 나를 도와주러 온 것이다.

당연히 고맙긴 하지만, 그 이상으로 히다카가 우시마키와
이바를 부른 방식이 너무 신경 쓰였다.

"아, 그렇구나. 실은 나도 이시이와 친하게 지내고 싶어
서 그래. 저…….'

"A반의 우시마키 후우카. 잘 부탁해, 히츠지타니."

"응, 나도 잘 부탁해. 후우카!"

두 미소녀의 교류에 뜬금없이 불타오르는 1학년 C반. 단 카니에만은 우시마키에게 싸늘한 시선을 보내고 있었다. 사이가 나빠진 건 아닐 텐데, 그런 것도 아닌가?

"그나저나 우시마키, 넌 뭐 하러 왔어?"

그러자 누가 봐도 눈에 띄게 몸을 움찔 떨었다. 왜 그렇게 까지 쫄아 있어?

심지어 말 한마디 없고. 이 자식, 진짜 뭐 하러 온 거지?

"어라? 딱히 할 얘기가 있는 건 아닌가 봐? 그러면 내가 말 좀 할게."

히츠지타니도 이미 우시마키의 목적을 눈치챈 것 같았다. 하지만 지금까지의 대화를 통해 확신하고 있는 게 분명했 다. 이 여자는 히다카에 비하면 아주 쉽게 다룰 수 있는 상 대라는 것을. 솔직히 교실에 있는 이상 스토커 얘기는 못 할 테니 히츠지타니도 할 말이 있으면 하라고 생각하고 있긴 하지만.

"저기, 이시이."

"자, 잠깐!"

"왜 그래, 후우카?"

"이시이, 와 친하게 지내, 고 싶으, 면, 반드시, 해야 하, 는 게, 있으아!"

있으아, 라고 했냐? 있으아는 또 뭐냐. 있으아는.

참고로 그게 뭔지 나는 모른다. 애당초 누구랑 친하게 지낼 생각도 없고.

"하아—! 하아—! 하아—!"

거친 호흡이 예사롭지 않다. 솔직히 지금은 히츠지타니보다 우시마키가 더 무섭다.

도대체 뭘 하려고 저러는 걸까 생각하고 있는데, 드디어 우시마키가 각오를 다진 표정을 짓더니 스커트 주머니에 오른손을 집어넣었다.

그리고 꺼낸 물건을 팟! 내 책상 위에 패대기쳤다.

"받아! 오늘치다!"

"".......""

책상 위에 떨어진 물건을 확인하자마자 나와 히츠지타니뿐만 아니라 반 전체가 할 말을 잃었다.

아니, 이 자식, 이게 무슨 짓이지?

왜 내 책상 위에…….

"팬티?"

"말하지 마!"

귀여운 연분홍색 팬티.

원산지는 어디냐? 짐작 가는 게 하나 있긴 하지만, 만약 그게 사실이라면 현재 우시마키의 치마 속은 상상조차 할 수 없는 사태가 벌어졌을 테니 굳이 확인하고 싶진 않았다.

"저, 저기, 후우카. 이건…….

히츠지타니가 머뭇거리며 확인에 나섰다.

"설마 몰랐던 거냐? 이시이와 친하게 지내려면 이걸 헌상

해야만 하는 거!"

"뭐어어어어어!!"

나도 처음 알았어. 게다가 무진장 필요 없거든.

"미리 말하지만, 네가 이시이에게 이걸 헌상하지 않았다면 친구는 못 돼!"

"말이 되는 소릴 해?! 그보다 후우카. 이런 짓까지 하고 있었어?!"

"당연하지!"

어쩐 일인지, 꼼꼼하게 치마를 누르며 가슴을 펴는 우시마키.

팬티의 원산지가 어디인지 특정할 수 있는 행동은 삼가기를 바란다.

참고로 교실 밖에서 이쪽 상황을 살피고 있는 이바는 의미심장한 미소를 지으며 엄지 척.

아무래도 저 여자가 모든 일의 흑막인 것 같다.

"어때? 할 수 있겠냐?!"

"아니, 그게……."

히츠지타니는, 아니, 지금 교실에 있는 모두가 우시마키의 발언이 사실이 아니라는 건 알고 있었다. 상식적으로 생각해도, 비상식적으로 생각해도 팬티를 산지 직송으로 보내지 않으면 친구가 못 된다는 건 말이 안 되지 않는가. 하지만 이제 그런 건 아무래도 상관없었다.

우시마키는 지금 실제로 팬티를 헌상했으니 말이다. 그런 말도 안 되는 상황을 뇌의 처리 속도가 따라가질 못해서 황당해하고 있었다. 물론 나도.

우시마키가 새빨간 얼굴로 히츠지타니를 향해 계속 말을 쏟아냈다.

"못 하겠으면 빨리 다른 데로 가! 민폐니까!"

그러고 보니 첫 번째 인생에서도 히츠지타니가 아마다에게 접근했을 때, 처음엔 우시마키가 히츠지타니를 경계하며 "테루를 이용하면 용서하지 않을 거야"라고 했었지.

절대 팬티를 헌상하진 않았지만.

"그렇게까지 할 필요는 없지 않아? 그냥 얘기 좀 하려는 건데⋯⋯."

"뭐?! 불만이라도 있어?!"

강경한 파워 플레이지만 가끔은 힘이 이성보나 나을 때도 있다.

"없는 것, 같아. 음⋯⋯. 왠지, 미안해⋯⋯."

결국 히츠지타니는 우시마키의 서슬 퍼런 기세에 눌려서 도망치듯 자리를 떠났다. 사실 도망친 거나 마찬가지다.

나도 이런 행동을 하는 여자는 너무 무섭다.

그나저나 이대로 가면 내 평판이 더 떨어지는 것 아니야?

예전에 문제를 일으킨 사람에게 팬티를 헌상시켰다고⋯

"우시마키, 장난 아니네⋯⋯."

"그런 일이 있었는데 팬티 각하를 바치다니⋯⋯. 오히려 그런 일이 있어서 그런 건가?"

"그냥 변태야. 틀림없이 변태 맞아⋯⋯."

"근데 우시마키는 부탁하면 해줄 것 같지 않냐?"

떨어지지 않은 것 같다. 다들 우시마키에게 주목하느라 나 같은 건 신경 쓸 겨를이 없는 느낌이다.

우시마키는 몸을 떨면서 새빨개진 얼굴을 푹 숙였다. 눈에는 눈물까지 글썽였다.

역시 이건 너무 가여운 것 같아서 도움의 손길을 내밀어 주기로 했다.

"우시마키, 오늘치는 괜찮으니까 다시 들고 돌아가. 그리고 잠깐 밖에서 보자."

"진짜? 고마워! 너무 고마워어어어!!"

다소 과하다 싶은 감사 인사를 전한 우시마키는 쏜살같이 팬티를 낚아채더니 우리 교실 커튼으로 몸을 둘둘 감싸고 몰래 뭔가를 입는 행동을 취했다.

보아하니 팬티는 원산지로 귀환한 모양이다.

그리고 다시 기운을 되찾은 우시마키와 함께 교실 밖으로 나갔다.

"이바아아아아아아아아!!"

일단 교실 밖으로 나가자마자 냅다 고함을 질렀다.

아무리 나를 지키기 위한 거라도 말이 되는 계획을 세워야지.

"어때요? 이 정도면 히츠지타니도 쓸데없는 말은 못 할 거예요."

"쓸데없는 오해는 무진장 생겼지!"

두 번째 인생을 사는 나조차 우시마키가 팬티를 산지 직
송으로 보낼 줄은 몰랐다.

분명 다른 방법이 있다는 것을 알면서 왜 이런 짓을 한
거지?

"흐음……. 작전은 절반은 성공, 절반은 실패한 건가요?"

하지만 당사자인 이바는 냉정한 얼굴로 현재 상황을 분석
했다.

"무사히 성공했더라도 우시마키가 상처받았잖아! 아니,
우시마키 너도 시킨다고 하는 건 뭐냐!"

"그치만…… 이시이에겐 많은 도움을 받았고…… 너무 고
맙게 생각하고 있어서……."

눈물을 글썽이는 가련한 모습은 사랑스럽지만, 그녀가 한
짓은 너무 다이내믹했다.

아무리 고맙게 생각해도 보통 그렇게까지 하진 않는다.

"안타깝네요. 이번 기회에 이시이의 평판이 떨어지길 바
랐는데 말이죠…….."

이 여자는 또 이 여자대로 터무니없는 소리를 지껄이고
있었다.

"아직 나한테 원한이 있는 거냐?"

"당치도 않아요. 아주 고맙게 생각하고 있고 큰 죄책감을
품고 있는 것 또한 사실이에요. 그래서 제가 힘이 될 수 있

는 일이 있다면 반드시 돕겠다고 마음먹었죠. 설사 히다카에게 부탁받지 않더라도 반드시 당신을 도울 거예요."

우아한 미소다. 이 부분만 잘라내서 보면 더없이 매력적인 히로인으로 보인다.

실제로 한 짓은 내 책상에 산지 직송으로 팬티를 보낸 것이지만.

"그렇다면 왜 내 평판을 떨어뜨리려고 하지?"

"훗."

의기양양한 얼굴로 안경을 슥 밀어 올리는 이바. 이대로 확 박살을 낼까 보다.

"이시이의 교내 평가를 떨어뜨려서 가능한 한 히다카에게 기댈 수 있게 만들고 싶었어요. 그러면 두 사람이 사귀게 될지도 모르잖아요."

그러면 네가 벗던가. 왜 하기 싫은 건 우시마키에게 떠안기냐고.

"나름대로 몸을 던져가면서 한 것치고는 아쉬운 결과였네요……."

"난 나름대로 정도가 아니었거든!"

저번 인생에서도 툭하면 이바의 감언이설에 넘어간 우시마키였지만, 이번은 더 심했다.

히로인은 주인공이 없어지면 이렇게까지 망가지는 건가…….

"저기, 우시마키, 기운 내……. 그리고, 고마워……."

"응……. 도움이 되었다니 다행이야……."

나중에 단톡방에 히다카가 『고마워. 너희들 덕분이야』라는 메시지를 올리자 츠키야마가 『우리 반에서 우시마키를 노리는 놈들이 늘어났어. 안 좋은 의미로』라는 답장을 올렸다.

채팅방 멤버들 모두 '읽음'이라는 표시가 떴지만, 우시마키는 아무 대답도 하지 않았다.

책상 팬티의 임팩트가 너무 컸는지, 그 후로 히츠지타니가 나에게 접근하는 일은 없었다. 늘 내 옆에 붙어서 "이건 카즈뿡을 지키기 위한 거야. 어쩔 수 없이 하는 거라고"라고 했지만, 조금도 어쩔 수 없이 하는 것처럼 보이지 않는 행복한 미소를 짓고 있는 히다카도 원인 중 하나다.

그래도 포기한 건 아닌지, 가끔 나를 살피는 듯한 눈빛을 보내곤 했다.

물론 눈빛을 보내는 즉시 히다카의 견제가 들어오지만.

일단 히다카나 우시마키가 내 주위에 있을 때는 말을 걸기는커녕 가까이 가는 것조차 힘들다는 걸 알고 기회를 노리는 눈치였다.

사실은 한 명 더, 이바 코우키라는 동료도 있지만, 이 녀석은 "난 뒤에서 지시를 내리는 역할이야"라고 몸을 잔뜩 사리면서 도와주고 있다.

이러저러해서 점심시간. 드디어 키타미 사에와 접선할 수 있게 되었다.

장소는 늘 가는 옥외 테이블. 그곳으로 히다카가 키타미를 데리고 왔다.

"마, 만나서 반가워, 이시이!"

얌전해 보이는 인상에 소박한 얼굴. 가슴 언저리까지 내려오는 예쁜 생머리. 키는 그리 크지도 작지도 않다. 여성 평균 신장. 무례한 표현일 수도 있지만, 이 정도로 평범하다는 인상을 주는 여자는 반대로 참 보기 드물다는 생각이 들었다.

그런데 위화감이 하나.

"저기……, 나 히다카에게 이상한 짓 안 했어! 그냥 친구……."

지나칠 정도로 나를 두려워하는 건 자기가 스토커에게 정보를 흘렸다는 사실을 들킨 건지도 모른다는 생각에 경계하고 있기 때문일까?

그렇다면 이 말도 의심하는 게 좋을 것 같다. 물론 얼굴에는 드러내지 않겠지만.

"누가 화를 낸다고 그래. 저기, 왜 그렇게 무서워해?"

일부러 어리숙한 척하며 질문을 던졌다.

그래. 네가 경계하는 것처럼 나는──.

"에? 그치만 이시이는 늘 히다카를 속박하고 있고 잠시도 옆에 없으면 불같이 화를 낸다고 들었는데…….”

“……누구한테?”

“히다카.”

“히다카?”

“나중에 그렇게 될 예정이니까 거짓말은 아니지.”

“거짓말이야! 절대 그렇지 않다고!”

이런 이유일 거라곤 상상도 못 했다.

“카즈삥, 안 그래?”

“당연하지! 그야 옆에 없으면 외롭긴 하지만 불같이 화를 낼 정도는 아니고, 히다카와 친한 키타미한테 화를 낼 이유도 없잖아!”

필사적으로 변명하자 “외롭다고 생각해 주는 것만으로도 기뻐”라며 만족스러운 미소를 짓는 히다카.

아무래도 나한테서 이 말을 끌어내려고 사전에 작업을 한 것 같다…….

“아, 그렇구나. 후후후……. 소문대로 사이가 좋구나.”

“맞아. 카즈삥과 난 언제나 러브러브지.”

진정하자. 원래 목적을 떠올려.

내가 키타미를 만나려고 한 건 사과를 시키기 위해서다.

그냥 보면 평범한 여학생인 키타미는 사실 버튜버로 활동하고 있었다.

활동명은 하카나 린. 히츠지타니가 하고 있는 하나토리 미야비와 달리 구독자 수는 50명도 안 되는 소규모지만, 그래도 어엿한 스트리머다.

"그러면 왜?"

"키타미, 혹시 최근에 우리 반에 전학 온 히츠지타니라고 알아?"

"응, 알아. 엄청 귀엽고 밝은 아이 말이지? 체육 수업도 같이 들어."

우리는 1학년 C반. 키타미는 1학년 D반. 바로 옆 반이라 체육 수업을 합동으로 하면서 히다카와 키타미도 친해졌다. 그러면 그러다 히츠지타니가 하나토리 미야비라는 걸 알게 된 건가.

"그럼, 히츠지타니에 대해서는 어떻게 생각해?"

자, 여기서부터가 어렵다.

현재 히츠지타니가 스토커에게 시달리고 있으니 키타미가 이미 스토커에게 정보를 흘렸다고 봐야 한다. 순진무구한 얼굴로 상당히 야비한 짓을 하는 녀석이다.

그렇지만 직접적으로 그 점을 지적하기는 어렵다. 갑자기 그런 말을 꺼내면 경계할 게 뻔하니 말이다.

원래라면 내가 알 수 없는 정보니까.

"음~. 밝은 아이라는 느낌? 얘기한 적이 별로 없어서 자세히는 모르지만."

음, 시치미를 뚝 떼시겠다? 하긴 그럴 만도 하지.

"사에는 그렇게 내숭 떠는 애랑은 어울릴 필요 없어. 아니, 어울리면 안 돼."

"아하하. 미코토는 엄하다니까."

아까 내 앞에서는 성으로 불렀는데, 평소에는 히다카를 이름으로 부르는 모양이다.

아니, 지금은 그게 중요한 게 아니지. 어떻게 키타미에게서 히츠지타니에 대한 걸 알아낼 것인가가 문제다.

조금 더 들어가 볼까.

"참고로 나와 히다카는 히츠지타니의 또 하나의 얼굴에 대해 알고 있는데, 넌 어때?"

"또 하나의 얼굴?"

또 시치미 떼기. 이 정도 되니 조바심보다는 감탄이 앞섰다.

보통 이 정도 되면 어떤 반응을 보이기 마련인데, 키타미는 일절 동요하지 않고 정말 아무것도 모르는 것처럼 굴었다.

"하나토리 미야비라고 알아?"

"……앗! 말도 안 돼!"

그제야 히츠지타니가 놀라워했지만…… 너무 이상하지 않나?

이것도 연기일까? 진짜 놀란 것처럼 보이는데…….

"뭐? 히츠지타니가 미야비?! 우와! 굉장해! 내가 동경하는 사람이야!"

"사에, 그딴 녀석은 동경하지 마."

"그렇게 말하지 마, 미코토! 미야비는 나와 달리 굉장히 유명한 사람이야! 개인 버튜버로 구독자 수 100만이 넘는 건 보통 대단한 게 아니라구!"

개인 버튜버…… 사무소에 소속되지 않고 개인적으로 활동하는 버튜버의 약칭이다.

마찬가지로 개인적으로 활동하는 키타미 입장에서 보면 하나토리 미야비는 그야말로 동경의 대상.

그래서 이렇게 기뻐하며 하나토리 미야비에 대해 얘기하는 것이겠지.

완전히 흥분한 것으로밖에 안 보이── 잠깐, 흥분한 거 맞지?

"나랑 달리?"

그 뜻을 알면서도 모르는 척 물었다.

"앗! 저기, 그게……. 미코토에게만 말한 건데, 실은 나도 버튜버야. 구독자 수도 적고 시청자 수 역시 두 자릿수도 안 되지만."

스트리머는 실시간으로 방송을 진행하고 그 방송을 몇 명이 보러 오는지를 알 수 있다.

예전에…… 첫 번째 인생에서 아마다에게 들은 바에 따르면 혼자 활동하는 스트리머의 경우, 시청자 수가 30명 정도만 돼도 제법 괜찮은 거라고 했다. 물론 뛰는 사람 위에 나는 사람이 있는 법이다.

앗, 그게 아니지. 뭔가 심상치 않은 느낌이 든다.

난 원래 키타미가 스토커에게 정보를 팔아넘겼다고 판단하고, 그 사실을 인정하게 만들어서 히츠지타니에게 사과하게 할 생각이었다. 그런데 키타미가 정말 그런 짓을 했을까?

"저기, 키타미. 혹시 말인데……."

아직 여름이 온 것도 아닌데 묘하게 몸이 뜨거웠다. 아마 긴장해서 그런 것이겠지.

"히츠지타니가 하나토리 미야비라는 건 아무에게도 말하지 말아 줄래?"

"카즈뿡, 괜찮아. 사에는 그런 짓을 할 애가 아니야."

히다카의 부드러운 미소. 키타미 사에를 전적으로 신뢰하고 있다는 증거다.

나도 할 수만 있다면 그렇게 하고 싶다. 하지만 첫 번째 인생에서 키타미는…….

"아니, 못 할 거야."

"뭐?"

히다카의 말에 내 혼란은 한층 더 가중되었다.

저번 인생에서 키타미는 스토커에게 정보를 팔아넘겼다. 못할 리 없다.

그런데 히다카는 왜 이렇게까지 자신만만하게 '못 한다'고 단언하는 거지?

"왜, 못 하는 건데?"

"당연하잖아?"

"애당초 사에는 히츠지타니의 팬의 연락처 같은 건 모르는걸."

"······!"

그 말을 들은 순간 그대로 사고가 정지됐다.

히츠지타니의 팬의 연락처를 키타미는 모른다. 맞는 말이다. 히다카에 이어 키타미의 말이 이어졌다.

"맞아. 알아내려고 하면 알아낼 수도 있어. 예를 들면 SNS로 미야비에 대해 얘기하는 사람을 찾아서 그 사람에게 정보를 흘리거나······. 그치만 난 그런 짓도 안 하고 할 이유도 없어. 위험한 사람도 있을 수 있으니까······."

하긴 그 방법을 사용하면 키타미뿐만 아니라 나도 하나토리 미야비의 정체를 알려줄 수 있다.

그러나 하나토리 미야비는 인기 버튜버다. 그만큼 팬도 많다.

그중에서 스토커를 정확히 골라내서 연락처를 알려주는 게 가능할까?

히다카가 나를 타이르듯 부드럽게 말했다.

"응? 그러니까 괜찮아."

"······그래."

아마 히다카는 처음부터 내가 키타미를 의심하고 있다는 걸 알았을 것이다.

그러면서도 내 행동을 부정하지 않고 받아들인 다음 잘못을 바로잡아 주었다.

뭐야······. 자기 뜻대로 잘 행동하고 있잖아.

나의 섣부른 단정이 부끄러운 동시에 말로 설명할 수 없는 기쁨이 끓어 올랐다.

하지만 지금은 기쁨은 잠시 접어두고 키타미에게 사과부터 하자.

"미안해, 키타미. 이상한 말을 해서……. 다 내 잘못이야."

깊이 머리를 숙였다. 지금까지 살아오면서 가장 진심으로 반성한 순간인지도 모른다.

"어? 아냐, 괜찮아! 저기, 히츠지타니 말인데, 혹시 극성팬 때문에 힘들어?"

키타미는 어딘가 불안한 얼굴이었다.

극성팬이란 말 그대로 민폐 행위를 저지르는 극성스러운 팬의 총칭이다.

"그런 게 아닐까 싶었는데……."

내 실수를 바로잡고 나자 내 안에 또 다른 의문이 피어올랐다.

히츠지타니가 나에게 하고 싶다는 얘기가 정말 스토커 문제가 맞을까?

지금까지 있었던 일을 냉정하게 돌아보면, 히츠지타니는 '하고 싶은 얘기가 있어'라고는 했지만 '도와줘'라고 하진 않았다.

첫 번째 인생에서 아마다는 히츠지타니의 기사로 뽑힌 직후에 '도와줘'라는 말을 들었다. 그래서 츠키야마를 비롯한 히로인들과 협력해서 스토커 문제 해결에 나섰던 것이고.

그런데 두 번째 인생의 히츠지타니는 다르다. 이유는 모르지만, 이상할 정도로 나한테 집착하고 들이대면서 어떻게든 자기 얘기를 듣게 하려 하고 있다.

만약 그게 스토커 문제가 아니라면 도대체 뭘까?

"카즈뿅?"

히다카가 나를 빤히 쳐다보고 있었다.

원래라면 이대로 히다카가 지키도록 내버려 두는 게 좋을지도 모른다.

하지만 그런 식으로 다른 사람에게 다 떠안길 수는 없었다.

지금까지 내가 한 행동으로 인해 미래는 분명 변했다.

이곳은 첫 번째 인생과 똑같은 세계가 아니다. 두 번째…… 다른 새로운 세계이다.

그렇다면 나는 엄청난 오해를 하고 있으며, 히츠지타니의 문제에 개입하지 않는 것이야말로 또 다른 돌이킬 수 없는 사태를 일으킬 가능성이 있다.

"히다카. 저기, 애쓰고 있는 건 알지만, 아무래도 히츠지타니랑 얘기를 해봐야겠어."

"알았어. 카즈뿅이 그러고 싶다면 난 안 말려."

지금까지 해온 노력을 부정하는 짓을 하려는데도 히다카는 미소를 머금고 있었다. 정말 좋은 여자야…….

"후후후. 역시 미코토와 이시이는 사이가 좋구나."

그 후, 우리 셋은 쓸데없는 잡담을 나누며 점심시간을 보냈다.

히츠지타니의 진짜 목적. 그것이 대체 무엇인지 한번 찾아내 볼까.

◇　◇　◇

방과 후, 히다카와 함께 편의점에 가서 열심히 알바를 하고 있는데, 기분 탓인지 불안한 표정으로 가게 안으로 들어오는 손님이 한 명. 히츠지타니다.

평소에도 툭하면 연기를 하는 여자라 그게 진짜 불안해서 그런 건지, 일부러 약한 모습을 보여서 내 관심을 끌려는 건지, 판단이 안 섰다. 하지만 어느 쪽이 됐든 할 일은 똑같다.

"저기, 이시이……."

"얘기만 하는 거면 들어줄게."

"어?!"

예상 밖의 말에 눈이 휘둥그레지는 히츠지타니.

하지만 지금까지 죽어라 거부했기 때문일까, 아직 완전히 안심하진 못한 눈치다.

살짝 올려다보며 머뭇머뭇 내 표정을 확인했다.

"진짜 괜찮아? 저기, 히다카는……."

"히다카한테도 말해뒀으니까 방해되면 빼도록 할게. 하지만 지금은 알바 중이라 무리야."

"앗! 괜찮아! 전혀, 문제없어! 정말 고마워! 진짜 기뻐!"

기쁘다는 말은 사실인 것 같았다. 평소 보이는 다소 작위적인 틸털한 태도와는 다르게 어린아이처럼 좋아했다.

"그러면 내일이라도—."

"알바 끝나는 시간을 가르쳐줘!"

"꽤 늦는데. 밤 10시야."

"알았어! 그럼, 그 후에 부탁할게! 일하는데 방해해서 미안해!"

그리고 히츠지타니는 발걸음도 가볍게 가게를 나서……나했더니 편의점 바구니에 이런저런 물건을 담아서 다시 내 계산대로 왔다.

"매상에 공헌하겠습니다~! 그리고 치킨 스틱도 부탁해!"

"알겠습니다."

"수고했어, 이시이."

"어."

알바가 끝난 후, 편의점 유니폼에서 교복으로 갈아입고 밖으로 나가니 미소를 띤 히츠지타니가 기다리고 있었다. 그녀와 만나는 건 나 혼자다.

"저기, 히다카는? ……아, 있구나."

물론 없을 리 없다. 편의점 앞에서 이쪽을 뚫어져라 감시하고 있다.

"얘기를 듣는 건 나 혼자지만, 들은 이야기를 전할 가능성도 있어. 아니, 반드시 말할 거야."

히츠지타니가 나에게 할 얘기가 있다면 히다카는 옆에 없는 게 좋겠다고 판단했지만, 그렇다고 히다카에게 아무 말도 안 할 생각은 없었다.

히다카도 히츠지타니가 나한테 무슨 얘기를 할지 궁금할 테고.

"아, 그건 괜찮아! 히다카가 알아서 안 될 일은 아니거든."

그 정도 일이라면 왜 이렇게까지 나한테 집착하는 건지 모르겠다.

뭐, 괜찮다. 이제 곧 답을 알 수 있으니까.

"하고 싶은 얘기가 뭔가 하면…… 아마다에 대해 가르쳐 줬으면 해서."

"뭐? 아마다?"

스토커 얘기가 아닐 줄은 알았다. 하지만 그 대신 나온 내용이 너무 예상 밖이었다.

왜 히츠지타니의 입에서 아마다의 이름이?

"응. 학교에 전혀 나오질 않잖아? 그 이유를 알 수 있을까?"

"다른 녀석들한테 아무 얘기도 못 들었어?"

너무 혼란스러워서 내가 할 질문보다 히츠지타니의 질문을 우선하고 말았다.

"아무도 안 가르쳐줘. 유일하게 가르쳐 준 건『아마다 일이라면 아마다나 히다카에게 물어봐』라는 것뿐. 그래서 이시이가 가르쳐 줬으면 좋겠어."

내가 알지도 못하는 사이에 문제를 통째로 떠안은 기분이었다.

물론 그 사건에 대해 말하고 싶지 않은 심정은 이해하지만.

"네 성격이라면 남자 녀석들한테 알아낼 수도 있을 것 같은데."

"음~. 그게 꼭 그렇진 않아. 좀 더 친해지면 알아낼 수도 있겠지만 그러다가 괜한 오해를 사는 건 싫어."

그 정보를 알아낼 정도로 친밀해지면 주위에서 오해할 소지도 있긴 하겠군.

"그러니까 좀 가르쳐줘! 왜 학교에 안 나오는 거야?"

"그 전에 내 질문부터. 왜 아마다에 대해 알고 싶은 거지? 아는 사이도 아니잖아."

"같은 반 친구 중에 학교에 안 나오는 사람이 있으면 걱정하는 게 당연한 거 아냐?"

지극히 당연한 말이지만 일반론은 아니다.

보통 사람이라면 그 시점에서 이미 골치 아픈 일인 걸 알아채고 엮이려고 하지 않는다.

그렇게 걱정해 주는 건 말도 안 되게 착한 사람뿐이다.

"이유는 그게 다야?"

"윽!"

지금까지 나를 봐오면서 보통 방법은 안 통한다는 것을 알고 있을 것이다.

정보를 감춘 상태로는 진실에 이르지 못한다. 그래서 가능한 범위 내의 정보를 꺼냈다.

물론 취사선택은 있겠지만.

"네가 말도 안 되게 착한 사람이라면 걱정돼서 그런다는 말을 믿을 수 있겠지만, 이유가 그것밖에 없을 것 같진 않거든."

게다가 수상한 점이 하나 더.

반 아이들은 '아마다 일이라면 이시이나 **히다카에게** 물어봐'라고 했다고 히츠지타니는 말했다. 그런데 왜 히다카에게는 물어보지 않았을까?

간단한 상대는 아니지만, 오늘 아침에도 히다카는 나를 지키기 위해 '카즈뽕에게 말하려면 사전에 나한테 허락부터 받아'라고 했다. 즉 히츠지타니는 히다카에게 아마다에 관해 물어 볼 수 있었다.

그런데도 히츠지타니는 완강하게 히다카에게는 묻지 않고 나한테 얘기를 들으려 했다.

거기에도 뭔가 특별한 이유가 있는 건 아닐까?

"그 말은, 내가 착한 사람이 아니라는 뜻?"

"적어도 지금은 믿을 수 없어."

만약 히츠지타니가 말도 안 되게 착한 사랑에 해당한다면 첫 번째 인생에서 나를 도와줬을 것이다.

하지만 이 녀석이 한 짓은 인기 스트리머라는 지위를 이용해서 아빠와 유즈를 곤경에 빠뜨린 것이었다.

그런 녀석을 두 번째 인생이라는 이유만으로 착한 사람이라 판단할 수는 없다.

"내가 이시이에게 이상한 짓을 한 것도 아닌데 왜 그래."

"따라다니는 건 충분히 이상한 짓이야."

"네가 자꾸 도망가니까 그렇지. 아마다에 대해 듣기만 하면 됐는데."

"지금 그런 말 해봤자 소용없잖아!"

"무슨 흉내야?"

TV에 나오는 예능인처럼 대답해봤다.

그나저나 이건 예상 밖이다. 당연히 스토커에 시달리고 있으니 도와달라는 말인 줄 알았는데…….

"그래서 왜 아마다에 대해 알고 싶은 건데?"

"그건…….""

말을 머뭇거리는 히츠지타니를 보고 있자 부글부글 불길한 예감이 들기 시작했다.

혹시 이건 스토커 문제보다 더 골치 아픈 문제가 아닐까 하는.

"하아, 어쩔 수, 없나…….""

비교적 쉽게 체념한 히츠지타니는 작게 한숨을 쉬더니 나를 똑바로 바라봤다.

히츠지타니 미와. 하나토리 미야비라는 가명의 스트리머로 활동하는 미소녀.

첫 번째 인생에서는 아마다가 스토커 문제를 해결해 주면서 좋아하는 감정이 싹텄지만, 두 번째 인생인 이번에는 그렇게 되지 않았다. 그러니 귀찮은 녀석이긴 해도 위험한 인물은 아니다.

내게 위험한 인물은 아마다를 좋아하는 미소녀다.

아마다의 특수한 능력인지는 모르겠지만, 아마다를 좋아하는 여자는 하나같이 저돌적으로 변해서 아마다를 위해서라면 아무리 나쁜 짓이라도 서슴없이 해치워서 아마다가 원하는 것을 이루어주려 한다.

하지만 현재 히츠지타니는 그렇진 않았다. 아마다가 학교에 나오지 않는 바람에 나를 자꾸 따라다니는 건 귀찮지만, 어디까지나 귀찮을 뿐이다.

이미 아마다를 좋아하고 있다면 더없이 위험하지만, 두 사람은 아직 만나지 않았으니 그런 일은 절대 일어나지 않을—.

"소꿉친구야."

"……네?"

저기요, 혹시, 방금 뭐라고 하셨죠? 소꿉친구? 소꿉친구라고 하셨나요?

그러니까 그거죠? 그냥 옛날부터 알고만 지낸 사이?

소꿉친구이고 옛날부터 좋아했다거나…… 그런 건 아니죠?

그렇다면 히다카에게 물어보지 않은 이유도 원래 아마다가 좋아하는 사람인 히다카의 존재를 알고 있고 그게 두려워서 그런 거라면 납득이 되는데요…….

어안이 벙벙해진 내가 입을 쩍 벌리고 있는 것도 눈에 안 들어오는지, 히츠지타니는 살짝 발그레해진 얼굴로 한 번 더 외치듯 말했다.

"소·꿉·친·구! 나랑 테루치는 소꿉친구야!"

그렇다고 나한테 들이대지 마!

제3장

생각하는 것은
재능 **없는** 조연의 가장 큰 무기다

인생에는 자극이 필요하다는 이야기를 들은 적은 있지만, 이건 자극이 심해도 너무 심하다.

첫 번째 인생에서는 미소녀 전학생으로 히라사카 고교에 와서 스토커 문제를 해결하는 것과 동시에 하렘에 편입된 히츠지타니 미와.

하지만 그 정체는 무려 아마다의 소꿉친구였다.

도대체 어떻게 된 거지? 전학생이라는 초기 설정만으로 다른 히로인과 겨루는 건 불리하다고 판단한 원작자가 나중에 소꿉친구라는 요소를 추가한 걸까?

그렇다면 타이밍이 잘못되었다. 하려면 첫 번째 인생에서 해야 했다.

왜 두 번째 인생…… 주인공이 소멸된 타이밍에 그런 요소를 추가하는 거지?

"저기, 이시이. 내 말 듣고 있어?"

"아, 어……. 듣고 있, 어……."

편의점 안을 힐끔 확인하니 히다카가 당장이라도 이쪽으로 튀어올 것 같은 모습을 하고 있는 게 보였다.

아마 내 상태가 예사롭지 않다는 것을 알아챈 것이리라.

일단 '괜찮아'라며 손으로 제지했다.

좋아. 진정하자. 전례에 따르면 소꿉친구는 주인공을 끔찍하게 싫어했고, 같은 소꿉친구라면 히츠지타니도——.

"그럼, 테루치에 대해 말해줘!"

아, 안 되겠는데요. 호감도 완전 MAX 상태이신 것 같네요. 아마다가 너무 좋은 테루치 베이비 상태군요, 이건.

"소꿉친구면 네가 직접 물어보러 가면 되잖아."

일단 살짝 저항해 본다. 하지만 마음속에는 히츠지타니와 아마다, 이 둘과는 절대 엮이고 싶지 않다는 생각밖에 없었다. 소용없을 것 같지만.

"그게, 테루치가 나를 기억할지 애매하고, 만약 잊었다면 섭섭할 것 같아서…….."

왜 이러실까, 히로인께서. 지금까지 보인 태도가 마치 거짓말인 것처럼 가련하며 귀여운 행동이지 않습니까.

그 설정 지금 당장 지우지 그래? 지우개 매직 같은 걸로.

"미리 말하지만, 썩 기분 좋은 얘기는 아니야."

"괜찮아. 각오는 했으니까."

어쩌겠나, 남자답게 가자. 그나저나 왜 하필 소꿉친구냐는 말이다.

그렇다면 히다카는 히츠지타니를 알고 있었던 건가? 같은 소꿉친구니까.

미치겠다. 궁금한 게 너무 많다. 우선 내가 먼저 정보를 하나 주자.

솔직한 심정으로는 이야기하고 싶지 않았다. 약속을 깨고 도망치고 싶었다.

하지만 여기서 도망치더라도 히츠지타니는 절대 포기하지 않고 내 주위를 망치고 다닐 것이다.

그렇다면 리스크를 숙지한 상태로 한번 해보는 수밖에 없다. 이건 기회이기도 하니까.

사실을 그대로 전하는 게 아니라 각색해서 아마다에 대해 최악의 인상을 받도록 말이다.

성공하면 아마다에 대한 히츠지타니의 호감도를 마이너스까지 끌어내릴 수 있다.

"실은 얼마 전에―."

나는 친절하고 정중하게 각색한 아마다의 악행을 히츠지타니에게 전하기로 했다.

아마다는 자신이 러브 코미디의 주인공이라고 생각하고 있으며 이 세상 모든 미소녀는 당연히 자기를 좋아한다는 생각에 따라 행동했다는 것. 단 메인 히로인은 히다카 미코토로 정해 두었기 때문에 다른 히로인은 어디까지나 어장 속 물고기. 러브 코미디를 재미있게 만들기 위해, 자신의 우월감을 채우기 위해 다른 히로인들을 공략했다. 게다가 그 히로인들을 이용해서 여러 문제를 해결, 마지막의 제일 좋은 부분만 자기가 차지했다. 나는 그런 아마다의 제일 큰 피해자로 아마다가 메인 히로인으로 정한 히다카 미코토가 내게 호감을 가지고 있어서 훼방꾼으로 간주, 제거될 뻔했다. 그 방법은 하지도 않은 도촬범으로 만든 것. 내 스마트폰에 히로인이 옷을 갈아입는 사진을 몰래 넣은 다음, 그 사진을 이용해서 나를 히로인을 협박한 쓰레기로 만들려 했다. 하지만 그 작전은 실패. 내게 작전을 간파당한 아마다는 반대로 자신의 본성이 같은 반 친구들과 그가 이용한 히로인들에게 들통나면서 교내에서의 입지를 상실했다. 그래서 학교에 나오지 않게 되었다.

……과장되게 각색해서 전달하려고 했는데 사실이 너무 충격적이라 그럴 수도 없었다.

이런 경우도 있구나.

"그래……. 그런 일이 있었구나. 얘기해줘서, 고마워……."

묘한 표정.

어떠냐, 히츠지타니. 역시 환멸을 느꼈지? 걱정할 가치조차 못 느끼겠지?

그러니 지금 당장 아마다에 대한 호감도를 소멸시켜서 평범한 미소녀 전학생으로———.

"그래도…… 아니, 그러니 더 내가 테루치의 편이 되어주고 싶어!"

아무래도 내 계획은 멋지게 실패한 것 같다. 환하게 빛나는 미소다.

이건 그건가? 백문이 불여일견의 반대 패턴?

실제로 현장에서 봤으면 인상이 바뀌겠지만, 자기가 직접 경험하지 않은 이상 효과는 미미하다.

누군가 험담을 한 내용이 사실이라도 자신이 피해자가 아니면 신경 쓰지 않는다.

오히려 그런 험담을 듣는 사람이 불쌍하다며 더 편을 들어준다.

이 세상은 때로 선의가 사람을 괴롭히기도 한다.

"게다가 어떤 의미에서는 기회 아닐까? 테루치의 주위에 귀여운 여자는 아무도 없는 거잖아!"

어차피 절체절명의 위기.

"그런데 히츠지타니……."

"왜 그래?"

"아마다와 소꿉친구라고 했지? 같은 초등학교에 다녔어?"

"아니, 학교는 달랐어. 같은 수영 교실에 다녔지."

하여간에 그 자식은 장소 가리지 않고 러브 코미디를 마구 저지르고 다닌다니까!

"그래서 테루치는 나를 기억하지 못할지도 몰라. 어렸을 때의 난 지금이랑 완전히 달랐거든."

음~, 과연 그럴까요~.

첫 번째 인생에서는 히츠지타니가 소꿉친구 일은 모르쇠로 일관했지만, 메인 히로인을 히다카로 정했기 때문에 일부러 모르는 척한 거라고 생각하거든요~.

그 자식, 죽어라 둔한 척 굴기도 했고.

"나는 옛날에 엄청 내성적인 아이였어."

물어보지도 않았는데 과거 얘기를 시작했다. 이제 돌아가도 되지?

내성적인 패턴은 카니에가 담당하고 있어서 설정도 겹

치고.

"그래서 수영 교실에서 따돌림을 당했어. 그걸 도와준 게 테루치!"

짜증 나~. 원래는 다른 녀석이 제일 애쓰지 않았을까?

그 녀석이 나서서 가해자를 처리했다니, 절대 그럴 리 없을 것 같은데요.

최악의 경우, 뒤에서 따돌림을 주도했을 가능성도 있다.

"수영 교실에서 특히 수영을 잘했던 아이와 힘을 모아서 다른 여자아이에게 말해줬어. 『히츠지타니를 괴롭히지 마』라고. 얼마나 기뻤는지 몰라~."

확실히 본 것 맞아? 대리인이 있었던 건 아니고?

혹시 츠키야마 아닐까? 그 녀석도 수영부였으니까.

"그 후부터 따돌림은 없어졌어. 그치만 나도 이대로는 안 되겠다는 생각에 마음을 단단히 먹고 밝게 행동하게 됐어! 뭐, 아직 약한 점도 있지만……."

거짓말. 넌 심장에 테오스카 에르난데스*의 강철 같은 털이 난 뻔뻔한 여자잖아. 약한 모습을 보여서 나의 호감도를 올리려고 하지 마.

"그러니까 이번에는 내가 힘이 되어줄 거야! 테루치가 힘들다면 내가 도와줘야지!"

안 도와줘도 돼. 아마다는 지옥에 떨어져야 하는 놈이야.

---

* LA 다저스 소속의 외야수.

"사정을 들으면 설득도 할 수 있을 거야! 갑자기 모르는 여자가 찾아온 게 아니라 전학생인 같은 반 친구가 사정을 알고 설득하러 온 거니까!"

"아니, 소꿉친구라면서……."

"그건…… 앗! 깜빡할 뻔했네! 실은 이시이에게 부탁이 있는데……."

"들어보고 아니면 거절할 거야."

"그럼, 일단 말할게. 테루치에게 내가 소꿉친구라는 사실은 말하지 마. 만약 테루치가 나를 잊었다면 본인이 다시 기억하게 되면 더 좋으니까!"

그렇군. 그게 첫 번째 인생에서 히츠지타니 미와가 소꿉친구라는 사실을 몰랐던 이유구나.

저번 인생에서 히츠지타니는 자신의 정체를 숨기고 아마다에게 접근했다. 하지만 메인 히로인을 히다카로 정해둔 아마다는 새로운 소꿉친구는 방해만 된다고 판단했을 것이다.

그래서 일부러 모르는 척했던 거다.

"알았어. 절대 말 안 할게."

내가 말하지 않아도 지금의 아마다라면 거의 100% 기억해 내겠지만.

기억해 낸다고 해야 하나, 기억하고 있다고 해야 하나. 어느 쪽이든 상관없다.

"후훗! 고마워! 이시이는 다른 애들 말처럼 무서운 사람은 아니구나!"

그제야 만족했는지, 히츠지타니는 귀엽게 손을 팔랑팔랑 흔들며 "그럼, 나중에 봐!"라고 하더니 발걸음도 경쾌하게 돌아갔다.

그 자리에 혼자 남아 멍하게 있는 내게 히다카가 다가왔다.

걱정스러운 눈빛으로 나를 보는 걸 보니 무슨 일이 있었는지 당장이라도 알고 싶은 모양이었다.

"카즈뽕, 괜찮아? 무슨 일이 있었는지 물어봐도 돼?"

"주인공의 소꿉친구가, 조연인 내게 엄청 들이대……."

◇ ◇ ◇

살다 보면 누구에게나 자신과는 맞지 않는 사람이 하나둘 정도는 있다.

그 사람이 있기만 해도 자신의 인생에 먹구름이 드리우고 불안함이 증폭된다.

내게 거기에 해당하는 사람이 바로 아마다 테루히토다.

지금 와서 생각해 보니 그 사건이 있고 난 후부터 어제까지는 참 행복한 시간이었다.

물론 츠키야마와 우시마키, 이바가 계속 들러붙어서 귀찮긴 했지만 허용 범위 안.

하지만 그 행복한 시간은 허무하게도 끝을 고하고 말았다…….

"이시이, 그때는 진짜 미안했어!!"

아침을 맞은 1학년 C반, 내게 머리를 깊이 숙인 사람은 아마다 테루히토.

지금까지 한 번도 학교에 나오지 않았던 녀석이 등교했다.

그리고 교실로 들어오자마자 나를 찾아와서 사과했다.

"너를 질투해서 심한 짓을 했어! 사과한다고 용서받을 수 있는 일은 아니지만, 그래도 내가 할 수 있는 일은 이 정도밖에 없어서…… 정말 미안해!!"

그런 아마다의 옆에 웃는 얼굴로 서 있는 사람은 히츠지타니 미와. 사과하는 아마다에게 "사과하는 데도 용기가 필요한 거야!"라며 불쾌하기 짝이 없는 발언을 했다.

"알고 있는 것 같아서 다행이군."

"어?"

내 말에 의문을 품었는지, 아마다가 고개를 들었다.

"사과한다고 용서받을 수 있는 일이 아니니까 두 번 다시 나와 히다카 가까이 오지 마."

"윽! 그래, 맞아……. 응, 알았어……."

당연하다. 다른 사람들이 보는 앞에서 사과해 봤자 나는 평생 널 용서 못 해.

너도 그건 잘 알고 있을 텐데?

그런데도 이렇게 사과를 한 이유는 녀석의 진짜 목적은 나에게 사과하는 게 아니기 때문이다.

이건 어디까지나 환경 조성하기. 지금까지 학교에 나오지 않은, 큰 문제를 일으킨 자신이 이 반에서 있을 자리를 확보하기 위한 가짜 사과다.

"괜찮아, 테루치! 어쩔 수 없는 일은 어쩔 수 없다고 받아들이면 돼!"

첫 번째 인생에서는 아마다를 '아마다 군'이라고 불렀던 히츠지타니가 이번에는 '테루치'라고 불렀다. 요컨대 아마다는 히츠지타니가 소꿉친구라는 사실을 기억해 낸 것이다.

"응. 고마워, 미와."

히츠지타니가 아마다의 편이 된 게 진심으로, 너무 골치 아팠다.

히츠지타니는 전학해 온 지 얼마 안 되지만 이미 우리 반에서 인기인의 자리를 확고히 했다.

그런 히츠지타니가 친하게 지낸다면 반 아이들도 아마다에게 막무가내로 나가진 못할 것이다.

무엇보다 그 사건의 당사자는 나와 히다카이지 반 아이들은 아니다. 어느 정도 시간도 지난 외부인인 만큼 마음에 걸리는 게 있더라도 아마다를 받아들일 것이다.

너무 분하지만 원래 인생이 다 그런 거다.

"어서 와, 테루."

"아직 나를 테루라고 불러주는 거냐, 츠키?"

"당연하지."

츠키야마도 아마다를 반갑게 환영.

하긴 학교에 안 나오는 아마다가 걱정되어서 어떻게 지내는지 보러 가기도 했던 놈이니까.

이렇게 아마다가 다시 학교에 나오면 웃는 얼굴로 환영해 줄 거라는 건 알고 있었다.

"그런데 히츠지타니와 테루는 왜 그렇게 사이가 좋아?"

"후훗! 사실 우리는 소꿉친구야!"

"뭐? 진짜야?!"

히츠지타니의 말에 츠키야마의 눈이 동그래졌다.

거의 확신하고 있던, 아마다가 히츠지타니를 잊지 않았다는 정보도 완전히 옳았다는 게 증명되자 정신적으로도 타격이 왔다. 아마다가 엮이면 뭐 하나 좋은 게 없다.

"카즈뽕……."

히다카가 불안한 목소리로 불렀다. 나는 말할 것도 없고 히다카에게도 아마다는 최악의 상대다.

그 녀석이 다시 학교에 나오니까 좋은 일이라곤 하나도 없다.

"괜찮아."

조금이라도 불안을 덜어주려고 웃으며 말했다.

마음 같아서는 모든 불안을 제거하고 싶었지만, 현재 내가 할 수 있는 일이라곤 이 정도—

"좋아! 이건 이것대로 아주 좋아!"

어째 생각했던 것보다 더 씩씩하냐…….

◇ ◇ ◇

아마다 테루히토가 히라사카 고교로 다시 등교하기 시작했다.

그것만으로는 아직 어떤 문제도 일어나지 않았다.

그런데도 내 일상이 붕괴할 것 같은 예감이 드는 건 빠른 전개도 그 원인 중 하나다.

"테루, 미리 말하지만, 난 이제 그런 짓은 안 할 거야!"

"알아, 모카. 그런데 그건 내가 아니라 히메가……."

"어머! 다 테루를 위해 한 일인데 말이 너무 심한 것 아니에요?"

"그래도 너무 심하잖아!"

"하하하! 이바, 우시마키, 뭐 어때서 그래. 이제 다 끝난 일이잖아?"

"거기 네 명! 내가 없었을 때 있었던 얘기는 그만해~."

점심시간, 아마다 테루히토의 주위에 모인 건 예나 지금이나 절친 포지션인 츠키야마 오지.

거기에 미소녀 셋. 우시마키 후우카, 이바 코우키, 히츠지타니 미와다.

아마다가 돌아온 시점에서 이렇게 될 건 예상했지만, 설마 오전 중에 벌써 이렇게 될 줄은 몰랐다.

그런데 한 가지 의외였던 건 카니에가 아마다 하렘으로 돌아가지 않았다는 점이다.

친하게 지내는 그룹의 여학생들도 나와 똑같은 의문을 품었는지 "괜찮겠어?"라고 카니에에게 물었다. 그러자 카니에는 작게 미소 지으며 말했다.

"내가 있을 곳은 여기야."

그 온화한 미소와 말에 여자아이들은 일격에 녹다운.

"코로. 너무 귀여워~! 우리도 정말 좋아해!"

"와앗! 가, 갑갑해⋯⋯."

작은 몸을 힘껏 끌어안겨서 찌그러질 위기에 처한 카니에. 다소 과격한 스킨십이지만 본인은 썩 싫지만은 않은 눈치였다.

"카즈뽕, 괜찮아?"

히다카의 물음. 바로 얼마 전까지 같이 어울려 다녔던 츠키야마가 순식간에 아마다에게 돌아간 게 마음에 걸렸나 보다.

"상관없어. 누구와 지낼 건지는 저 녀석들 마음대로 정하면 되는 거야."

애당초 나는 저들을 친구라고 생각하지 않았다. 저번 인생에서는 저 녀석들에게 온갖 괴롭힘을 당했고, 이번 인생에서도 나를 모함하려 했다.

그런 녀석들이 나를 떠나든 말든 상관없다. 굳이 말하자면 다시 아마다에게 모인 것만은 조금⋯⋯ 아니, 상당히 쾌씸하다고 생각할 뿐이다.

"⋯⋯."

그때 아마다 무리와 즐겁게 얘기를 나누던 우시마키와 눈이 마주쳤다.

하지만 겸연쩍은 듯 바로 시선을 피했다. 딱히 화가 난 건 아니다.

그렇지만 또다시 쓸데없는 짓을 하려고 했다가는 절대 용서하지 않을 것이다.

"괜찮아. 난 꼭 카즈뽕 곁에 있을 거니까."

"고마워."

그래. 내 곁에는 히다카가 있다.

아마다가 다시 러브 코미디의 주인공으로 군림하고 싶다면 얼마든지 그래도 된다.

우리 가족과 히다카를 거기에 끌어들이지만 않는다면.

"카즈뽕, 밥 먹으러 가자."

"그래."

히다카와 함께 교실을 나섰다. 복도를 걷고 있자 히츠지타니가 우리를 따라왔다.

"저기, 이시이, 히다카!"

뒤를 돌아보니 긴장감이 살짝 묻어나긴 해도 아마다가 다시 학교로 돌아왔다는 기쁨이 더 앞서는 듯, 조금 복잡한 미소를 띠고 있었다.

내가 히츠지타니에게 아마다 사건에 대해 말한 건 실수였을까?

만약 아무 말도 안 했다면…… 아니, 후회해도 이미 늦었다.

"뭔데?"

"있지, 괜찮으면 같이 점심 안 먹을래? 저, 테루치도 같이 먹을 건데…….”

"안 되는 걸 알면서 왜 그래?"

"아~……. 응. 그렇, 지……. 알았어! 괜한 걸 물어봐서 미안!"

그러더니 바로 우리에게 등을 돌리고 교실로 돌아갔다.

단 마지막으로 한 번 뒤돌아서더니 "이젠 안 물어볼게!" 라고 한마디.

그게 진실인지 거짓인지는 모르겠다.

설사 지금은 진심이더라도 아마다의 부탁을 받으면 생각 이 뒤바뀔 가능성은 충분히 있었다.

히로인이란 주인공을 위해 그 어떤 것도 버릴 수 있는 존 재라는 것은 첫 번째 인생을 통해 끔찍할 정도로 잘 알고 있 으니까.

오후 수업은 합동 수업인 체육부터.

제일 먼저 준비 운동부터 시작하는데, 히라사카 고교는 짝을 지어 준비 운동을 한다.

지금까지는 아마다가 학교에 나오지 않아서 한 명이 남는 바람에 선생님과 짝을 지어야 하는 사람도 있었지만, 오늘부터는 아마다가 있어서 이제야 모든 학생이 짝을 이룰 수 있게 됐다.

히라사카 고교에서 친구라고 할 사람이 없는 나는 마찬가지로 친구가 없는 츠키야마와 짝을 이뤄서 이 시간을 보냈지만, 오늘은 조금 다른 것 같았다.

"이시이, 나랑 안 할 거야?"

"가까이 오지 말라고 했잖아."

"어쩔 수 없잖아. 짝을 지을 사람이 없는데."

"……쳇."

나에게 왔기 때문이다. 아마다 테루히토가.

츠키야마를 포함한 다른 남자 녀석들은 이미 짝을 지은 상태였다. 즉 필연적으로 나는 아마다와 짝을 지어야만 했다. 우리 사이에 무슨 일이 있었는지 잘 아는 학생들은 몰래 우리를 주목하고 있었지만, 아무것도 모르는 선생님은 그런 건 신경도 안 쓰고 준비 운동을 하라는 지시를 내렸다.

"저, 기. 이시, 이."

"왜, 그래?"

서로 등을 맞대고 두 팔을 낀 상태로 한쪽이 등으로 밀어 올리는 준비 운동을 하면서 아마다가 먼저 말을 걸었다. 마음 같아선 대답도 하기 싫었지만, 대답하지 않아도 멋대로 말할 테니 어쩔 수 없다.

"그렇게, 경계, 안 해도, 돼."

"결정은, 내가 해."

세상에서 제일 신용할 수 없는 남자에게 세상에서 제일 믿을 수 없는 말을 듣고 나더러 믿으라고?

설마 다시 학교에 나오자마자 문제를 일으키진 않겠지.

아무리 인기인인 히츠지타니가 옆에 있더라도 우시마키와 이바는 첫 번째 인생에 비해 교내의 신뢰가 상당히 추락한 상태다. 츠키야마 같은 경우는 어떤 의미에서는 첫 번째 인생의 최종 결과와 거의 차이가 없지만, 그래도 성격에 조금 변화가 생겼다. 정의감 강한 츠키야마는 아마다의 악행에는 절대 협력하지 않을 것이다. 그 점만큼은 그 녀석을 신뢰하고 있었다.

그래서 내가 경계하고 있는 건 현재의 아마다가 아니다. 2학기 이후의 아마다다.

이 히라사카 고교에서는 수많은 러브 코미디와 거기에 부속된 문제가 일어난다.

물론 문제 따윈 일어나지 않는 순수한 러브 코미디도 있지만, 어쨌든 최종 결말은 똑같다. 히로인이 아마다 테루히토를 좋아하게 된다, 이다.

아마다가 히라사카 고교로 다시 돌아왔으니 이제부터 일어날 러브 코미디 이벤트는 모두 아마다가 해결해 나갈 것이다. 그리고 수많은 히로인이 아마다를 좋아하게 되고 아마다 하렘이 형성된다. 내가 두려워하는 건 바로 그거다.

내가 아마다를 이길 수 있었던 것은 아직 1학년 1학기, 아마다 하렘이 완성되지 않은 상태였기 때문이다. 만약 저번 인생처럼 아마다 하렘이 형성되면?

그리고 하렘의 히로인들이 나를 모함에 빠뜨리려 하면?

이번에야말로 분명 패배할 것이다. 나는 다시 가족을⋯⋯ 그리고 히다카를⋯⋯.

"나 전학 갈 예정이야."

"뭐?"

등을 맞댄 아마다가 한 말에 나도 모르게 준비 운동을 멈추고 말았다.

그대로 몸을 돌려 서로 마주 본다. 아마다는 상쾌한 미소를 짓고 있었다.

아마다가 전학을 간다고?

"역시 그런 일이 있었는데 학교에 있긴 좀 그렇잖아? 결석도 많이 해서 출석 일수도 간당간당하고. 이대로 유급하는 것보다는 나을 것 같아. 일단 중간고사는 봤지만."

"중간고사를 봤다고? 학교에 안 나왔었잖아⋯⋯."

"다른 날에 몰래 학교에 와서 봤어. 결석한 학생을 위한 특별 조치라나."

그런 일이 있었구나. 아, 지금은 그게 중요한 게 아니다.

"진짜 전학 간다고?"

"어. 솔직히 너랑 미코토가 같이 있는 것만으로도 나한테는 기회가 없는 거잖아. 아니면 네가 나 대신 전학 가 줄래?"

"미쳤냐?"

"그러니까~."

조금도 분해하지 않는, 장난스러운 말투.

아마다는 나를 향해 달관한 듯한 미소를 지었다.

"이제 너랑 미코토에겐 아무 짓도 안 할 거야. 거의 사귀는 사이나 마찬가지잖아? 사이좋게 잘 지내."

"이 비슷한 말, 예전에도 하지 않았냐? 나를 함정에 빠트릴 전제로."

"캬아~. 역시 기억하고 있네. 만만치 않아."

깔깔거리며 웃는 아마다.

만약 아마다의 전학이 사실이라면 이보다 내게 반가운 전개는 없다.

이제부터 일어날 러브 코미디를 누가 실행할 것인가 하는 의문은 남지만, 내가 가장 두려워하는 사태만큼은 확실히 피할 수 있다.

하지만 그렇게 간단히 믿을 순 없었다. 예전에도 아마다는 이런 식으로 나를 속였으니까.

"어쨌든 그렇게 됐으니까 짧은 시간이나마 잘 부탁해."

"……그래."

더 이상 할 얘기가 없었던 나는 그냥 아마다의 말을 받아들였다.

◇ ◇ ◇

　월요일. 알바 일정을 넣지 않았던 나는 히다카, 유즈와 함께 외출했다.

　다섯 명이 함께 아침을 먹은 후에 준비를 마치고 셋이 나란히 집을 나섰다.

　목적지에서 만나기로 약속하는 게 일반적이라는 건 알지만 히다카에게 그런 일반론은 통하지 않는다. 이젠 우리 모두 이런 걸 당연시하고 있었다.

　그런 일로 한탄할 내가 아니다. 오히려 진짜 한탄하고 싶은 건……

　"굳이 카즈까지 갈 필요는 없어."

　오늘 유즈가 함께 외출할 상대로 선택한 건 히다카이고 나는 선택받지 못했다는 점이다.

　"왜 그렇게 슬픈 말을 하는 거야, 유즈! 언제까지나…… 미래영겁, 이터널하게 함께 있자고 서로 맹세했잖아!"

　"그건 뜻이 겹치잖아. 그리고 맹세도 안 했거든!"

　"그래도!"

　"오늘은 화장품을 사러 가는 거니까 카즈는 없어도 된다니까!"

　그렇다. 오늘 유즈가 히다카에게 함께 외출하자고 제안한 건 화장품을 사기 위해서다.

　자신이 동안이라는 사실을 탐탁지 않게 생각하는 유즈는

조금이라도 어른스럽게 보이고 싶어서 용돈으로 화장품을 자주 사곤 했다.

그중에서도 유즈가 특히 즐겨 사는 게 '하나토리 미야비의 추천 제품'.

유즈 왈, 하나토리 미야비가 추천하는 화장품은 중고생도 구매할 수 있는 합리적인 가격대에 질도 상당히 좋아서 소개 영상이 올라오면 반드시 산다고 했다.

——미야비는 인기가 많아서 여러 회사에서 광고 의뢰가 들어오는데 화장품 관련 광고만큼은 절대 안 받아. 자기가 진짜 좋다고 생각하는 화장품만 추천하고 싶대. 실제로 지금까지 미야비가 추천한 화장품 중에 실패한 건 하나도 없어.

유즈가 한 말이다. 하나토리 미야비의 정체가 히츠지타니라는 걸 알고도 "그래도 좋은 부분은 인정해야지"라며 자애 넘치는 말을 했었다. 역시 천사.

그 말을 들은 나는 그대로도 충분히 귀여우니까 화장 같은 건 필요 없다고 했더니, "그거, 이 세상 모든 여자를 적으로 돌리는 말이야"라고 무서운 얼굴로 말했다.

그 후, 나는 화장품에 대해 열심히 공부하기 시작했다.

"그래도 유즈랑 같이 있고 싶으니까 그렇지! 유즈, 오빠 소원 좀 들어주라, 응? 오빠, 돈도 있어. 이것 봐, 알바비도 들어왔어. 네가 원하는 건 뭐든 사줄 테니까……."

"말투가 더 무서워……. 카즈가 열심히 일해서 번 돈이니

까 자기가 써. 아니면 아빠나 엄마한테 뭐라도 사주던지."

"그거 좋은 생각이야! 좋아, 그래야지! 뭐가 좋을까?"

"그러면 우리 쇼핑이 끝나면 아빠랑 엄마 선물을 고르면 되겠다. 나도 조금 낼 테니까 너무 비싼 건 하지 말고."

하아. 우리 유즈 같은 천사가 또 있을까.

너무 사랑스러워서 확 깨물어주고 싶어.

"유즈, 나도 늘 신세를 지고 있으니까 보태고 싶어."

"응. 알았어."

유즈는 히다카의 말을 쿨하게 받아들였는데, 여기서 의문이 하나.

우리 부모님에게 드릴 선물을 살 게 아니라 자기 가족에게 줄 선물을 사면 되는 거 아닌가?

"카즈뿅, 선물 함께 고르자."

"어, 그래."

문득 이런 생각이 들었다. 이렇게 히다카와 함께 그럭저럭 시간을 보내고 있긴 하지만, 나는 내가 생각하는 것보다 더 히다카에 대해 아는 게 없구나 하고.

히다카라면 물으면 얘기해 주겠지만, 그래서 더 묻기 힘들었다.

분명 아마다는 알고 있겠지. 그렇게 생각하니 너무 분했다.

집에서 역까지 가는 길, 환승 시간, 그것까지 포함해서 전부 1시간 반.

우리 동네에서 꽤 떨어진 곳에 있는 백화점이 오늘 우리의 목적지였다.

유즈가 구입할 예정인 하나토리 미야비의 추천 화장품은 특정 가게에서만 팔기 때문에 이래 봬도 제일 가까운 가게를 고른다고 고른 것이다.

"그럼, 카즈는 알아서 시간이나 때우고 있어. 끝나면 연락할 테니까."

"으, 으흑……. 알았어……."

유즈의 가차 없는 말이 나를 엄습했다.

따라갈 생각에 한창 들떠 있었는데, 오늘은 화장품뿐만 아니라 속옷도 살 예정이니 대기하라는 명령을 받았다. 아무리 남매 사이라도 넘을 수 없는 벽은 존재하는 법이다.

"그렇게 슬픈 얼굴 하지 마. 꼭 내가 나쁜 짓을 한 것 같잖아."

"유즈, 카즈뽕도 같이……."

"미코 언니, 응석 받아주면 안 돼! 안 되는 건 안 된다고 확실히 말해줘야 해."

"웃……. 카즈뽕, 미안……."

"신경 쓰지 마. 얌전히 기다리고 있을게. 영원히 기다릴 거야!"

"왜 이래……."

진저리난다는 말을 남기며, 히다카와 함께 떠나가는 유즈.

나는 그런 두 사람의 뒷모습이 더 이상 보이지 않을 때까지 바라보다가 휴식용 소파로 향했다.

"……적당히 구경이나 하고 있을까."

막상 소파에 앉긴 했지만 딱히 할 일이 없으니 너무 심심했다.

그래서 백화점 안을 구경하고 다니기로 했다. 물론 우연을 가장해서 속옷 가게로 가진 않을 것이다. 오빠는 유즈와 한 약속은 반드시 지키니까.

이왕 이렇게 된 거, 아빠와 엄마에게 뭘 사줄지 미리 찾아볼까.

그렇게 백화점 안을 돌아다니고 있을 때였다.

손으로 얼굴을 가린 채 살금살금 움직이는 여자가 눈에 들어왔다.

눈에 띄고 싶지 않은 모양인데, 오히려 저렇게 하면 더 눈에 띄는 것 아닌가?

그런 생각을 하며 여자의 얼굴을 주시하니……

"히츠지타니?"

말을 건 순간, 몸을 떠는가 싶더니 얼굴을 가리고 있던 손을 머뭇머뭇 치우자 내가 예상한 인물…… 히츠지타니 미와가 서 있었다.

"여……여어. 우, 연이네. 설마, 이런 곳에서 만날 줄은 몰랐어……. 꽤 먼 곳인데."

백화점에서 히츠지타니와 우연히 만나다니, 깜짝 놀랐다. 히츠지타니도 마찬가지겠지.

그런데 뭘 그렇게 겁내는 거지?

"사실 오늘은 화장품을 사러 왔어! 방송에서 소개하려면 일단 전부 직접 사용해 봐야 하잖아? 그래서 여러 종류를 가능한 한 많이 사려는데 이 근방에서 내가 좋아하는 제품을 파는 곳은 여기밖에 없거든!"

물어보지도 않았는데 알아서 줄줄 설명을 늘어놓았다. 기분 탓인지, 변명처럼 들렸다.

이래저래 영 태도가 이상하다.

얼마 전까지만 해도 그렇게 나를 만나러 왔으면서.

"앗, 미안! 웬만해선 난 옆에 없는 게 좋겠지? 그럼—."

"미야짱, 기다렸지?"

"……읏!"

이번엔 내가 화들짝 놀랄 차례였다.

히츠지타니를 '미야짱'이라고 부르는 그 녀석은 우리보다 상당히 나이가 많은 남자였다.

20대 후반 정도 되는, 군살이 축 늘어진 남자. 그런 자신의 체형을 잘 아는지, 곧 여름을 앞두고 있는데도 불구하고 헐렁한 점퍼로 튀어나온 배를 가리고 있었다.

나와 히츠지타니가 얘기하는 모습을 보자 노골적으로 언짢은 표정을 지었다.

"그 녀석은 누구야?"

"아—, 저, 그냥 우연히 만나서······."

"미야짱, 누구냐니까?"

남자의 날카로운 눈빛이 히츠지타니를 향했다. 남자는 그냥 우연히 만났다는 변명을 듣기보다는 내가 누군지 숨기려는 태도에 더 화가 난 것 같은 느낌이었다.

"잠깐! 그 난폭한 태도는 뭐야! 이 사람에게 실례잖아!"

"히익! 미, 미안해, 미야짱!"

하지만 히츠지타니가 분노를 드러내자 눈 깜짝할 사이에 입장은 역전되었다.

"내가 싫어졌어?"

"그런 건 아니지만, 이대로 계속 난폭하게 굴면 싫어질지도 몰라."

"안 돼! 그것만은······."

조금 전까지의 위압감은 어디로 간 걸까. 남자는 한심하게 눈물을 글썽이고 있었다.

왠지 이 두 사람의 관계성을 알 것 같았다.

어쩔 수 없다. 지금은 히츠지타니가 원하는 대로 해주자.

"저기, 전 히츠지타니와 같은 반 친구인데······ 미야짱이라고요?"

"앗! 실수!"

즉시 히츠지타니에게 도움의 손길을 내밀었다.

그때까지는 언짢아 보이던 남자도 내 말을 듣자 초조함을 드러냈다.

방금 그 말을 통해 내가 히츠지타니가 하나토리 미야비라는 사실을 모른다고 판단한 것이리라.

설마 내가 도와줄지는 몰랐는지, 히츠지타니도 깜짝 놀라 눈을 동그랗게 뜨고 있었다.

"남이야 뭐라고 부르든 무슨 상관이야!"

분노로 얼버무릴 생각인지, 말이 거칠다.

하지만 제일 당황한 사람은 나였다. 도대체 뭐가 어떻게 된 거지?

왜 히츠지타니가 이 남자와 함께 있는 거지?

원래라면 평범한 고등학생인 내가 히츠지타니의 친구(?)의 정체가 뭔지 알 리가 없다.

그러나 이 남자는 별개다.

"아까도 말했지! 그런 태도는…….."

"앗! 죄송합니다! 죄송합니다!"

첫 번째 인생에서 직접 만난 적은 없지만, 나는 이 남자의 얼굴을 사진으로 확인한 적이 있다. 자기보다 한참 어린 히츠지타니에게 한심하게 머리를 조아려대는 남자.

이 녀석은…….

"어쨌든 네놈…… 아니, 네가 미야짱의 특별한 상대가 아니라는 걸 알아서 다행이야."

히츠지타니 미와를 스토킹했던 남자다…….

"네, 물론 그렇지만…….."

"미야짱, 이제 가자. 쇼핑 아직 안 끝났잖아?"

"그, 래⋯⋯."

남자는 채근했지만, 히츠지타니는 아직 나한테 할 말이 있는지, 힐끔힐끔 쳐다봤다.

"아무한테도 말하지 않을 거니까 안심해."

"앗! 응! 고마워!"

히츠지타니는 내 말에 환한 미소를 짓더니 남자와 함께 다른 곳으로 갔다.

왜지? 왜 히츠지타니가 스토커와 사이좋게 쇼핑을 하고 있지?

저번 인생에서는 저 남자를 피해 히라사카 고교로 전학을 왔었잖아.

내가 이 두 번째 인생에서 다른 행동을 취했기 때문에?

아니, 말도 안 된다. 물론 내 행동이 다양한 인간관계에 영향을 미치긴 했지만, 그건 어디까지나 히라사카 고교 내에서만 그렇다.

히라사카 고교에 있지 않았던 히츠지타니의 인간관계에까지 영향을 미칠 수는 없다.

즉 첫 번째 인생에서도 히츠지타니와 스토커는 교류가 있었다는 말이다.

그렇다면 왜 저 남자는 스토커로 지목된 걸까?

"상관없어. 나와는 상관없을 거야⋯⋯."

필사적으로 그렇게 되뇌었지만, 머릿속에서는 다른 생각이 소용돌이치고 있었다.

진정해. 정보가 너무 많아서 혼란스럽지만, 일단 정리부
터 해보자.

일단 첫 번째 인생에서 얻은 정보와 두 번째 인생에서 얻
은 정보를 나누어서 생각하는 거야.

· 첫 번째 인생.

히츠지타니 미와는 스토커로부터 도망치기 위해 히라사
카 고교로 전학해 왔다.

키타미 사에가 정보를 팔아넘기는 바람에 히츠지타니가
있는 곳이 스토커에게 알려지고 말았다.

· 두 번째 인생

히츠지타니 미와는 아마다 테루히토를 좋아하는 마음을
품고 있는 소꿉친구였다.

히츠지타니 미와와 스토커 남자는 원래 아는 사이인 데다
가 스토커는 히츠지타니에게 순종적임.

키타미 사에는 스토커의 정체는 물론 연락처도 모르고 정
보를 팔아넘기지도 않았다.

솔직히 이 정도면 완전히 다른 내용이다. 그렇지만 이 두
번째 인생에서 얻은 정보를 첫 번째 인생에서 얻은 정보와
섞으면 그 사건은 완전히 다르게 보인다.

여기서부터는 내 가설을 포함한 첫 번째 인생에서 있었던

히츠지타니 이벤트의 진상이다.

첫 번째 인생에서 스토커를 피해 전학해 왔다고 했던 건 거짓말.

아마다에게 호감을 품고 있던 히츠지타니는 어떤 방법을 동원해서 아마다가 히라사카 고교에 있다는 것을 알아내고 아마다를 만나기 위해 전학해 온 게 아닐까?

그런데 막상 전학을 와 보니 아마다의 주위에는 많은 미소녀들이 있었다. 게다가 중요한 아마다는 (아마 의도적으로) 자신을 잊었고 다른…… 진짜 좋아하는 소꿉친구가 있었다.

히츠지타니에게 **소꿉친구**인 히다카는 아주 거추장스러운 존재였을 것이다. 그도 그럴 것이, 다른 히로인과 차별화되는, 자신만이 가진 강점이 사라지기 때문이다.

그래서 더욱 자신과 아마다의 관계를 극적으로 진전시키려 했다.

소꿉친구와는 다른, 새로운 관계를 맺으려 한 것이다. 그러기 위해 등장한 것이 바로 스토커.

즉 첫 번째 인생에서 일어난 사건은 처음부터 자작극.

저 남자는 히츠지타니에게 이용당해서 스토커로 꾸며진 것이다.

이 정도로 끝난다면 그나마 다행이다. 그 남자는 불쌍하지만, 나와 상관없는 러브 코미디라면 마음껏 즐기시라. 난 아무 간섭도 하지 않고 웃으며 지켜볼 테니.

그런데 이 사건에는 이어지는 이야기가 있다.

키타미 사에다. 첫 번째 인생에서 키타니 사에는 히츠지타니 미와가 하나토리 미야비라는 걸 알아내서 히츠지타니를 괴롭히기 위해 스토커에게 현재 그녀의 위치에 대한 정보를 팔아넘긴 것으로 되어 있다.

그런데 이건 오해였다.

저번 인생에서도 키타미 사에는 정보를 팔지 않았다.

이유는 두 가지.

첫 번째 이유. 두 번째 인생에서 이야기한 키타미가, 그리고 히다카가 그 사실을 부정했다는 것.

용의자의 말과 그와 친한 친구의 말이라면 신뢰성이 떨어지지만, 두 번째 이유가 진실성을 높여준다.

두 번째 이유. 히츠지타니 미와와 스토커 남자는 원래 교류가 있었다.

그렇다면 스토커가 키타미에게 정보를 살 이유가 없다.

히츠지타니에게 직접 주소를 물어보면 되니까.

즉 첫 번째 인생에서 키타미 사에는 정보를 흘린 범인으로 꾸며진 것이다.

그런데 왜지? 왜 키타미는 그런 일을 당한 거지?

첫 번째 인생에서도 두 번째 인생에서도 히츠지타니와 키타미는 아무 접점도 없었다.

애당초 키타미에겐 히츠지타니를 모함할 이유가 없었던 셈이다.

그런데도 키타미는 함정에 빠졌다.

필사적으로 무죄를 호소했지만 아무도 이야기를 들어주지 않고 다들 비난만 했다. 마치 첫 번째 인생의 나처럼……!

"……그렇게, 된 건가?"

아니다. 맞지만, 틀렸다.

분명 키타미와 히츠지타니 사이에는 어떠한 교류도 인연도 없다. 이건 사실이다.

하지만 거기에 두 인물을 추가하면 다른 새로운 시점이 보이기 시작한다.

아마다 테루히토와 히다카 미코토다.

저번 인생의 기억을 필사적으로 떠올려본다. 히츠지타니의 사건이 다 끝난 후, 나는 아마다와 둘이 함께 있을 기회가 있었다. 그때 아마다는 이렇게 말했다.

──그리고 도전도 해보고 싶었어. 내 힘이 어디까지 통하는지.

그 말의 진짜 의미. 히츠지타니를 위험으로부터 지켜낼 수 있는지 확인하고 싶었던 게 아니다.

그건 일종의 실험이었다. 히로인들이 자신을 위해 무슨 짓까지 하는지 알아보려는.

그리고 그 실험의 희생양이 된 게 바로 키타미 사에.

히다카 미코토의 단 하나뿐인 친구인 키타미 사에다.

아마다의 최우선 히로인은 히다카 미코토.

그런 히다카와 친한 키타미는 아마다에게는 걸리적거리

는 존재.

그래서 더 제거하고 싶었던 것이다. 히다카를 완전히 고립시켜서 자신에게 의존하게 만들기 위해.

히츠지타니는 거기에 협력한 게 아닐까? 좋아하는 아마다를 위해.

처음에는 아마다와의 유대를 깊이 하려고 히츠지타니가 꾸며낸 스토커 사건.

아마다는 그런 히츠지타니의 의도를 간파하고 자기를 위해 이용했다.

아마 늘 그렇듯이 히츠지타니에게 일부러 우는소리를 했을 것이다. '미코토와 더 얘기하고 싶은데 친하게 지내는 친구도 있는 것 같고, 난 방해만 되겠지'라는 식으로 말이다.

그리고 그 이야기를 들은 히츠지타니가 행동에 나섰다. 아마다의 소망을 이루어주기 위해 자신을 위해 꾸민 스토커 사건에 끔찍한 양념을 더한 것이다.

당연히 첫 번째 인생에서 아마다의 계획은 잘 진행되었다. 실험은 성공한 셈이다.

스토커를 잡고 나아가 정보를 흘린 진짜 범인까지 밝혀냈다.

그 일로 인해 키타미는 히라사카 고교에서 자신의 입지를 상실하고 전학을 가게 되었다.

그렇다면 이번 인생에서는 어떻게 될까?

만약 히츠지타니가 가짜 스토커 사건을 일으킨다면 아마

다는 어떻게 이용할까?

이번에도 키타미 사에를 모함할 생각일까? 아니, 말도 안 된다.

히다카와 친한 키타미가 아마다에게 걸리적거리는 존재인 건 사실이지만, 그보다 더 방해되는 녀석이 명확히 존재한다.

나다. 아마다가 히다카 미코토와 러브 코미디를 즐기려면 가장 방해가 되는 존재는 분명 나——이시이 카즈키 외에는 없다. 그렇다면 나를 정보를 팔아치운 범인으로 꾸밀 생각일까?

내가 직접 히츠지타니에게 '하나토리 미야미가 히츠지타니 미와라는 걸 알고 있다'고 했으니 나를 범인으로 만드는 것도 가능하다. 하지만 그건 너무 불리하지 않을까?

일단 아마다는 나를 모함하려다가 실패한 전적이 있다.

또다시 그랬다가는 분명 의심을 살 테니 아마다가 바라는, 나를 완전히 제거한다는 목적을 달성하는 건 상당히 어려울 거라 본다.

아마다도 그건 잘 알고 있을 터.

그렇다면 어떻게 할까? 아마다 테루히토는 이번에 히츠지타니를 이용해서 무슨 짓을 하려는 걸까?

기적적으로 내게 유리한 전개가 펼쳐진다면 처음부터 아무 짓도 할 생각이 없었다고 보면 된다.

얼마 전 체육 시간에 자기 입으로 전학 간다고도 했었고.

그게 사실이라면……

──어. 솔직히 너랑 미코토가 같이 있는 것만으로도 나한테는 기회가 없는 거잖아. 아니면 네가 나 대신 전학 가줄래?

얼마 전에 아마다와 나눈 대화가 뇌리를 스쳤다.

"아니야. 내가 아니라……."

만약 아마다가 전학을 가는 게 사실이라면 나를 모함해봤자 아무 의미도 없다.

어차피 아마다도 전학을 갈 테니까. 그렇다면 누구를 전학 보내지?

누가 전학을 가야 전학을 갈 예정인 아마다에게 유리할까?

딱 한 명밖에 없다.

이번에 아마다가 노리는 건 내가 아니다. 나를 함정에 빠뜨릴 생각은 털끝만큼도 없었다.

그 녀석이 노리는 건……

"……히다카 미코토인가."

【아마다 테루히토】

왜 내가 이런 일을 당해야 하는 거지?

그런 자문자답을 계속 반복하고 있다.

그날, 원래라면 단죄를 받는 건 내가 아니라 이시이 카즈키였다.

이야기 초반에 나오는 악역으로 심판을 받아서 그때까지 속았던 메인 히로인(히다카 미코토)이 주인공(아마다 테루히토)을 향한 마음을 깨닫고 본격적으로 러브 코미디가 시작되어야 했다.

그런데 정신을 차리고 보니 심판은 내가 받고 있었다.

도대체 뭐가 어떻게 된 건지 모르겠다. 이시이가 그렇게 미친놈인 줄은 정말 몰랐다.

나는 아무 짓도 안 했는데 히로인들을 이용한 나쁜 사람 취급을 받았다.

그런 억지 논리를 밀어붙이는 놈이 초반의 적이라는 건 말이 안 된다.

좀 더 쉬운…… 주인공의 능력을 보여줄 튜토리얼 레벨의 적이라면 몰라도.

게다가 내가 선택한 히로인들도 최악이었다.

히로인이 나를 위해 행동하는 건 당연하니까 나를 위해 책임도 지란 말이다.

그런데 그 녀석들은 실패한 주제에 책임만 나한테 떠안겼다.

우시마키 후우카, 이바 코우키, 카니에 코코로. 아무짝에도 쓸모없는 못생긴 쓰레기 히로인들. 아니, 히로인이라는 호칭을 준 것부터가 잘못됐다. 그냥 못생긴 쓰레기다.

내가 너희의 고민을 해결해 줬으니 너희는 내게 모든 걸 바치는 게 당연하다.

그런데도 그 못생긴 쓰레기들은 주인공인 내 말보다 악역인 이시이의 말을 믿고 마지막에는 나를 구하기를 포기했다. 이 폐급 쓰레기들.

하지만 그보다 더한 최악의 쓰레기가 있었다. 히다카 미코토다.

그 자식이 빨리 나한테 반하기만 하면 쓸데없는 수고를 할 필요도 없었는데, 그러질 않으니까 이렇게 된 거다.

어렸을 적 네가 힘들어할 때 옆에 있어 준 은혜를 잊은 거냐? 히로인은 은혜를 잊지 않는다. 한 번 입은 은혜도 성실하게 보답하는 존재다.

손바닥 뒤집듯 배신하고 이기적으로 행동하는 여자는 어중이떠중이 쓰레기 여자들뿐이다. 너 때문에 내가 학교에도 못 가고 있잖아.

빨리 걱정하면서 집으로 찾아오란 말이다. 나는 이렇게 얌전히 기다려주고 있는데 정작 찾아온 사람은 있어봤자 아무 도움도 안 되는 츠키뿐. 그 녀석처럼 분위기 파악 못 하는 인간은 본 적이 없다.

　네가 나를 걱정해서 보러 와 봤자 내게 주어지는 감정은 낙담뿐이다. 쓸데없는 짓은 하지 마.

　"전학을 갈까……."

　무의미한 생각에 시간을 낭비하는 데 지쳐서 다른 생각으로 옮겼다.

　히라사카 고교에서 러브 코미디를 하는 건 이제 힘들어 보이니 전학을 가는 게 좋을 것 같다.

　그러면 내 운명의 상대인 미코토도 운명에 따라 같은 학교로 전학을 올 테니 새 학교에서 새 러브 코미디를 시작하는 것도 가능하지 않을까?

　"진정해. 지금은 인내할 때야……."

　괜찮다. 나는 이야기의 주인공. 초조함에 이끌려 행동해선 안 된다.

　이시이와 미코토는 아직 사귀지 않는다. 아니, 죽을 때까지 연인이 될 일은 없을 것이다.

　아직 본인이 자각하지 못해서 그런 거지, 미코토는 나를 좋아하니까. 그 감정이 있는 이상, 그 둘이 사귈 일은 절대 없다. 이시이가 미코토에게 고백을 해봤자 차이기만 할 뿐.

　그러니 초조해하지 말자. 그때는 반드시 올 테니까.

　그리고 마침내 그때가 찾아왔다.

　"저……. 처, 처음 인사하네……. 이시이, 맞지?"

"응. 맞긴 한데……."

나를 만나러 온 여자는 히라사카 고교에서는 본 적 없는 여자였다.

하지만 누구인지는 기억하고 있다. 히츠지타니 미와다.

초등학생 때, 혹시 이 녀석도 히로인이 될지도 모른다는 생각에 도와준 적이 있는 여자다.

히라사카 고교에 없어서 히로인 레이스에서 탈락한 줄 알았는데, 혹시 내가 뭔가 착각을 했던 걸까?

"나는 히츠지타니 미와. 음, 얼마 전에 히라사카 고교로 전학을 왔어."

"……!"

오오, 그렇게 된 거구나. 전학이라면 러브 코미디의 전형적인 이벤트이긴 하지.

미와는 전학생 캐릭터였구나.

그때 입은 은혜를 갚기 위해 나를 쫓아 온 또 한 명의 소꿉친구.

이보다 안성맞춤인, 장차 나에게 차일 캐릭터가 또 있을까.

"그렇구나. 그런데 나한테 무슨 볼일이라도 있어?"

"……! 아, 그게……."

노골적으로 실망하는 표정하고는. 기대했던 반응, 고마워.

일단 이 녀석은 나한테 반한 것 같고 히로인으로서의 자각도 있어 보인다.

그런데 그럴 경우, 이야기는 어떻게 되는 거지? 메인 히로인은 히다카 미코토잖아?

솔직히 말해 이 녀석보다 미코토가 압도적으로 미인이고.

"학교, 안 나올 거야?"

미와는 아랫입술을 깨물며 말했다. 하지만 쉽게 고개를 끄덕일 순 없다.

여기서 내가 고개를 끄덕이면 미와가 메인 히로인이 될지도 모르기 때문이다. 그건 싫다.

내 러브 코미디는 미코토가 메인 히로인이고…… 아, 그런 거구나.

아무래도 내가 큰 잘못을 저지른 것 같다.

러브 코미디라는 건 꼭 입학식부터 시작되는 건 아니다.

2학기부터 스타트, 2학년부터 스타트, 전학생이 오고 나서 스타트 등, 패턴은 다양하다.

그리고 내 러브 코미디는 전학생 스타트인 셈이었다.

메인 히로인은 물론 히다카 미코토. 서브 히로인은 히츠지타니 미와.

두 소꿉친구가 나를 두고 싸우는 러브 코미디였구나.

그렇다면 나도 그에 맞는 행동을 취해야겠지.

"저기, 히츠지, 타니……. 저기, 넌 기억하지 못할지도 모르지만……."

"……설마!"

네, 식은 죽, 잘 먹었습니다. 처음 만나는 척하면서 나를 시험할 생각은 하지 마. 귀찮아 죽겠네.

"옛날에 같은 수영 교실 다녔지?"

"응! 맞아! 그때 같이 다녔던 히츠지타니 미와야! 기억하고 있었구나……."

하아……. 히로인의 바람을 이루어주다니, 나처럼 착한 놈이 또 있을까.

이렇게 착한 사람이 불행한 꼴을 당하다니, 이 세상은 너무 불공평해.

"테루치……."

미와는 눈물까지 흘리고 있었다. 역시 서브 히로인이 맞네.

뭐, 지금은 이 녀석으로 참아주지.

"저, 이렇게 다시 만나서 반가워, 미와. 하지만 함께 있을 수 있는 시간도 얼마 안 될 것 같아."

"에? 왜?"

"나 전학 갈 생각이야. 그게, 이런저런 일이 좀 있어서……."

"테루치에게 무슨 일이 있었는지 알아……. 그치만 무슨 사정이 있어서 그런 거지?"

맞아. 못생긴 쓰레기들 때문에 지옥에 빠졌거든.

하긴 이야기의 시작을 착각한 나한테도 잘못이 있긴 하지.

착하게 반성할 줄 아는 나는 역시 주인공다워.

"뭐, 그냥 좀……."

"괜찮아. 내가 테루치를 지켜줄 거야……. 그러니까 학교에 다시 가지 않을래?"

어쨌든 그 일은 미코토에게도 제대로 사과를 하긴 해야

한다. 뭐, 사과하면 용서해 주겠지.

이러니저러니 해도 그 녀석은 나를 좋아하니까.

"이대로는 전학 가는 방법 말고는 없어."

"그러면 나도 전학 갈까. 어차피 이 학교에 온 지 얼마 안 되니까 테루치랑 같이 있는 게 더 좋지, 뭐."

"저기, 보답하려는 마음은 고맙지만 그렇게까지 안 해도 괜찮아."

"하아……. 그런 면도 여전하네. 이렇게까지 했는데."

이렇게까지라니, 아직 아무것도 안 했잖아? 멋대로 공적을 날조할 생각은 하지 마.

"있지, 테루치. 내가 할 수 있는 일이 없을까? 테루치를 위해서라면 뭐든 할게."

당연한 일 가지고 유난 떨지 마. 처음부터 알아서 나를 위해 행동하라고 불평하고 싶지만, 서브 히로인이니까 원래 이 정도밖에 안 되는 거겠지.

하는 수 없으니 답을 가르쳐 주지.

"할 수만 있으면 미코토와 같이 있고 싶지만…… 지금의 난, 힘드니까……."

"미코토라면 히다카? 그치만 히다카는 이시이와……."

"응. 그래서 포기했어. 두 사람이 헤어지지 않는 한, 나한테 기회는 없으니까."

어때, 알겠지? 네가 나를 위해 무슨 일을 하면 되는지.

"……알았어. 내가 어떻게든 해볼게."

가냘픈 목소리로 미와가 말했다. 나는 당연히 못 들은 척했다.

"어? 방금 뭐라고?"

"아무것도 아니야! 테루치는 아무것도 신경 쓰지 말고 학교에 나오기나 해! 내가 있잖아!"

네, 네, 그러지요.

하아……. 빨리 미코토와 이어져서 해피 엔딩을 맞이하고 싶은데 상황과 시간이 통 허락을 해주지 않는단 말이지. 아주 귀찮아 죽겠다.

그나저나 아이는 몇 명 정도 낳을까.

제4장

모든 위대한 러브 코미디는,
과거에는 불가능하다고
생각했던 것들이다

멍한 상태로 집으로 돌아온 나는 유즈, 히다카와 함께 산, 부모님에 대한 감사의 마음을 담은 선물——머그컵을 드렸다.

색만 다른, 세트로 된 머그컵 두 개를 선물로 드리자 아빠는 좋아서 펄쩍 뛰고 엄마는 온화한 미소를 지으며 고맙다고 해주셨다.

덧붙여 나와 유즈, 그리고 히다카도 각각 머그컵을 샀기 때문에 우리 집 주방 선반에는 새 머그컵 다섯 개가 나란히 놓이게 되었다.

너무 들뜬 아빠가 실수로 머그컵을 떨어뜨렸지만, 엄마가 재빨리 캐치. 그 직후, 아빠는 엄청난 잔소리를 들어야 했다.

가족의 유대감을 나타내는 머그컵. 하지만 간단한 충격으로도 금방 깨진다.

집에서 저녁을 먹은 후, 유즈와 함께 히다카를 역까지 데려다주고 다시 집으로 돌아왔다.

이제야 혼자만의 시간을 가질 수 있게 되었다. 앞으로 어떻게 할지 느긋하게 생각해 보자.

아마다 테루히토가 다시 히라사카 고교로 돌아왔다.

그 시점에서 내게 불리한 사태가 일어날 건 예상했지만,

그 예상을 훨씬 뛰어넘는 형태로 아주 불리하고 불쾌한 사태가 벌어졌다.

아마다 테루히토는 전학을 갈 생각이다. 하지만 혼자 전학 가는 게 아니다.

소꿉친구이자 좋아하는 사람이기도 한 히다카 미코토를 끌어들여서 둘이 함께 전학을 갈 생각이다.

첫 번째 인생에서도 일어난, 히츠지타니 미와 스토커 사건을 이용해서.

그런데 만약 내 예상이 맞다면 과연 진짜 계획대로 될까?

솔직히 말하면 여간 힘든 일이 아니다.

우선 히다카를 전학으로 몰아가는 것부터가 만만찮다. 지금까지 아마다와 히다카는 소꿉친구 사이로 오랫동안 알고 지냈지만, 그동안 히다카는 아마다에게 일절 마음을 허락하지 않았다.

히다카는 (여러 의미에서)상당히 의지가 강한 여자다. 설사 아마다가 궁지에 몰아넣더라도 그리 쉽게 전학이라는 선택을 하진 않을 것이다.

더 나아가 설령 아마다와 히다카, 두 사람이 전학을 가더라도 아마다가 원하는 대로 같은 학교로 가게 될까?

가능성은 지극히 낮다. 웬만큼 운이 좋지 않은 이상, 그런 일은 일어나지 않는다.

그렇지만 일반 상식으로 생각하면 안 된다.

인정하고 싶지는 않지만, 만약 이 세상에 러브 코미디의 신이 있다면 아마다는 그 신의 사랑을 받는 존재이다. 따라서 그 녀석이 히다카를 모함하는 데 성공한 시점에서 히다카는 전학이 결정되고 두 사람은 같은 학교로 전학을 가게 될 수도 있다.

나라는 방해꾼을 제거하는 게 아니라 스스로 멀어지는 것이다. 메인 히로인을 데리고.

물론 이건 지나친 억측이고 근본적인 착각일 가능성도 있다.

러브 코미디의 신에게 사랑받는 아마다지만, 그래도 첫 번째 인생과 비교하면 현재 아마다에게는 그때만큼의 힘은 없다. 이미지도 상당히 안 좋아진 상태다.

게다가 아마다 테루히토와 히다카 미코토의 관계는 첫 번째 인생 때보다 훨씬 나쁘다.

사실 아마다는 학교에 다시 나온 후로 한 번도 히다카에게 접근하지 않았다.

그러니 두 번째 인생에서는 스토커 문제 같은 건 일어나지 않고, 그냥 심플하게 아마다 테루히토와 히츠지타니 미와, 두 소꿉친구의 러브 코미디가 펼쳐질지도 모른다.

그렇게만 되어 준다면 더 바랄 게 없다. 아마다에게도, 히츠지타니에게도 좋은 감정을 품고 있지 않은 내가 그 누구보다 두 사람의 행복을 바란다니, 참 기묘한 얘기지만.

하지만 거기에 모든 것을 걸 수는 없었다.

누가 뭐라도 상대는 그 아마다 테루히토다. 히다카 미코토가 아무리 거절해도 어떻게든 자기 좋을 대로 해석해서 절대 포기하지 않고 원하는 대로 하려는 남자.

심지어 거기엔 윤리관과 도덕심 같은 것도 전혀 없다. 그녀석은 자신이 죄를 추궁당하지만 않는다면 다른 사람의 생명도 가차 없이 빼앗을 인간이다. 그건 첫 번째 인생이 증명해 준다.

그러니 나는 늘 최악의 경우를 염두에 두고 행동해야 했다.

하지만…… 현재 내가 할 수 있는 일은 얼마 되지 않았다.

지난번에 아마다가 벌인 가짜 단죄극 때도 그랬지만, 기본적으로 나는 내가 직접 나서서 아마다에게 적극적으로 공세를 취하지 못한다. 내 예상이 다 맞더라도 현재 시점에서 아마다와 히츠지타니는 아무 짓도 하지 않았으니까.

내가 저지하려고 나서봤자 그저 멋대로 빌미를 만들어서 불평하는 놈으로 비칠 뿐.

공세를 당하는 쪽은 처음부터 압도적으로 불리한 입장에 놓이기 때문이다.

따라서 아마다의 생각을 먼저 읽고 미리 대책을 세워야 했지만, 유감스럽게도 정보가 너무 부족해서 대책이라고 할 만한 게 거의 떠오르지 않았다.

지금 내가 할 수 있는 일이라곤 가능한 한 히다카 옆에 있는 것 정도.

"하아……. 왜 내가 이런 생각을 해야 하는 거냐고……."

평범한 고등학생은 절대 이런 고민 따윈 하지 않는다.

물론 크든 작든 문제야 있겠지만, 이렇게까지 절박하진 않을 것이다.

원래 러브 코미디는 현실에서는 일어나지 않는 기적 같은 현상이다.

그런데 왜 그런 기적이 하필 바로 옆에서 일어나서 나를 둘러싼 환경을 파괴하려는 건지 모르겠다.

"부탁이야! 제발 다들 도와줘!"

월요일 아침, 반 아이들에게 머리를 푹 숙이는 아마다 테루히토. 절망의 막이 올랐다.

아마다의 옆에는 이번 이벤트의 메인 히로인인 히츠지타니 미와가 공포에 질린 표정으로 서 있고, 츠키야마와 이바, 우시마키는 심각한 얼굴로 그런 히츠지타니 옆에 있었다.

"물론 나를 믿지 못한다는 건 알아. 그렇지만 이대로 가면 미와가…….."

처음에는 별다른 관심을 보이지 않던 반 아이들도 『히츠지타니』라는 단어가 나오자 감정에 변화를 보였다. 특히 남학생들.

"히츠지타니가, 어쨌는데?"

질문을 던진 건 히츠지타니가 전학을 온 첫날에 '여친이 있을 것 같아'라는 말을 듣고 좋아하던 남자── 요시카와

였다.

히츠지타니를 위한 일이라면 힘을 보태겠다. 말이 아니라 태도가 그렇게 말하고 있었다.

"미와, 말해도 돼?"

그러자 히츠지타니는 고개를 옆으로 저었다.

"아니. 내가 설명할게. 실은——."

그리고 히츠지타니는 반 아이들에게 사정을 이야기했다.

실은 버튜버로 활동하고 있다는 것.

방송 중의 실수로 한 남성 팬에게 주소를 들켰다는 것. 그 남자는 스토커가 되었고 신변의 위협을 느끼고 도망치듯 전학을 왔다는 것.

그런데 스토커가 다시 새 주소를 알아냈다는 것.

이야기를 들은 반 아이들 중에는 하나토리 미야비를 아는 사람도 있어서 그 정체가 히츠지타니 미와라는 사실에 깜짝 놀라긴 했지만 그것도 잠시. 여학생들은 스토커라는 존재에 공포를, 남학생들은 스토커라는 존재에 분노를 드러냈다. 그건 가짜 정의감이다.

물론 진심으로 히츠지타니를 걱정하는 사람도 몇 명 정도는 있을 것이다. 하지만 그건 극히 일부.

나머지는 여기서 자신이 활약하면 히츠지타니에게 특별한 존재가 될 수 있지 않을까 하는 불순한 기대와 유명인과 친구가 된 스스로에게 우월감을 느끼고 있었다.

그런다고 자기가 유명해지는 것도 아닌데.

"그래서 다들 도와줬으면 좋겠지만, 위험하니까 무리는——."

"당연히 그래야지!"

히츠지타니의 말을 가로막듯, 마치 주인공처럼 외치는 요시카와.

진짜 주인공은 히츠지타니 옆에 서 있는 소꿉친구인데, 참 멍청한 놈.

그 후, 다른 남학생들도(나를 제외한) 전면적으로 협조하겠다고 약속했지만, 여학생들은 위험하지 않은 범위 안에서 돕긴 하겠지만 기대는 하지 말라고 했다.

스토커에 대한 공포가 압도적으로 이긴 셈이다.

그런 여자애들을 히츠지타니는 절대 비난하지 않았다. 그 심정은 충분히 이해하니 괜찮다. 친구로 있어 주기만 해도 너무 마음이 든든하다. 이런 식으로 말하며 여학생들을 우정이라는 사슬로 단단히 묶었다.

그건 첫 번째 인생의 반복.

그때와 다른 건 의욕과 흑심이 넘치는 남자들 중에 내가 없다는 것과 아마다 무리 안에 카니에가 없다는 것 정도.

물론 당시의 카니에는 성격상 이렇게 주목받는 자리에서는 존재감을 최대한 숨기려 했기에 있으나 없으나 매한가지지만.

어쨌든 1학년 C반 남학생들은 (나를 제외하고) 힘껏 결속했다.

히츠지타니 미와라는 소녀를 가짜 스토커로부터 지키기 위해.

"……하아."

이미 알고는 있었지만, 이렇게 직접 보니 새삼 실감이 났다.

결국 히츠지타니의 스토커 이벤트는 발생했다. 내게는 너무 불리한 전개다.

할 수만 있다면 지금이라도 모든 사실을 폭로하고 싶었다.

히츠지타니가 한 말은 거짓이다. 히츠지타니와 스토커 남자는 내통하고 있고 이 스토커 사건은 히츠지타니가 아마다와의 유대감을 돈독히 하기 위해 일부러 꾸민 것이다.

하지만 그래봤자 다 소용없다. 내 구심력으로는 아무도 믿어주지 않는다.

"다들 고마워. 그럼, 이제부터 어떻게 하냐면…… 히메, 준비됐어?"

아마다가 남학생들에게 머리 숙여 인사한 후, 이바를 향해 시선을 던졌다.

"맡겨주세요. 스토커는 이미 미와가 이 학교에 다닌다는 것까지 다 알아냈다고 합니다. 그러니 하교 시간이 되면 각자 역할을 분담해서——."

이바가 담담하게 말하는 스토커 대책.

바로 얼마 전까지만 해도 히라사카 고교 내에서 그 입지를 상실했었는데, 아마다가 돌아오자 눈 깜짝할 사이에 리더 같은 포지션으로 돌아온 것 같다.

역시 히로인은 주인공이 옆에 있으면 힘을 발휘하는 건가.

나는 이바의 얘기를 듣고 있었지만 절대 시선은 주지 않고 스마트폰을 꺼냈다.

화면에 뜬 건 아마다가 돌아오기 전까지 매일 주고받았던 단톡방.

멤버는 나, 히다카, 츠키야마, 우시마키, 이바.

『이시이, 여름방학에 시간 있어? 오키나와에 있는 내 별장에 안 갈래?』

『안 가. 게다가 네 별장이 아니라 아버지 거잖아. 자꾸 그렇게 부모님 힘에 기댈 거냐?』

『오지는 그런 점이 문제예요. 그래도 이왕 말도 나왔으니 넷이 가는 것도 괜찮겠네요. 재미있을 거예요』

『오지는 생각이 짧다니까. 난 동아리가 좀 걸리긴 하지만, 아마 괜찮을 거야』

『왜 너희도 가는 걸 전제로 말하는 건데……』

『카즈뽕의 말이 맞아. 나랑 카즈뽕, 둘만 갈 거야』

『너희들, 자연스럽게 나를 제외하는 것 같은데, 거긴 우리 부모님 별장이거든?』

이게 마지막으로 나눈 대화. 아마다가 학교에 돌아오기 전날에 나누었던 단톡방 채팅.

그 후, 이 채팅방에 메시지를 올리는 사람은 아무도 없었다.

"……제길."

좀체 감정 정리가 되지 않은 나는 작게 욕설을 흘렸다.

◇ ◇ ◇

쉬는 시간. 수업이 끝나는 것과 동시에 우리 반 남학생들은 일제히 히츠지타니에게로 모였다.

표면적으로는 스토커 사건에 대해 의논하기 위해서지만, 실제로는 조금이라도 히츠지타니와 친해지고 싶어서다. 눈 깜짝할 사이에 거의 모든 남학생들에게 에워싸인 히츠지타니.

아마다도 거기에 참여하려고 히츠지타니의 자리로 갔지만, 이럴 때의 아마다는 **러브 코미디 주인공답게** 대화에 끼지 못하고 "내가 부탁한 건데……"라면서 꿔다 놓은 보릿자루처럼 투덜거리고 있었다. 남학생들이 많이 모여 있을 때는 조연처럼 행동하는 게 러브 코미디의 주인공이라고 생각하는 게 분명했다.

남자 녀석들이 모여 있는 모습에도 별다른 흥미를 보이지 않고 있자 츠키야마가 내 자리로 왔다.

"저기, 이시이. 잠깐──."

"거절할게."

"아직 말도 안 했잖아!"

"히츠지타니 사건에 관한 생각을 들려달라거나 도와달라는 것만 아니면 들어볼게."

노골적으로 씁쓸한 표정을 짓는 츠키야마. 네가 하려는

얘기야 뻔한 거 아니겠냐.

하지만 츠키야마는 굴하지 않고 계속 얘기랬다.

"생각 정도는 할 수도 있잖아? 저기, 넌 머리도 잘 돌아가니까……."

머리가 잘 돌아가는 게 아니다. 첫 번째 인생에서 내 목숨은 물론 가족들의 목숨까지 잃었기 때문에 죽기 살기로 머리를 굴리는 것뿐이다.

"부탁 좀 하자……."

츠키야마에게는 어떤 악감정도 없지만, 아주 성가신 행동이었다.

반 아이들은 내가 히츠지타니 스토커 문제에 참여하지 않는 것 자체에는 불만이 없을 것이다. 하지만 이렇게 대놓고 츠키야마의 제안을 거절하면 작은 의문 하나가 생기기 마련이다.

바로 '저 자식, 참여하지 않는 이유가 있는 것 아니야?'다.

물론 지금이야 그런 생각을 하는 사람은 참여하지 않는 여학생들까지 포함해서 아무도 없다.

하지만 만약 히다카를 가짜 범인으로 몰면? 그때 내가 히다카를 감싸면?

나는 처음부터 어떻게 된 일인지 다 알고 있었기 때문에 히츠지타니 사건을 돕지 않았다. 그딴 놈이 한 말은 믿을 가치도 없다── 그렇게 판단할 가능성이 있다.

"히츠지타니가 곤경에 처했다면 힘이 되어주고 싶긴 해.

그치만 난 딱히 도움이 안 되니까……."

예전에 옥신각신했을 때 같은 오만함은 일절 보이지 않는, 진심이 담긴 부탁. 그게 두 번째 인생에서 보인 츠키야마의 변화이며, 녀석은 남자들 중에서 유일하게 정의감을 가지고 행동하는 사람이었다. 히츠지타니는 왜 아마다가 아니라 츠키야마에게 반하지 않는 걸까. 츠키야마가 압도적으로 더 좋은 남자인데.

그런 불만을 마음속으로 중얼거린다.

"스토커가 있는 건 알지만 얼굴은 아직 모르는 거야? 만약 얼굴을 안다면 별동대를 꾸려서 찾아다니면 조금이나마 안전을 확보할 수 있을 것 같은데."

어쩔 수 없이 조언을 조금 해줬다.

"오오! 그래, 네 말이 맞아!"

"일단 얼굴을 알게 되면 나와 히다카한테도 말해줘."

"어! 고마워, 이시이!"

우리 둘의 대화가 들린 걸까. 히츠지타니가 씁쓸한 표정을 짓는 게 보였다.

이건 그냥 조언을 한 게 아니다. 최소한의 저항이다.

내가 가진 작은 이점이라면 나는 이미 스토커를 만났다는 거다.

그리고 히츠지타니도 그걸 알고 있다. 내가 목격한 건 히츠지타니와 그 남자가 둘이 함께 쇼핑을 하던 모습이니까.

그래서 더 히츠지타니는 내가 스토커의 얼굴을 아는 걸

원하지 않았다. 말하면 곤란하기 때문이다.

이 남자와 히츠지타니가 함께 쇼핑하는 걸 봤어, 라고.

설사 그 일을 실행하더라도 효과는 미미하겠지만.

히츠지타니가 '그건 다른 사람이야. 많이 닮긴 했지만'이라고 하면 끝이다.

현재 상황에서는 내 기억이라는 애매한 증거만으로는 히츠지타니를 이기지 못한다.

인간이란 정확한 결과보다는 유리한 결과를 원하는 법이니까.

히츠지타니 미와의 히어로가 되고 싶다. 히츠지타니 미와는 비극의 주인공으로 있었으면 좋겠다.

그런 욕망이 앞서기 때문에 불리한 진실은 받아들이지 않는다.

죄다 썩어빠졌다.

"그렇구나. 그럼, 스토커에 관한 건 히츠지타니에게 확인하기로 하고…… 남은 건 누가 그 역할을 맡을까 하는 건데."

그런 내 생각 따윈 알 리 없는 츠키야마는 조언을 얻어서 신난 모습이었다. 진심으로 도와주려는 건 이 녀석밖에 없군.

"다소 험한 일이 될 수도 있으니까 그런 일에 익숙한 사람이면 좋겠는데……."

"어디 보자. 다른 사람의 희생에도 눈 하나 깜짝 안 할 츠키야마가 적임자 같은데."

"결국, 너무하네! 그래도, 뭐…… 고마워."

츠키야마는 그 말을 끝으로 내 자리를 떠나 남자들이 모여 있는 히츠지타니의 자리로 향했다.

아직 아무 일도 일어나지 않았다. 그런데도 상황은 분명 악화해 있었다.

◇ ◇ ◇

일단 무슨 일이 생기면 도미노처럼 잇달아 무너지는 게 현재 상황과 아주 비슷하다.

수업이 끝난 후, 1학년 C반으로 온 이바 코우키와 우시마키 후우카가 히다카 미코토에게 말을 걸고 있었다.

"있지, 히다카. 잠깐만 얘기─."

"싫어."

"그렇게까지 거절할 건 없잖아!"

마치 아까 그 쉬는 시간의 데자뷔 같다.

말을 건 우시마키를 얼음 여왕 모드로 단칼에 거절. 거절당한 우시마키는 눈물을 글썽였다.

즉시 우시마키 대신 이바가 나섰다.

"실례를 끼쳐서 미안해요. 그렇지만 히다카에게 꼭 물어보고 싶은 게 있으니 잠깐 이야기를 나눌 수 없을까요?"

"뭔데 그래?"

히다카가 대화에 응할 자세를 보이자 우시마키가 "왜 난……"이라고 투덜거렸다.

예전까지의 히다카였다면 이바든 우시마키든 이야기도 안 들어보고 거절했을 것이다.

그렇지만 이제 히다카는 달라졌다. 우시마키에게는 여전히 냉혹한 태도를 보였지만, 이바를 대하는 태도는 조금 부드러워져서 대화에 응할 때도 있다.

나야 첫 번째 인생의 일도 있고 해서 우시마키보다는 이바가 더 경계할 존재이지만 히다카 안에서는 다른 모양이다. 이유는 잘 모르겠지만.

"나와 모카도 히츠지타니의 일을 돕고 있어요. 그렇지만 난 험한 일에는 맞지 않아서 전라로 스토커에게 돌진하는 험한 일은 모카에게 맡길 생각이에요."

"나도 그렇게까지는 안 할 거거든!"

역시 변태녀. 역시 육탄 공격 장인. 자, 농담은 그만하고.

저 녀석들은 히다카에게 저러는 꿍꿍이가 뭐지?

"본론으로 들어가서, 히다카와 이시이, 두 사람은 예전에 히츠지타니와 함께 등교한 적이 있죠?"

"그게 멋대로 따라온 것뿐. 난 카즈뿅하고 유즈와 같이 등교한 거야."

"그때 히츠지타니가 하나토리 미야비라는 얘기를 들었나요?"

"들었어."

당했다! 제길! 역시 이바는 골치 아픈 녀석이라니까!

히다카의 대답을 듣더니 "즉 이시이와 히다카, 그리고 이시이의 여동생은 알고 있었던 거네요"라고 중얼거리는 이바. 이거 예사롭지 않다.

"그럼, 등교할 때 이상한 남자는 못 봤어요? 예를 들면 수상한 눈으로 히츠지타니를 쳐다보는 남자라든가."

"몰라. 관심이 없어서."

이 대화에 의미는 없다. 의미가 있는 건 그 전까지의 대화.

당연히 히다카는 반에서 주목을 끄는 존재다.

그건 다들 히츠지타니에 관해 의논하고 있더라도 마찬가지.

요컨대 이바는 다른 사람들 앞에서 보여주는 것이다.

히다카가 히츠지타니가 하나토리 미야비라는 걸 알고 있었다는 사실을.

이건 조건을 갖추기 위한 사전 준비. 그 사실을 알았기 때문에 히다카는 스토커에게 정보를 흘릴 수 있었다. 그렇게 보이게 하려고 이바는…….

"그러고 보니 히다카, 친한 사람 중에 스트리머를 좋아하는 사람이 있죠?"

"있긴 한데, 그게 왜?"

히다카가 이바를 날카롭게 쏘아봤다.

이바는 정말 골치 아픈 일만 골라서 하는 녀석이다.

지금 저 녀석이 하는 짓은 동기 부여다. 히다카는 키타미 사에와 친하다.

그리고 키타미 사에는 스트리머를 좋아하고 자기도 스트

리머이다. 그런데 활동은 영 생각대로 풀리지 않는 상태다.

그래서 히다카는 그런 키타미를 위해 인기 스트리머인 히츠지타니를 제거하려 했다.

히다카 미코토가 호의를 가지고 있는 사람을 위해 과잉 행동을 서슴지 않는다는 건 모두 알고 있는 사실.

즉 동기 부여로 이 정도면 충분하다.

반 전체가 다 모여 있는 자리에서 이바는 히다카가 악행을 저지를 동기를 사실에 근거해서 끼워 맞춘 셈이다.

"아뇨, 그냥 물어본 거예요. 만약 친구에게 곤란한 일이 생기면 꼭 우리에게 상의해 주세요. 반드시 힘이 되어줄게요."

이바는 마지막으로 불쾌한 미소를 짓더니 우시마키와 함께 아마다에게 돌아갔다.

스토커 사건이 완전히 해결되지 않은 이상, 히다카를 모함할 준비는 아직 갖추어지지 않았다. 하지만 조금씩이긴 해도 준비는 착실히 진행되고 있었다.

이대로 아무것도 못 하고 있으면…….

"히다카, 가자."

점심시간. 내 말에 히다카는 커다란 눈을 동그랗게 뜨고 나를 응시했다.

마치 그게 사실인지 확인하는 것처럼 눈을 몇 번이나 깜빡거리며 뭔가를 생각하는 행동을 보이더니 다시 나를 응시. 그렇게 쳐다보면 쑥스럽잖아.

도대체 히다카가 뭐에 그렇게 놀랐는지는 모르겠다.

점심시간(정확히는 학교에 있는 동안)에는 대부분 같이 있으니 평소와 다른 건 없다.

반 아이들도 히츠지타니의 스토커 문제를 어떻게 해결할지 열심히 의논하는 중이라 나와 히다카에게 주목하는 녀석은 거의 없었다. 딱 한 명, 원한이 묻어나는 눈빛으로 우리를 보는 아마다 테루히토는 제외하고. 역시 포기 안 한 거 맞네.

"안 가?"

할 수 없이 다시 질문. 그러자 히다카의 얼굴이 엄청난 속도로 빨개졌다.

"갈, 래, 갈, 래⋯⋯."

기름칠이 덜 된 인형처럼 어색하게 일어나는 히다카.

히다카야 원래 디폴트가 미인이지만, 전에 없이 얌전한 태도를 취하자 평소보다 훨씬 더 매력적으로 보였다.

갑자기 이 태도는 뭐지?

그런 의문을 품고 있는데 부드러운 입술을 내 귓가에 대고 히다카가 말했다.

"카즈뿅이 먼저 가자고 한 건 처음이야. 너무 기뻐."

고작 그런 이유만으로 이렇게 좋아하는 거냐.

부끄러운 동시에 너무 미안한 감정이 들어서 평소보다 느려진 히다카의 보조에 맞춰 천천히 걷기 시작했다.

"오늘은 좋은 날. 너무 멋지고 좋은 날. 처음으로 같이 가자고 해준 기념일로 지정해야 한다고 생각해."

"그렇게 기뻐할 일까지는……, 뭐, 다음에도 또 해줄게."

"카즈뽕, 그건 나와의 기념일을 잔뜩 만들고 싶다는……."

"아니야! 이런 일로 기념일을 만들면 매일이 기념일이 될 거야!"

"맞아. 실은 매일이 기념일이고, 그래서 행복해."

"그 정도로 매일이 새로운 것도 아니잖아?!"

"카즈뽕과 함께 하는 매일은 온통 새로운걸."

브레이크가 완전히 고장 났다…….

게다가 본인은 상당히 기쁜지 귀여운 미소를 짓고 있어서 더 질적으로 고약했다.

내가 먼저 히다카에게 같이 가자고 말한 건 오늘만큼은 꼭 히다카와 함께 보내고 싶었기 때문이다.

물론 친밀하게 보내고 싶어서가 아니라 히츠지타니 일 때문에 할 말이 있어서다.

상당히 비약적인 생각을 전하려니 겁이 나지 않는 건 아니지만, 그래도 안 하는 것보다는 낫다고 생각했다. 물론 히다카에게는 손을 대지 못하도록 힘쓸 생각이지만 분명 한계는 있다.

게다가 이번 목표는 내가 아니라 히다카인 이상, 스스로 방어하는 것도 반드시 필요했다.

다시 형성된 아마다 하렘. 적의 멤버는 아마다, 츠키야마, 이바, 우시마키, 히츠지타니.

물론 이 중에서 츠키야마는 상대의 전력으로 취급해야 할지 애매하다.

정의감에 따라 행동하는 츠키야마는 아마다에게는 적이 될 수도, 아군이 될 수도 있는 존재이기 때문이다.

설사 절친인 아마다의 부탁이라도 나쁜 일은 절대 돕지 않을 녀석이다. 하지만 성격이 단순하다 보니 그만큼 이용하기도 쉬워서 그럴싸한 말에 쉽게 속아 넘어간다. 따라서 우리에겐 불리한 행동에 나설 가능성이 있다. 아까 쉬는 시간 때처럼.

그리고 우시마키 후우카와 이바 코우키.

히다카에게 히츠지타니를 모함할 동기를 부여한 이상, 적이 되었다고 보는 게 맞다.

그런 일이 있었으니 상식적으로 생각하면 아마다를 좋아하는 마음도 식었을 거라고 보는 게 맞지만, 상대는 러브 코미디의 신의 총애를 받는 러브 코미디의 주인공, 아마다 테루히토다.

나는 상상조차 못 할 방법으로 두 사람의 호감도를 회복시켰을 가능성이 높다. 아니, 실제로 회복시켰다. 안 그러면 그 두 사람이 아마다와 함께 있을 이유가 없다.

그리고 그 두 사람은 상당히 골치 아픈 존재다.

첫 번째 인생과 비교하면 입지는 나빠졌지만, 그게 능력 저하로 이어지는 건 아니다.

특히 위험한 건 이바. 저번에 나한테 그렇게 당했으니 경계심은 심해진 반면 능력은 오히려 향상되었을 가능성도 있었다. 심지어 이바는 아마다만큼은 아니더라도 윤리관이 망가졌다. 아무렇지도 않게 무서운 짓을 저지를 수 있는 여자다…….

마지막으로 히츠지타니. 이 녀석도 나름대로 골치 아픈 능력을 가지고 있다. 구심력이라는 점에서는 현재 아마다 하렘에서 최강. 게다가 더 무서운 건 그 녀석이 가진 영향력이다.

교내가 아니라 교외에서 더 유명한 카리스마. 인기 버튜 버라는 막강한 지위.

실제로 저번 인생에서 아빠와 유즈를 궁지에 몰아넣은 건 히츠지타니니까.

그래서 히다카에게 특히 경계를 강화하라고 말할 생각인데…….

"히다카 미코토에서 이시이 미코토. ……좋아! 좋아, 좋아, 좋아!"

머릿속에서는 이미 결혼까지 했는지, 무한 기쁨 상태라서 도저히 말을 못 꺼내겠다.

그래도 점심시간이 끝나려면 아직 시간이 남았으니 히다카가 진정되기를 기다렸다가 말하기로——.

"그나저나 그 지정 유해 무기질은 무슨 꿍꿍이지?"

"역시 빠른 전환!"

불과 1초 전까지만 해도 그렇게 들떠 있었으면서 언제 이렇게 냉정한 얼굴로 돌아왔지?

이 녀석은 마음을 두 개 가지고 있나.

"카즈뿅이 나한테 먼저 가자고 말했다는 건 뭔가 긴히 할 얘기가 있다는 뜻이잖아? 아마도 그 녀석과 관련해서."

"뭐, 그렇긴 한데……."

역시 적극적인 노력가. 뛰어난 이해력을 자랑한다.

"그렇다면 카즈뿅의 이야기를 듣고 키스를 한 다음 더 기뻐할래."

"이상하네. 왠지 기묘한 예정이 하나 추가된 것 같은데?"

"특별히 할 얘기는 없어?"

"그거 말고!"

키스 말이야, 키스. 식당의 야외 테이블에서 공개 키스가 가당키나 하냐!

그런 건 단둘이 있는 조용한 때에……가 아니지, 아니야.

"일단 밥부터 먹고 나서 얘기하자. 배도 고프고."

"알았어. 내가 먹여줄까?"

"됐습니다."

딱 잘라 거절하자 뺨을 부풀리며 노골적으로 불만 가득한 시선을 던진다.

그런 히다카의 항의를 무시한 채, 나는 점심을 먹기 시작했다.

점심을 다 먹은 후, 히다카에게 첫 번째 인생의 경험을 토대로 추측한 이야기를 했다.

아마다 테루히토가 예전에 전학을 갈 거라고 말했던 것.

이번 히츠지타니 스토커 사건이 애당초 히츠지타니의 자작극이라는 것.

스토커 사건을 해결한 후에 누가 스토커 정보를 흘린 범인으로 지목될 것인가.

그리고 그 목표물이 내가 아니라 히다카이며 아마다가 히다카를 전학시키고 자신도 전학을 가서 다른 학교에서 히다카와 지내려는 꿍꿍이가 아닐까 하는 것.

보통은 이런 이야기를 하면 '지나친 생각이야'라며 이야기도 제대로 안 듣겠지만, 히다카는 끝까지 내 이야기를 들어주었다.

"그렇군. 불가능한 얘기는 아닌 것 같아……."

내 말을 수긍해준 데 대해 마음속으로 감사의 뜻을 전했다.

히다카는 내 말이라면 무조건 다 수긍하는 건 아니다. 예전에 키타미 사에 일로 내가 잘못된 행동을 했을 때는 부드럽게 타일러 주었다. 그런 히다카가 내 얘기를 믿어준 게 기뻤다.

"아마 쉬는 시간에 이바와 우시마키가 온 것도 그걸 위한 사전 준비가 아닐까 싶어. 히다카가 히츠지타니를 모함할 이유를 만들기 위해 말을 건 거지."

"어? 진짜야?"

"어. 아마도."

"음…… 그치만 그 애들은……"

"뭔가 신경 쓰이는 거라도 있어?"

"지금은 괜찮아. 그보다 더 신경 쓰이는 건 만약 내가 목표물일 경우의 이야기. 그 녀석은 나를 전학시키고 싶을지 몰라도 나는 절대 내 발로 전학을 가진 않을 거야. 카즈뿅과 떨어지는 건 결코 있을 수 없는 일이니까."

단호하게 말하는 히다카의 모습에 괜히 쑥스러웠지만, 그래도 위기감은 지울 수 없었다.

물론 히다카가 얼마나 강한 멘탈의 소유자인지는 잘 알고 있다. 본인은 싫어하겠지만, 철이 들 무렵부터 아바나 테루히토에게 집요하게 시달려 왔다. 그래도 꾹 참고 버티며 철저하게 아마다를 거절해 온 이상, 어지간한 일로는 꺾이지 않을 것이다.

"그건 그렇지만, 상대는 아마다야. 우리의 상상을 뛰어넘는 짓을 아무렇지도 않게 저지를 가능성도 있지 않을까?"

"응. 그런데 대책을 세우는 게 쉽지 않을 것 같아. 동기가 있더라도 증거를 날조하는 건 보통 힘든 일이 아니잖아."

"그렇지."

이번 사건에서 내 머리를 가장 골치 아프게 만들고 있는 게 바로 이거다.

저번에는 첫 번째 인생에서 내가 당했던 일이었기 때문에 아마다(이바이기도 하지만)가 나를 가짜 도촬범으로 몰아서 단죄를 내릴 거라는 걸 알고 있었다.

그래서 츠키야마와 스마트폰을 바꾸어서 대책을 세울 수 있었다.

하지만 이번은 다르다.

첫 번째 인생에서 키타미가 정보를 팔아넘긴 범인으로 몰린 건 알고 있다. 하지만 과연 어떻게 키타미를 범인으로 만들었는지, 그 방법은 모른다.

금전이 오가는 현장을 덮쳤거나 사진을 찍은 거겠지만, 그걸 히다카를 상대로 어떻게 실현할까?

"저기, 히다카. 혹시 모르는 남자가 갑자기 말을 걸어온 적 있어?"

"전부 무시했어. 내가 이야기하는 남자는 카즈뿅뿐."

당연한 듯이 남자에서 제외된 츠키야마였다──는 지금 중요한 게 아니지.

나와 함께 지낼 때가 아닌 히다카는 이렇게 『얼음 여왕』의 명성에 걸맞게, 아주 냉담한 행동이 눈에 띄는 사람이다. 그렇다 보니 설사 내가 옆에 없을 때 히다카를 노리더라도 대화 성립 자체부터가 여간 어려운 일이 아니다.

상대가 키타미라면 가능한 계획도 히다카가 상대라면 불가능했다.

"저번처럼 히다카의 스마트폰에 몰래 손을 대는…… 일은 없겠지…….”

“그 녀석이 한 번 실패한 수법을 반복할 리 없어.”

“맞아. 나도 그렇게 생각해.”

저번 사건에서 아마다는 나를 도촬범으로 몰기 위해 내 수중에 스마트폰이 없을 때…… 체육 시간을 이용해서 우시마키의 도촬 사진을 몰래 집어넣었다.

하지만 나는 츠키야마와 스마트폰을 교환하는 방법으로 그 계획을 박살 냈다.

히다카를 함정에 빠뜨리려면 비슷한 수법이긴 해도 저번처럼 체육 시간을 이용해서 히다카의 스마트폰에 손을 대서 마치 히다카와 스토커가 연락을 주고받는 것 같은 증거를 만들어내는 건 가능하다면 가능하지만, 히다카의 말대로 그럴 가능성은 낮았다.

지난번과 똑같은 방법이기 때문이다. 아무리 남학생들이 히츠지타니의 편이라도 저번과 똑같은 방법을 취하면 다시 아마다가 의심을 사게 되고 오히려 아마다가 ‘히츠지타니를 이용한 남자’로 반 아이들의 규탄의 대상이 될 수도 있었다.

아마다 테루히토가 그런 리스크를 짊어질 리 없다. 그래도 경계할 이유는 충분하니 “일단 조심하도록 해”라고 말해 두었다.

히다카는 살짝 고개를 끄덕이더니 입을 열었다.

“그리고 히츠지가 정말 도와줄지도 의문.”

“그건 또 무슨 말이야?”

"그치만 히츠지는 그것과 함께 있고 싶어서 전학을 온 거 잖아? 그런데 그게 전학을 가도록 도와준다고?"

"하지만 저번에는 이바를 비롯한 다른 여자애들도 도와줬 잖아……."

"그건 이득이 있었기 때문이고."

듣고 보니 그랬다.

만약 그때 도촬범으로 몰기 작전이 성공했을 경우, 나는 학교를 떠나게 되었을지도 모르지만, 아마다가 없어지는 건 아니었다. 게다가 한창 감정이 고조된 아마다가 히다카 에게 고백하면 히로인들에게는 더할 나위 없는 전개였다.

아마다는 언젠가 반드시 맺어질 거라고 혼자 믿고 있었던 것 같지만 현실은 다르다. 히다카는 절대 아마다의 고백을 받아주지 않을 테니 히다카에게 차이면 자신들에게 큰 기회 가 찾아온다.

그렇다면 이번 사건에서 히츠지타니에겐 어떤 이득이 있 을까?

"그 부분도 알아봐야겠군."

범행동기라고 하면 과장된 것 같지만, 히츠지타니가 무슨 이유로 아마다를 돕고 있는가. 그것만 알아내면 다른 대책 도 세울 수 있을지 모른다.

방과 후, 남학생들은 스토커로부터 히츠지타니를 지킨다는 명목으로 함께 하교한다는 것 같았다.

　상당히 수가 많아서 반대로 더 눈에 띌 것 같지만, 그렇게 많은 사람들이 에워싸고 있으면 스토커가 있어도 히츠지타니에게 선불리 무슨 짓을 하진 못할 것이다.

　그렇게 아마다와 히츠지타니 일행이 교실에서 나가는 모습을 확인하자마자 난 한 여학생에게 말을 걸었다.

　"카니에, 잠깐 얘기 좀 할래?"

　"……! 뭐?"

　말만 걸었을 뿐인데도 몸을 떠는 카니에. 주위에 있는 여학생들은 '코로에게 심한 짓을 하면 가만히 안 둘 거야'라고 말하는 것 같은 눈빛으로 나를 쳐다봤다.

　내가 카니에에게 말을 건 것은 점심시간에 히다카에게 얘기한 '왜 아마다에게 협력하는가?'에 관한 힌트를 얻기 위해서였다. 예전에 아마다의 악행에 협조한 우시마키, 이바, 카니에.

　우시마키와 이바는 이미 아마다에게 붙었으니 물어봐도 가르쳐 주지 않을 것이다.

　하지만 카니에는 다르다. 카니에는 아마다에게 완전히 흥미를 잃은 것처럼…… 보였다.

　그러니 어떤 힌트를 얻을 수 있지 않을까 하는 생각에 말을 걸었는데…….

　"코로가 무서워하는 거 안 보여?"

제가 더 무서운데요.

우리 반의 리더격인 여학생이 무서운 얼굴로 나를 쏘아보고 있었다.

따지고 보면 너희와 카니에가 친해질 계기를 만들어준 사람이 나니까 조금은 너그럽게 봐달라고 마음속으로 불만을 토로했지만, 별다른 의미는 없다.

"아~. 그럴 생각은 없었지만, 무섭게 했다면 미안해. 실은 카니에에게 물어보고 싶은 게 있는데……."

"그럼, 여기서 해."

뭐, 이렇게 나올 줄은 알았다만. 나야 다른 여자애들 앞에서 말해도 상관없지만, 카니에는 다른 사람들이 있으면 솔직하게 말하지 않을 것 같았다.

카니에에게 아마다의 일은 잊고 싶은 과거일 테니까.

어떻게 할지 고민하고 있는데 예상 밖의 곳에서 도움이 찾아왔다.

"아, 괜찮아. 저기, 둘이서만 얘기하고 싶은 일이지?"

무려 카니에 스스로 나에게 그런 말을 한 것이다.

친구들은 걱정스러운 눈빛을 보냈지만, "걱정해 줘서 고마워"라며 웃는 얼굴로 말했다.

그 후의 교류라고 해봤자 교실에서 함께 수업을 듣는 것 정도였지만, 어쩌면 카니에는 내성적이고 자기 의견도 제대로 말하지 못하는 문제를 스스로 해결한 게 아닐까?

"응. 가능하면 둘이서 얘기하고 싶어. 물론 이상한 짓은 안 해."

"그랬다가는 내가 히다카에게 혼날 거야."

가볍게 농담까지 하는 걸 보니 진짜 놀랍다.

자리에서 일어난 카니에는 "빨리 끝내줘"라며 나와 함께 교실을 나섰다.

이동한 곳은 그리 멀지 않은 복도였다. 둘이 얘기하고 싶었던 것뿐이니 내용만 들리지 않는다면 다른 사람이 보는 건 상관없었다. 아니, 오히려 그게 더 좋다.

아까부터 교실 문에서 우리 둘을 살피는 여학생들 속에 은근슬쩍 히다카가 섞여 있기도 하고…….

카니에는 그 시선을 알면서도 딱히 걱정하는 기색 없이 말했다.

"아마다 때문이지?"

조금 전까지의 겁에 질린 눈동자와는 다른, 싸늘한 눈빛.

말과 태도를 보고 확신했다. 카니에는 내성적인 자신을 바꾸는 데 성공한 것이다.

"내 친구를 끌어들이지 않겠다면 이야기를 들어줄게."

"그 녀석들이 소중하구나."

"당연하지. 성가신 남자들한테서 나를 지켜주니까."

옳거니. 카니에는 이런 방향으로 자신을 바꾸었구나.

교실에서 보이는 작은 동물처럼 얌전한 모습은 과거에는 진실이었지만 지금은 거짓이다.

내성적인 성격을 극복한 카니에는 좋든 싫든 건조한 여자가 된 것 같았다.

그래도 이런 성격을 겉으로 드러내지 않는 건 여자아이들과 함께 있고 싶기 때문.

평소 어울려 다니는 여자아이들과 함께 있는 게 마음 편하고 좋으니 그 환경을 잃고 싶지 않은 것이리라.

"당연히 끌어들일 생각은 없어. 너도 포함해서."

"그러면 빨리 말해. 아마다 얘기라면 진절머리가 나니까."

이름을 부르더라도 '군'을 붙이지 않고 그냥 이름만 부르는 게 카니에 나름의 의사 표현이었다.

자신은 이제 아마다의 히로인이 아니다. 오히려 아마다를 싫어한다는 뜻.

"미리 말하지만, 난 이제 아마다와 엮일 생각은 없어. 너랑도 가능하면 엮이고 싶지 않고. 또 봉변을 당할 걸 생각하면 끔찍해."

자조적인 미소를 지으며 그렇게 말했다.

"지금 나랑 이렇게 얘기하는 건 괜찮고?"

"속죄와 보은이라 할 수 있지. 난 널 함정에 빠뜨리려고 했는데 그런 나를 도와줬잖아. 지금 환경이 아마다와 있었을 때보다 훨씬 좋으니까 그것만은 고맙게 생각해. 그 전에 나를 함정에 빠뜨린 건 생각만 해도 화가 나지만."

"나를 함정에 빠뜨리려고 한 네가 잘못한 거지."

그녀는 약간 불만스러운 듯 "좀 다정하게 대해줘"라고 투덜거렸지만, 난 미소녀라고 잘 대해주는 호구가 아니다. 그 딴 감정은 첫 번째 인생에 두고 왔다.

"그나저나 본론이 뭐야?"

"지금 네가 아마다에게 협조한다면 네게 어떤 이득이 있을까?"

"협조할 리는 없지만……, 옆에 있을 수 있기 때문 아닐까?"

그러고 보니, 카니에는 모르는구나. 하긴 신경도 안 쓰고 사니 당연한가.

"그 녀석, 조만간 전학을 갈 거래."

"뭐? 진짜?!"

굉장해. 오늘 최고로 매력적인 미소를 이런 곳에서 보게 되다니…….

히다카나 나만큼은 아니지만, 카니에도 아마다를 상당히 싫어하는 것 같았다.

"물론 그 자식이 한 말이라서 거짓말일 수도 있지만."

"뭐야……."

순식간에 차가운 원래 표정으로 돌아온 카니에. 나도 제발 아마다가 전학 좀 갔으면 좋겠다.

"그러니까 아마다가 전학을 간다고 가정했을 때 협력할 이유가 있을 것 같아? 전학을 가게 되면 아마다가 원하는 건 이루어져도 자신의 소망이 이루어지는 건 아니잖아?"

"소망은 이루어지지 않아도 가능성은 남으니까."

"그게 무슨 말이야?"

"음, 이건 예전의 내 감정도 포함한 의견인데……."

역시 당시의 자신을 떠올리는 건 싫은지, 복잡한 표정을 지었다.

"우선 이시이는 전학이라는 걸 너무 심각하게 생각하는 것 같아. 다른 학교로 전학을 간다고 해서 못 만나게 되는 건 아니야. 진짜 친한 사이라면 학년은 같지만 반은 다른 사람보다는 자주 만날 수 있을 거야. 물론 거리에 따라 다르긴 하겠지만."

"듣고 보니 그렇네……."

히다카라면 설사 전학을 가더라도 매일 아침 우리 집에 올 것 같다.

전학을 가더라도 그리 멀리 떨어지지 않으면 문제없다. 카니에의 말이 맞았다.

"그걸 전제로 생각하면, 첫째, 열심히 노력한 자기를 좋아해 주지 않을까 하는 기대를 품지 않을까? 그리고 또 하나는…… 미움받고 싶지 않으니까."

"뭐?"

"좋아하는 사람에게 미움받는 건 괴로운 일이야. 그래서 미움받지 않으려고 노력하는 거지. 설사 자신을 좋아하지 않으리라는 걸 알아도 현재 환경을 지키기 위해 고군분투하는 거야. 미움받는 건 절대 싫으니까."

"미움받지 않으려고 노력한다……."

그렇구나……. 그 마음은 알 것 같기도 해.

히다카처럼 주위의 시선 따윈 신경 쓰지 않고 자기가 원하는 대로 사는 사람도 있지만, 실제로 그런 타입은 얼마 되지 않는다.

사실 나도 두 번째 인생이 시작되었을 때, 공략 대상이 되지 않기 위해, 가족의 생명을 지키기 위해, 아마다와 다른 반 아이들에게 미움받지 않도록 행동하려 했다.

그렇다면 히츠지타니도? 아니, 히츠지타니뿐만 아니라 이바와 우시마키도…….

"도움이 됐어?"

"어. 참고가 됐어. 고마워, 카니에."

"그럼, 이걸로 서로 빚진 건 없는 거다."

"아직 70퍼센트는 남았어."

"미소녀 할인으로 부탁해."

카니에는 그 말을 마지막으로 교실 문에서 이쪽을 보고 있는 여학생들에게 돌아갔다.

조금 전까지 내게 보여준, 어딘가 달관한 것 같은 표정이 아니라 작은 동물처럼 귀여운 미소에 작게 승리의 포즈를 취하며 "열심히 했어"라고 하는 카니에.

그런 카니에를 "장하다, 우리 코로"라고 머리를 쓰다듬으며 칭찬하는 여학생들.

아마 저게 카니에 나름의 새로운 삶의 방식이겠지.

나는 멍하니 그런 생각을 하고 있었다.

◇ ◇ ◇

카니에와 이야기를 마친 후, 히다카와 합류해서 아르바이트를 하러 갔다.

상품이 도착할 때까지는 계산과 물품 진열, 튀김 만들기 같은 일 말고는 할 게 없었다.

어떤 의미에서는 아무 생각 없이 있을 수 있는 시간이라서 일을 하면서 고민에 잠겼다.

상황은 여전히 압도적으로 불리.

카니에는 완전히 떠났지만, 그 대신 히츠지타니라는 강력한 히로인이 아마다에게 붙었고 츠키야마와 이바, 우시마키 같은 예전의 동료들도 다시 아마다에게 돌아갔다.

그리고 이바와 우시마키가 히다카에게 히츠지타니를 모함할 동기를 부여했다.

이제 히다카에게 가짜 증거를 만들어서 붙이기만 하면 완전 패배. 상당히 위험한 상황이다.

카니에가 가르쳐 준 '지금 환경을 지키기 위해, 미움받지 않기 위해 노력한다' '노력하면 자신을 좋아해 줄지도 모른다'는 내용도 어떻게 살릴지 고민해 봐야겠다.

"마이센 슈퍼 라이트로."

계산대로 온 중년 남자가 여전히 선반에는 없는 담배 이름을 말했다.

하지만 이젠 익숙하다. 고등학생임에도 불구하고 담배 이

211

름을 줄줄이 꿰게 된 나는 손님이 원하는 물건을 재빨리 꺼내서 계산을 시작했다.

그동안 바로 옆에 있는 계산대에서는 남자 손님이 히다카에게 말을 걸고 있었다.

"저, 저기, 괜찮으면 연락처 좀……."

"다음 손님이 기다리고 계셔서요."

"크윽!"

처음에는 자기 계산대에만 남자 손님들이 계속 줄을 서서 이상하게 생각했지만, 그 점을 간과하지 않은 점장이 한 줄 서기를 도입한 덕분에 최근에는 히다카에게만 남자 손님들이 몰리는 일은 줄었다.

그런데도 히다카의 계산대를 노리는 놈은 편의점 안을 쓸데없이 돌아다니며 히다카의 계산대가 빌 타이밍을 노렸다. 그리고 그 열의가 이끄는 대로 말을 걸었다가 격침.

지금 남자도 그렇고 그 외에도 편의점 안을 어슬렁거리고 있는 놈들이 몇 명 더 있었다.

특히 한 남자는 장시간 교류라도 노리는지, 아까부터 히다카를 징그러운 눈빛으로 쳐다보면서 계산대로 오려다가 돌아가기를 반복하고 있었다.

아무래도 저 녀석은 진짜 위험할 것 같으니 내가 맡는 게 좋겠다.

"여, 여어, 이시이……."

그때 또 다른 귀찮은 손님, 히츠지타니가 나타났다. 바구니에 든 많은 물건. 나와 대화할 시간을 확보하기 위해 평소보다 많은 물건을 구입할 생각인 것 같다.

스토커에게 시달리고 있는 설정이면서 잘도 혼자 돌아다니네. 어차피 처음부터 거짓말이니 우리 학교 애들한테만 안 들키면 된다는 거겠지.

"비닐봉지 필요하세요?"

"응, 부탁해. 그리고 나 혼자 떠들 테니까 듣기만 해줄래?"

히츠지타니의 말에는 아무 반응도 하지 않고 묵묵히 바코드만 찍었다.

그동안 히츠지타니는 왠지 여린 분위기를 풍기는 표정으로 말을 이어 나갔다.

"약속 지켜줘서, 고마워……."

옳거니, 감사라는 이름의 입막음인가.

고맙게 생각하는 건 사실인지도 모르지만, 이렇게 고맙다는 말을 전하면 내가 절대 말하지 못할 거라는 계산도 이미 다 끝냈을 것이다. 사실 난 타이밍을 노리고 있는 것뿐이지만.

첫 번째 인생에서 그 남자는 스토커로 체포되었다. 하지만 두 번째 인생에서는 스토커로 만들기도 전에 나와 먼저 마주치고 말았다.

심지어 히츠지타니와 함께 있는 모습을 목격당했다.

히츠지타니에게는 이보다 불리한 상황도 없을 것이다.

"미리 말하자면 그 남자는 그냥 내 방송을 도와주는 사람이야."

실제로는 스토커로 몰아세울 생각이면서 말은 잘해요.

조금이라도 히츠지타니를 견제하기 위해 말했다.

"난 또 그 녀석이 스토커인 줄 알았잖아."

어떠냐, 히츠지타니? 내가 정곡을 찔렀지?

네가 스토커 사건을 꾸며내려는 걸 난——.

"응? 아니야! 그 사람이 스토커일 리 없잖아."

"뭐?"

히츠지타니가 그 말을 한 순간, 깜짝 놀라 상품을 떨어뜨렸다.

히츠지타니는 쿡 하고 웃으며 그런 나를 주시했다.

"이시이, 주먹밥은 떨어뜨리지 마."

"죄, 죄송합니다……."

어이, 잠깐만. 이게 도대체 어떻게 된 거지?

첫 번째 인생에서는 분명 그 남자가 스토커로 잡혔는데.

그런데 히츠지타니는 그 남자는 스토커가 아니라고 한다고?

"방금도 말했지만 그 남자는 그냥 방송을 도와주는 사람. 원래는 내 팬이었는데 어떤 일을 계기로 알게 됐어."

힐끔 줄을 확인하니 아무도 없었다. 지금이라면 잠깐 대화해도 될 것 같다.

"넌 사무소 없이 방송하는 거 아니었어?"

"그렇긴 하지만 전부 나 혼자 하는 건 아니야. 인기가 많아지면서부터는 나를 응원해 주는 사람들 몇 명이 도와주고 있어."

"즉, 다른 남자에게도 손을 대고 있다?"

"오해를 살 만한 발언은 자제해 주면 안 될까~?"

뺨을 부풀리며 나를 귀엽게 째려보는 히츠지타니.

그러면 히츠지타니는 왜 나를 찾아온 거지? 그 남자가 가짜 스토커가 아니라면 굳이 나를 찾아와서 그 말을 할 이유는 없지 않나?

"그 사람과 나는 서로 연애 감정 같은 건 없는, 그냥 친구 사이야. 하지만 서로만 그걸 알고 있어봤자 소용없잖아?"

"다른 사람들은 오해할 수도 있으니까."

그런데 넌 없을지 몰라도 그쪽은 분명 연애 감정이 있을 텐데.

물론 히츠지타니도 그런 건 처음부터 알고 있겠지만.

"맞아! 그래서 딱히 이상한 관계는 아니지만, 다른 사람들에겐 비밀로 하고 있어……. 그나마 이시이처럼 오해하지 않는 사람에게 함께 있는 모습을 들켜서 다행이야."

"됐으니까 빨리 본론이나 말해."

물건의 바코드를 찍는 손은 이미 멈춰 있었다. 무슨 말을 하려는 거지?

"테루치에게 말하지 않았으면 좋겠어. 오해, 받고 싶지 않

215

거든…….”

그래서 나를 찾아온 건가?

요컨대 히츠지타니는 아마다에게 오해받고 싶지도 않고, 미움을 사고 싶지도 않은 거다.

그래서 그 사실을 아는 내 입을 막으려고 이렇게 찾아온 것이었다.

“안, 될까?”

필사적으로 호소하는 눈빛. 아무 의심 없이 이 눈빛을 믿을 수 있는 사람이라면 쉽게 고개를 끄덕이겠지만 나는 그렇지 않았다.

지금, 이 순간에도 안 돌아가는 머리를 필사적으로 돌리고 있는 중이다.

첫 번째 인생에서 스토커였던, 내가 백화점에서 봤던 남자는 스토커가 아니라는 게 히츠지타니의 주장이다.

그렇다면 스토커는 누구지? 히다카를 모함할 증거는 어떻게 만들 생각이지?

“알았어. 아무에게도 말하지 않을게. 약속해.”

“진짜지? 고마워, 이시이! 역시 이시이는 착해!”

아니면 그렇게까지 할 생각은 없는 건가?

스토커 사건은 어디까지나 자신과 아마다의 유대감을 돈독히 하기 위한 것.

가뜩이나 없는 스토커를 만들어낸다는 큰 리스크를 안고 있다. 더 이상의 리스크를 짊어지는 건 너무 위험하다고 생각해서…….

"아마다가 그렇게 좋냐?"

"그런 셈이지! 테루치에게는 큰 도움을 받았으니까."

그 말로 인해 내 머리를 스친 안이한 생각은 산산이 흩어졌다.

아니, 말이 안 된다. 히츠지타니는 분명 아마다를 위해 행동하고 있다.

즉……

"그럼 난 가볼게! 일하는 데 방해해서 미안해!"

"조심히 돌아가."

"후훗. 고마워!"

환하게 웃는 얼굴로 윙크하고 가게를 나서는 히츠지타니. 조금 전까지 편의점 안에서 히츠지타니를 수상쩍게 바라보던 남자도 **그런 히츠지타니의 뒤를 쫓아가는 것처럼** 가게를 나갔다.

그렇구나……. 그렇게 된 거구나…….

"이제야, 알았어……."

저기, 히츠지타니. 벌써 잊은 거냐? 네 그 수법은 나한테는 통하지 않는다는 것을.

최근에 넌 계속 그런 식이었잖아? 평소에는 털털하게 굴다가 어느 순간 약한 모습을 보이는, 그래서 상대의 동정을 자극하는 행동을 계속했지?

나에게만은 진짜 자기 모습을 보여주는구나 하고 착각하

게 만드는 행동을 계속해 왔지?

내가 거기에 넘어간 줄 알았냐? 안 됐지만 넌 크게 착각하고 있어. 난 네게 정보를 얻기 위해, 히다카와 가족을 지키기 위해 일부러 그런 척하고 있는 것뿐.

오늘 히츠지타니가 편의점에 찾아온 건 입막음과 **확인을 위해서**다.

과연 내가 얼마나 자신을 신용하고 있는지 알고 싶었던 거다.

알아채지 못했지? 네가 얼마나 큰 실수를 저질렀는지.

이거라면 히츠지타니의 작전을 막을 수 있다. 저지할 수도 있다.

하지만 지금은 안 된다. 일단 알바 중이고 무엇보다······

"카즈뿅이, 나 말고 다른 여자에게 다정하게 대해줬어······."

내 바로 옆에서 무시무시한 얼굴로 슬퍼하는 히다카부터 달래기로 하자.

"앗! 이시이, 알바 수고 많았어! 부탁할 게 좀 있는데!"

"아직 안 갔냐? 왜 다시 왔어?"

알바를 마친 후, 히다카와 함께 편의점을 나서자마자 그녀석이 왔다. 히츠지타니다.

시간은 밤 9시. 아무리 생각해도 스토커에 시달리는 여자가 혼자 돌아다닐 시간은 아니었다.

그런데도 이렇게 나타난 건 기회라고 생각했기 때문이다.

이시이 카즈키는 자신을 신용하고 있다.

그러니 지금 이 타이밍이라면 **히다카를 모함에 빠뜨릴 증거를 만들 수 있다고.**

"세제가 다 떨어졌지 뭐야. 재고 있어?"

"굳이 우리 편의점에서 살 필요는 없을 것 같은데."

"신세를 졌으니 그만큼 매상에 기여하고 싶어서 그러지. 그리고 이시이도 보고 싶었고."

"뒷부분은 전혀 필요 없는 정보고."

"아하하! 그거 아쉽네!"

설마 현실 세계에서 '데헷페로'를 목도하게 될 줄은 몰랐다.

옆에 있는 히다카를 힐끔 확인하니, 이젠 『얼음 여왕』이 아니라 『지옥의 왕』 같은 기세에 당장이라도 폭발할 것처럼 무시무시한 표정을 짓고 있었는데⋯⋯.

"하아⋯⋯, 어쩔 수 없지. 재고가 있는지 확인하러⋯⋯ 아, 히츠지타니를 혼자 둘 수는 없지."

"배려 깊은 남자! 역시 이시이야!"

"그럼 히다카, 가게에 가서 재고 좀 보고 와줄래?"

"응. 알았어."

"에엣?"

바로 내 부탁대로 편의점으로 돌아가는 히다카.

219

예상을 벗어난 내 말에 히츠지타니는 당혹스러움을 감추지 못했다. 머뭇머뭇 묻는다.

"히, 히다카?"

"그럼 어떡하냐. 스토커가 널 노리고 있잖아. 히다카가 그놈에게 말려들기라도 하면 큰일이고. 그보다 이런 시간에 혼자 돌아다니지 마."

"아, 아~…… 그렇, 지…… 걱정해 줘서, 고마, 워……."

안 됐군, 히츠지타니! 넌 실패했어! 실패했다고!

네게 조금이나마 호의를 가지고 있는 내가 멋진 모습을 보이려고 가게에 확인하러 갈 줄 알았지? 그럴 리 있냐!

처음부터 너 같은 빌어먹을 거짓말쟁이에게는 관심도 없거든.

만약 네가 아마다를 위해 최선을 다하고 자신의 욕망을 채우려 하지 않았다면 네 작전은 성공했을지도 몰라.

하지만 넌 그러지 못했어. 히로인으로 남고 싶다는 자신의 욕망을 채우기에 급급해서 **여러 남자와 만나고 있다는 사정**을 내게 털어놓고 말았지.

덕분에 확실히 알았어. 어떤 식으로 히다카를 모함하려는지.

아까부터 조금 떨어진 곳에서 우리를 지켜보는 남자가 한 명 있었다. 우리가 일할 때도 편의점 안을 어슬렁거리면서 히다카의 모습을 확인했던 남자다.

처음엔 평소처럼 히다카와 말 좀 해보려고 계산대에 줄을

설 타이밍을 노리는 민폐 손님인 줄 알았다. 그런데 그 남자의 태도가 확실히 변한 순간이 있었다.

히츠지타니와 내가 편의점에서 대화를 나누기 시작한 후다. 마치 예전에 백화점에서 만난 남자처럼 증오스러운 눈으로 나를 노려보았다.

지금, 조금 떨어진 곳에서 우리를 주시하고 있는 남자.

저 녀석이다. 바로 저 녀석이 히츠지타니와 손을 잡은, 두 번째 인생의 스토커다.

원래 계획대로라면 첫 번째 인생과 똑같은 남자를 스토커로 만들 예정이었을 것이다.

그런데 그 사람과 함께 있는 모습을 나에게 들키고 말았다.

이렇게 되면 스토커로 만들기엔 상황이 썩 좋지 않다.

그래서 대신할 사람을 준비한 거다.

히츠지타니는 인기 스트리머. 자신이 원하는 대로 움직여줄 호구 같은 남자는 얼마든지 널렸다.

그러니 스토커 대역쯤이야 원하는 만큼 만들 수 있었다.

그렇다면 남은 건 히다카와 이 가짜 스토커 사이에 어떻게 접점을 만들 것인가 하는 건데, 이 답 역시 히츠지타니가 내게 줬다. 답은 간단했다. 직접 대화하게 만들어서 돈을 건네는 척하면 된다.

평소의 히다카라면 남녀 불문하고 누가 말을 걸든 무시로 일관하며 갈 길을 가버릴 것이다. 그런 히다카와 대화를 나누려면 히다카의 걸음을 멈추게 해야 했다.

그럼 어떻게 하면 될까? 히다카가 나를 기다리게 만들면 된다.

히츠지타니가 내게 묘한 부탁을 해서 히다카와 떼어놓는다. 그러면 필연적으로 히다카는 나를 기다리기 위해 그 자리에 대기해야 하니 그때 말을 걸면 되는 거다. 돈을 건네는 척할 수 있다.

굳이 히다카가 돈을 받아야 할 필요는 없었다. 중요한 건 그 장면을 만들어내는 것이다.

어차피 우리는 국가 기관인 경찰도 뭐도 아니다.

그냥 평범한 고등학생이 의심을 품을 만한 증거를 만들어내면 그것으로 충분했다.

대화의 내용은 몰라도 돈을 건네려는 사진만 있으면 되는 거였다.

그래서 히츠지타니는 스토커로 만들 남자를 이 가게에 직접 손님으로 보냈다. 히다카의 얼굴을 확인시키기 위해.

거기에 일석이조로 내 입도 막을 겸 편의점으로 온 것이다.

이제 내가 자리를 비운 틈을 타 가짜 스토커가 히다카에게 말을 걸면 오케이.

히츠지타니와 가짜 스토커가 각각 따로 움직였다면 더 좋았을 텐데 그건 무리였던 모양이다.

가짜 스토커와 히다카를 대화하게 만드는 것만으로 충분했다면 또 모를까, 이 작전을 실행하기 위해서는 또 한 사람이 더 필요했다. 바로 '촬영할 사람'과 '이시이 카즈키를 히다카에게서 떼어 놓을 사람' 말이다.

그 일을 아마다에게 맡길 수는 없었을 것이다. 아마다에게 자신의 추악한 부분을 보여주고 싶진 않았을 테니까. 자신이 무슨 짓을 하려는지 아마다가 알게 되면 자기를 싫어하게 되리라 생각했을 것이다.

우시마키와 이바의 협조를 받는 것도 힘들다. 그 녀석들은 히츠지타니의 계획에 협조하고 있기는 하지만, 그래서 더 문제였다. 왜냐하면 우시마키와 이바가 이 편의점에 나타나기만 해도 내가 경계할 테니까. 저번에 호된 일을 겪었으니 경계심이 앞서리라. 자신들의 작전이 간파당하지는 않았을까 하고. 그러니 그 녀석들도 움직일 수 없었을 거다.

또 한 명, 다른 남자를 부르는 것도 불가능. 히츠지타니를 따르는 남자들은 어디까지나 자신**만이** 히츠지타니를 독점할 수 있다는 사실에서 우월감을 느끼니까. 다른 남자와 마주치게 되는 순간, 히츠지타니에 대한 그들의 신뢰는 사라지고 협조도 얻지 못하게 될 터였다.

그러니 결국 자신이 움직이는 수밖에 없었다.

자기가 직접 히다카와 가짜 스토커가 대화를 나누는 순간을 촬영해야만 했다.

그런데 바로 지금 그 일은 저지당했다. 내가 히다카에게 재고 확인을 시키는 방법으로.

이러면 증거를 만들어내지 못한다.

그나저나 고작 이런 작전밖에 세우지 못한 걸까?

만약 나와 히다카가 둘이 함께 움직이면 작전은 바로 실패하고, 히츠지타니를 데리고 셋이 함께 움직여도 실패하는, 구멍투성이 작전이었다. 아무래도 이 작전의 입안과 실행에 이바는 관여하지 않은 것 같았다.

만약 그 녀석이 히츠지타니를 도와줬다면 더 확실한 작전을 세웠을 것이다.

나는 승리를 확신하며 말했다. 히츠지타니에게만 들리는 작은 목소리로.

"저기, 히츠지타니. 아까부터 뒤에 있는 남자가 널 이상한 눈으로 보고 있어. 혹시 저 녀석이 스토커일지도 모르니까 조심해."

"뭐?! 응…… 고마워……."

겉으로는 겁에 질린 표정을 짓고 있지만, 아마 속으로는 피가 거꾸로 솟고 있을 것이다.

나 때문일까, 아니면 저 남자 때문? 그것도 아니면 둘 다?

"미안, 이시이. 무서우니까 그만 가볼게. 히다카에게도 고맙다고 전해줘."

"알았어."

공포에 질린 연기를 하며 서둘러 자리를 뜨는 히츠지타니.

떠날 때 이를 악무는 모습을 나는 놓치지 않았다.

그러자 남자는 아무 일도 없었던 것처럼 행동하며 빠른 걸음으로 히츠지타니를 쫓아갔다.

이제라도 네 본성을 알아서 다행이야.

어떻게 함정에 빠뜨릴지, 그 방법만 알면 내가 이긴 거나 마찬가지야.

히츠지타니, 네 작전을 내가 열심히 이용해 주마.

아마다, 얌전히 기대하고 있어. 이번에도 꼴사나운 모습을 드러내게 될 테니.

제5장

러브 코미디는
그것을 믿는 사람에게는 찾아오지 않는다

세상은 나에게 너무 불리하다. 하지만 딱히 특별한 일은 아니다.

외모, 재능, 태어난 환경.

대부분의 사람에게 세상은 불공평하고, 그 점을 상쇄라도 하려는 듯 극히 일부의 사람에게는 너무나 유리하게 돌아간다.

그리고 그 극히 일부의 운 좋은 축에 속하는 녀석이 바로 아마다 테루히토.

예전에 그런 일을 겪었는데도 또 새로운 히로인이 등장해서 절망 속에서 구원의 손길을 내밀어 주다니.

보통은 아무도 도와주지 않는다.

아무리 괴로워해도……, 아니, 괴로워하기 때문에 자신의 우월감을 채우기 위해 아무도 도와주지 않는다. 첫 번째 인생에서 그 사실을 지긋지긋할 만큼 깨달았다.

불리한 건 괜찮다. 조연의 운명은 이미 받아들였다. 하지만 괴로운 건 사양한다.

그러니 저항할 것이다. 나와 내 소중한 사람들을 괴롭히는 놈은 철저하게 박살 낼 테다.

이번에도 마찬가지다.

스토커 때문에 힘들어하는 히로인, 히츠지타니 미와.

첫 번째 인생에서는 스토커 때문에 겁에 질린 미소녀 전학생 같은 건 만화나 라이트노벨 세계에서나 나오는 건 줄 알았다. 하지만 그게 아니었다.

두 번째 인생에서 확실해진 진실.

히츠지타니 미와는 자신이 좋아하는 아마다와의 유대를 돈독히 하려고 가짜 스토커를 만들어서 자신을 비극적인 미소녀 히로인으로 꾸미려 했다.

그렇게까지 하지 않으면 아마다와 돈독한 사이가 되지 못하는 히츠지타니 미와도, 그렇게 예쁜 외모를 가지고 태어나서 스트리머로 성공했지만 결국 나와 똑같은 『불리한 쪽』에 있는 사람이겠지.

자신이 진정으로 원하는 건 아무리 해도 손에 들어오지 않는다. 그래서 손에 넣기 위해 더러운 싯도 바다하지 않는다. 그 심정을 모르는 건 아니다. 나도 비슷하니까.

하지만 그렇다고 해도 네가 내 소중한 사람에게 손을 댄다면 절대 용서하지 않을 거야.

이대로 가면 히다카를 스토커에게 정보를 팔아넘긴 범인으로 몰아세울 것이다.

첫 번째 인생에서 범인으로 몰린 키타미 사에는 음습한 괴롭힘을 당하다가 결국 다른 학교로 전학을 갔다.

히다카는 음습한 괴롭힘을 당한다고 다른 학교로 전학을 갈 여자는 아니지만, 애당초 그런 상황으로 내몰리는 것 자체가 분통 터지는 일이다.

게다가 어디까지나 예상이지만, 설령 히다카가 괴롭힘을 견뎌내더라도 점점 더 심해져서 친하게 지내는 나와 키타미까지 끌어들이는 형태로 궁지에 몰릴 가능성도 있다.

　그렇게 되면 아무리 히다카라도 전학을 선택할 수밖에 없을 것이다.

　솔직히 상당히 골머리를 앓았다. 좋든 싫든 여러 변화가 일어난 두 번째 인생.

　히츠지타니가 어떻게 히다카를 범인으로 만들 것인가. 그걸 알 수 없었다.

　하지만 히로인으로 남고 싶어 하는 욕망에 눈먼 히츠지타니 덕분에 간파할 수 있었다.

　일단 나와 히다카를 떼어놓고 히다카가 그 자리에서 움직이지 못하는 상황을 만든 후에 가짜 스토커가 말을 건다. 아마 말만 거는 게 아니라 돈도 건넬 생각일 것이다.

　그 모습을 사진에 담으면 증거는 완성.

　설령 히다카가 돈을 받지 않더라도 스토커가 돈을 건네려는 순간을 사진에 담으면 그것만으로는 증거는 완성되니 우리에게는 너무 불리한 상황이 아닐 수 없었다.

　여기에 어떻게 대항할 것인가가 중요한데, 일단 히다카와 가짜 스토커가 접촉하는 것만은 피해야 한다.

　솔직히 말해 히츠지타니의 작전은 허점투성이에 조악하기 그지없는 계획이었다.

　그러나 그저 조악하다는 이유로 계속해서 막아서기만 하

면 상대도 내가 그들의 작전을 다 꿰뚫어 보고 있다는 것을 눈치챌 터였다.

그렇게 되면 지금 진행하려는 계획을 취소하겠지만 거기서 끝이 아니다.

아마 다른 방법을 찾아내려고 머리를 굴릴 것이다.

지금처럼 조악한 방법과는 비교도 안 될 정도로 치밀하게 준비된 계획을.

그렇게 다시 처음으로 돌아가면 우리는 압도적으로 불리한 상황에 놓이게 될 것이다.

그래서 결국에는 히츠지타니가 설치한 함정에 빠지게 된다. 상대가 모든 일이 순조롭게 풀리고 있다고 믿게 만든 다음, 마지막의 마지막 순간에 역전의 일격을 가하는 것이 내가 할 수 있는 최선이자 유일한 방법이다.

그러기 위해서도 히다카와 함께 힘을 모아 앞으로 어떻게 할지 대책을 세워야 하는데——.

"미코 언니, 너무 달라붙지 말고 좀 떨어져!"

"유즈, 미안. 그치만 미쳐 날뛰는 내 힘을 나도 어쩔 수가 없어……."

"행복감 넘치는 얼굴을 하고 비장감 넘치는 목소리로 말하지 말아 줄래?!"

아침, 통학로에 울려 퍼지는 나의 천사의 노성(怒聲).

두 팔과 온몸으로 내 팔을 단단히 끌어안은 채 걷는 히다카 미코토.

연계는커녕 아예 한 몸이 되어 버린 것 같다.

"카즈, 미코 언니한테 무슨 짓을 한 거야?"

엄청난 의혹의 눈초리. 미치도록 귀엽지만, 지금은 어떻게 된 일인지 솔직하게 얘기하자.

"어제 점심시간에 같이 밥 먹으러 가자고 했더니 이렇게 됐어……."

히다카의 폭주가 시작된 것은 오늘이 아니라 어제. 더 정확히 말하면 어제 점심시간부터.

내가 같이 점심을 먹자고 한 게 얼마나 기뻤던 건지, 그 후에 히다카는 "기회가 왔을 때 몰아붙여야지"라며 평소의 적극적인 모습에 더 박차를 가해 한층 더 적극적으로 변했다.

물론 우리 집에서 아침을 먹을 때는 얌전했지만, 밖으로 나온 순간 바로 폭주.

현재에 이르렀다.

"뭐?! 고작 그거 가지고 이렇게 될 리가—."

"카즈뽕이 먼저 밥 먹으러 가자고 해줬어……. 좋아, 좋아좋아좋아!"

"있네?"

"다음엔 카즈뽕이 먼저 손을 잡아달라고 해야지. 그렇게 되면 예물 교환이 코앞…… 좋아."

손을 잡는 거랑 예물 교환까지의 거리가 무슨 역 하냐고.

유즈가 내게 불평 한마디.

"그나저나 카즈는 왜 가만히 받아주고 있어? 민폐 커플이

걸어 다니는 것 같아서 보기 영 그렇거든?"

"윽. 거기에도 깊은 사정이 있는데……."

"뭐?"

할 수만 있다면 말하고 싶지 않아……. 하지만 사랑스러운 유즈가 물어보면…….

"운이 좋으면 질투를 느낀 유즈가 비어 있는 나머지 팔에 팔짱을 끼워주지 않을까 해서……."

"떨어지지 않으면 내일부터 한동안 혼자 등교할 거야."

"히다카, 당장 떨어져!!"

"……유감."

유즈, 그렇게 무서운 말을 하면 어떡하냐.

유즈와 함께 등교하지 못하다니, 그건 나더러 죽으라는 말과 똑같아.

필사적으로 용서를 구하려고 유즈를 봤지만, 싸늘하게 눈을 돌리는 바람에 수명이 7년은 줄어 버렸다.

"유즈, 오빠가 잘못했어! 사과의 뜻으로 손을 잡을 테니까……."

"그건 전혀 사과가 아니잖아! 하아……. 빨리 가기나 해."

큰 한숨. 유즈는 나와는 절대 눈을 마주치지 않은 채 거칠게 내 손을 잡았다.

아아, 이 얼마나 행복한 전개인가. 이보다 더 행복한 일은——.

"미리 말해두지만, 나도 아무것도 없는 건 아니거든!"

233

"유즈?!"

그게 무슨 말이지?! 아무것도 없는 게 아니라면?

즉 유즈에게는 친하게 지내는 이성이 있…….

"유즈, 전에도 말했잖아! 남친을 사귀는 건 유즈에겐 아직 이르다고!"

"카즈가 그런 말 해봤자 전혀 설득력이 없어! 미코 언니랑 매일 알콩달콩 지내면서 뭐라는 거야!"

그 말은 안 하기로 약속했잖아!

슬프게도 반론할 말을 찾지 못한 나는 머뭇거리며 유즈에게 물었다.

"저, 저기……, 유즈도 좋아하는 사람이 생겼어?"

그러자 유즈의 어깨가 움찔 떨렸다.

그리고 의아해하는 눈빛을 내가 아닌 히다카에게 던졌다.

나도 덩달아 히다카에게 시선을 돌리니 히다카는 히다카대로 얼굴이 새빨개져 있었다.

"……좋아."

"또 쓸데없는 짓을…….."

유즈는 크게 한숨을 쉬더니 더 이상 이 화제를 끌고 가는 건 무의미하다고 생각했는지, 약간 귀찮은 듯한 표정을 지으며 말했다.

"딱히 좋아하는 사람은 없어. 가끔 말을 거는 남자들은 있지만."

흐음 하고 의기양양하게 가슴을 펴는 유즈. 음, 헌팅이라는 거구나.

하긴 내가 늘 유즈를 지켜보고 있는 것도 아니고, 천사 같은 우리 유즈라면 이미 국내에 중국의 전체 인구 정도 되는 팬클럽이 결성되어도 전혀 이상할 게 없다.

그렇다면 내가 오빠로서 취할 방법은 하나.

"알았어. 즉 나는 말을 걸어 오는 남자를 파묻기만 하면 되는 거네?"

"아니야! 미코도 그렇지만, 오빠도 진짜 이상한 거 알아?!"

유즈는 "말하지 말 걸 그랬어"라며 투덜거렸지만, 나와 잡은 손은 절대 놓지 않고 다시 걷기 시작했다. 갑자기 아주 조신해진 히다카는 여전히 새빨간 얼굴로 엄지와 검지로 내 교복 자락을 잡고 뒤에서 따라왔다.

그 태도는 유즈와 헤어지고 히라사카 고교에 도착할 때까지 변하지 않았다.

히다카는 여전히 수수께끼투성이다.

◇ ◇ ◇

1학년 C반 교실에 들어가니 오늘도 남학생들은 히츠지타니의 자리에 모여 있었다.

이 정도로 역하렘 상태이면 다른 여학생들이 적의를 가질 만도 한데, 스토커가 무서우니 엮이지 않겠다, 돕지 않겠다는 길을 선택한 부채감 때문일까. 히츠지타니에게 적의를

235

드러내는 여자는 한 명도 없었다.

"저기, 히츠지타니. 혹시 이 녀석이 스토커야? 어제 돌아가는 길에 봤는데."

"나도 몇 명 찍어왔으니까 확인 좀 해줘."

몇몇 남학생이 자신들의 스마트폰 화면을 히츠지타니에게 보여줬다.

허락 없이 사진을 찍는 행위는 법에 저촉되지만, 그런 세세한 것까지 생각하며 행동하는 녀석은 없었다. 설령 있더라도 '히츠지타니를 돕기 위해서니까'라며 법보다는 자신의 정당성을 믿고 행동했을 게 뻔하다. 처음부터 스토커 같은 건 없는데.

"아닌 것 같은데. 음, 늘 사복을 입고 있었으니까 정장을 입은 사람은 절대 아닐 거야……."

히츠지타니도 남학생들의 폭주가 조금은 마음에 걸린 걸까. 조금이라도 피해자를 줄이기 위해 '정장을 입은 남자'는 제외했다. 다 소용없는 짓이다.

"그렇구나. 하지만 평일에 사복 차림의 남자라면 꽤 눈에 띌 것 같은데."

아니, 꼭 그런 건 아니지——라는 감상을 속으로 피력하면서 남자들과의 대화를 통해 상황을 파악했다.

첫 번째 인생에서는 히츠지타니가 스토커 일로 상의하고 난 후, 비교적 이른 단계…… 즉, 다음 날에는 히츠지타니가 스토커의 얼굴 사진을 공유했지만, 이번은 그렇지 않았다.

원인은 히다카를 범인으로 몰 증거 조작이 아직 끝나지 않았기 때문이다. 스토커와 히다카, 그 두 사람이 돈을 주고받는 모습을 사진으로 찍지 않으면 가짜 스토커를 물리치지 못하기 때문이다.

자리에 앉아서 그런 생각을 하고 있는데 히다카가 옆으로 다가왔다.

혹시 아침에 있었던 폭주가 계속되는 건 아닌지 내심 겁을 먹었지만, 다행히 아니었다. 다른 방문객이 나와 얘기를 나누고 싶어 하는 걸 보고 내 자리로 온 것이었다. 이바와 우시마키다.

"좋은 아침이에요, 이시이, 히다카."

"아, 안녕……. 이시이, 히다……카."

어디까지나 평소와 똑같은 태도로 일관하는 이바와 어색하게 구는 우시마키.

이 녀석들도 예전 패턴과 달라진 게 없구나. 어차피 나와 히다카를 함정에 빠뜨리려고 온 거겠지.

그렇다면 반대로 그 점을 이용해 주지.

"어."

"어머, 왜 이렇게 차갑죠? 그래도 조금은 친해진 줄 알았는데요."

"기분 탓이겠지."

정확히 말하면 이바는 여유작작한 미소를, 우시마키는 괴로운 표정을 짓고 있었다.

이럴 때는 이바의 태도가 알기 쉬워서 좋다니까. 우시마키는 본인의 성격상 나와 적대적인 관계로 돌아가서 죄책감을 느끼고 있는지도 모르지만.

　"용건이 뭐야?"

　예전에는 반 아이들도 우리가 모여 있든 말든 별로 신경 쓰지 않았지만, 지금은 다르다.

　우시마키와 이바가 아마다에게로 돌아가면서 우리는 다시금 주목을 받게 되었다.

　물론 그중에서도 특히 주목하고 있는 건 아마다 본인이지만.

　그는 불안한 듯 안절부절못하는 모습을 보이고 있었지만, 딱히 개입할 것 같진 않았다.

　요컨대 우시마키와 이바 때문에 우리의 입지가 약화되기를 은근히 바라고 있는 것이리라.

　"히츠지타니 일로 이시이에게도 좋은 의견을 들을 수 있을까 해서요."

　저번에는 히다카가 히츠지타니를 모함할 가짜 동기를 만들어냈던 이바가 이번에는 내게도 똑같은 방식으로 덫을 놓으려는 걸까. 물론 내 경우는 히다카를 감싸려는 이유가 되겠지만.

　이바와 우시마키는 히츠지타니의 스토커 사건이 가짜라는 것을 분명히 알고 있을 터였다. 히츠지타니의 부탁을 받고 협조하는 건지, 아니면 스스로 알아챈 건지는 모르겠지만.

그리고 아마다는 아무것도 모른다(라고 히츠지타니는 생각하고 있다). 지난번과 똑같은 패턴의 반복이었다.

더러운 일은 늘 히로인에게 시키고 자기는 절대적으로 안전한 곳에서 기회를 엿본다.

개심(改心)은커녕 오히려 더 악랄해진 아마다는 역시 구제 불능의 인간 말종이라는 생각만 들었다.

"딱히 그런 건 없는데. 있더라도 너희에게 말할 생각은 없고."

"왜죠? 히츠지타니가 곤경에 처했잖아요."

이바의 입 끝이 살짝 올라가는 것을 놓치지 않았다.

처음부터 이바의 목적은 내 생각을 듣는 게 아니었다.

반 아이들에게 우리의 비협조적인 모습을 보여줘서 나의 신뢰도를 떨어뜨리는 데 있었다.

그러면 히다카를 함정에 빠뜨리는 게 더 쉬워질 테니까.

그래서 인기인인 '히츠지타니가 곤경에 처했다'라는 말을 끼워 넣은 것이다.

하여간에 골치 아픈 여자라니까.

"너희가 나한테 무슨 짓을 했는지 잊은 건 아니겠지?"

"".......""

그 한마디에 교실 안의 긴장감이 단숨에 고조되었다.

우리 학교에서 내 신뢰도는 별로 높지 않은 편이다. 앞으로를 생각하면 반 아이들에게 신뢰를 얻는 방향으로 행동하는 게 좋지 않을까 싶기도 했지만, 더 편하고 더러운 방법이 존재했다.

굳이 내가 올라갈 필요 없이 상대를 떨어뜨리면 그만이었다.

"그, 그 일이라면 사과했잖아요. 우리는 마음을 고쳐먹고——."

"말만으로 믿어달라고 하는 건 너무 염치없는 거 아니냐?"

"윽!"

예전까지만 해도 이바와 이시마키는 많은 신뢰를 얻었지만, 그 사건 이후로 이들의 신뢰는 바닥을 찍었다. 지금도 '히츠지타니가 곤경에 처했다'는 이유가 없으면 반 아이들은 아마다와 이바, 우시마키 모두 받아들이지 않았을 것이다.

그래서 다른 사람들에게 그 사건을 다시 상기시켜 주었다.

"하긴 이시이의 말도 틀리진 않지……."

"맞아. 나도 저 애들은 좀 무섭거든……."

조금 떨어진 곳에서 들리는 남자 녀석들의 목소리.

보아하니 내 의도대로 잘 된 것 같다.

"솔직히 말해 너희는 못 믿겠어. 또 무슨 짓을 꾸미는 건 아닌지 경계하게 돼. 특히 이바. 너 말이야."

"그러니까 내가 아니라 히츠지타니를 위해……."

"그러면 나한테 일일이 묻지 말고 네가 히츠지타니를 위해 무엇을 할 수 있는지 고민하면 될 것 아냐? 난 스토커 같은 위험한 놈과 엮일 생각은 없으니까."

이런 말을 하면 '저건 피도 눈물도 없는 놈이구나'라는 평가가 내려질 것 같지만, 그 부분은 문제없다. 원래 내가 가진 인상도 있지만, 이번 일에선 여자아이들도 같은 이유로 참여하지 않겠다는 의사를 표명했다. 즉 나를 비난하는 건 여학생들 전체를 비난하는 것이나 마찬가지인 셈이다.

그런 위험까지 감수할 녀석은 우리 반에 없다.

"확실히 그렇긴, 하네요……."

이바의 얼굴은 당장이라도 길길이 날뛸 것처럼 새빨개졌지만, 그래도 차분히 말을 이어갔다.

"이시이는 자신에게 소중한 여자만 무사하다면 히츠지타니야 어떻게 되든 상관없다고 생각하는 거군요. 오히려 소중한 여자를 지키기 위해서라면 어떤 더러운 짓이라도 하겠다는 뜻으로 받아들이면 될까요?"

"……."

알겠다. 그런 작전이었구나…….

자, 어떤 게 제일 좋은 답일까? 여기서 내가 이바의 말을 확실히 긍정하면 히다카가 함정에 빠졌을 때 감싸줘봤자 효과는 미미할 것이다. 하지만 부정하는 것도 좋은 방법은 아니다.

그렇다면…… 자, 제대로 한번 붙어볼까.

"그래."

"즉 선악과는 상관없이 자기 사정만 우선한다는 뜻이군요."

어떤 식으로 말하면 내가 나쁘게 보이는지를 기가 막히게 아는 여자였다. 정말 성격 하나는 끝내주게 못됐다.

하지만 지금은 이 정도로 충분했다.

예전 사건을 좀 더 크게 키우면 내가 아니라 이바 일당의 입장을 난처하게 만들 수야 있겠지만, 지금 단계에서 과한 행동은 위험했다.

쓸데없는 감정을 자극해서 더 과격한 행동에 나설지도 모르기 때문이다.

"맞아. 너희도 나한테 죄책감을 느낀다면 나를 더 우선해 줬으면 좋겠는데?"

"난 가능한 한 위험한 일은 겪고 싶지 않으니 모카가 하는 건 어떨까요?"

"뭐?! 내가 왜!"

"소(우시)는 싫어."

"그건 그것대로 상처받거든!"

그제야 우시마키(덩달아 히다카도)가 입을 열었다. 그래 봤자 단순 항의에 불과하지만.

히다카에게 확실하게 거절당한 우시마키의 눈에는 눈물이 맺혀 있었다.

덧붙여 나는 나대로 화가 날 대로 난 상태였다. 이걸 어떻게 해야 하나.

"더 할 말 없으면 그만 가봐."

이바와 우시마키는 내 말에 이렇다 할 대답 없이 가버렸다.

그런 두 사람의 뒷모습이 아니라 아마다 쪽을 보니 이바와 우시마키에게 실망한 듯한 눈빛을 던지고 있었다. '쓸모

없는 녀석들'이라고 생각하고 있겠지.

이바와 우시마키는 충분히 내 입장을 난처하게 만들었는데, 아직도 부족하다는 건가.

누군가를 위해 노력하는 사람을 그런 눈으로 보는 거 아니야.

◇ ◇ ◇

방과 후, 히다카와 나는 히라사카 고교를 뒤로하고 아르바이트를 하러 갔다.

오늘도 히츠지타니 스토커 문제에 별다른 진전은 없었다. 당연하다.

히츠지타니를 모함할 준비가 아직 갖추어지지 않았으니까.

하지만 이대로 계속 미루는 데도 한계가 있고 나로서도 이 문제를 빨리 해결하고 싶었다. 그런 의미에서 보면 나와 아마다의 이해는 일치했다.

서로의 목적은 완전히 반대지만.

"실례합니다."

"아, 네."

손님도 별로 없어서 계산대는 히다카에게 맡기고 나는 상품을 채워 넣고 있었다.

뒤에 가서 바구니에 과자를 담은 다음 과자 코너로 향했다. 마침 매장에서 물건을 찾고 있는 손님이 있으니 양해를 구한 뒤에 채워 넣기로 하자.

어제를 생각하면 조금 있으면 올 것 같긴 했는데…… 역시 예상대로군.

"후후후, 오늘도 열심히 하고 있네."

온화한 미소를 지으며 작은 목소리로 말을 거는 건 히츠지타니 미와.

어차피 오늘도 올 줄 알았지만, 아니나 다를까 왔구나.

"스토커에 대한 경계심이 너무 부족한 것 아니야?"

"그런 건 아니야. 여기 있으면 이시이가 지켜줄 거잖아?"

만약 이게 첫 번째 인생이었다면 나는 분명 제대로 착각했을 것이다.

미소녀 전학생 히츠지타니 미와가 나에게만 특별하게 대해주고 지금 이렇게 둘이 만나는 건 아마도 모르니까 오히려 나에게 기회가 있는 게 아닐까 하고.

하지만 유감스럽게도 (내게는) 이건 두 번째 인생.

히츠지타니의 의도가 어디로 향하고 있는지, 무슨 생각을 하고 있는지, 손바닥 보듯 훤히 꿰뚫어 보고 있었다.

"오늘 아침에 이바 무리와 얘기하는 거 못 들었냐?"

"들었어. 이시이, 너무하더라. 히메랑 모카가 가엽잖아."

"어쩌라고. 따지고 보면 그 녀석들이 잘못한 거지."

"뭐, 그럴 수도 있지만."

손으로는 계속 작업을 하면서 대꾸하자 히츠지타니는 신난 미소를 지었다.

처음엔 쌀쌀맞던 내가 대화에 응해주자 어느 정도 신뢰는 확보했다고 생각한 모양이다.

그러니 지금은 그러도록 놔두자. 일부러 히츠지타니와 대화를 이어갔다.

히다카에게도 (엄청 싫어하는 얼굴로 대가를 요구받았지만) 허락은 받았다.

"윽! 이시이, 히다카가 무서운데 어떻게 좀 해주면 안 돼?"

하지만 허락은 했어도 납득이 안 되는 부분이 있는지, 무시무시한 눈으로 히츠지타니를 노려보고 있었다.

그것조차 대화의 소재로 삼는 히츠지타니의 근성 하나는 진짜 인정한다.

"불가능하니까 포기해."

"난 히다카랑도 사이좋게 지내고 싶은데."

거짓말하지 마.

자기와 똑같은 소꿉친구인데도 아마다의 총애를 한 몸에 받는 히다카 미코토.

히츠지타니 입장에서는 전혀 달갑지 않은 존재일 텐데.

"저기, 히다카가 땋은 머리에 안경을 쓰고 있는 건 이시이의 취향 때문이야?"

"아니야. 저 녀석이 멋대로 그러는 거지."

예전에 정체를 숨기기 위해 알바를 하는 중에는 머리를 땋고 안경을 썼었는데, 아마다 사건이 해결된 후에도 계속 그러고 있다. 이유는 '카즈뽕에게만 보여주는 특별한 나'라고 했다.

그런 귀여운 발언은 자기 외모에 대해 제대로 알고 나서 했으면 좋겠다. 두근거려서 혼났네.

"그런데 이시이랑 히다카는 내가 올 때마다 있네? 매일 하는 거야?"

"매일은 아니야. 가끔은 쉬어."

"오~. 그럼, 내일은?"

"왜 너한테 그걸 알려줘야 하는데?"

"어? 그야 이시이가 없으면 와봤자 의미가 없으니까 그렇지."

우리가 아르바이트하는 날, 방과후에 스토커 사건을 해결하고 싶다는 건가.

일이 대충 어떻게 돌아가고 있는지 보이기 시작하자 평범한 말도 예사로 들리지 않았다.

"나랑 히다카 모두 내일도 알바야. 그러니까 오려면 마음대로 오던가."

"어머~, 이시이, 혹시 내가 오기를 바라는 거야?"

"그럴 리 있냐."

지금 실컷 웃어둬라. 이제 곧 웃음기가 사라질 테니까.

"카즈뽕, 찾았어. 내 눈에 안 보이는 곳에 숨어 있었어."

247

"네 눈에 안 보이는 곳에 숨어 있었는데 어떻게 찾아낸 거냐? 라고 묻고 싶지만……."

"흐음. 나 정도 되는 적극적인 노력가에게 그 정도는 아무것도 아니지."

알바가 끝난 후, 사무실에서 의기양양하게 가슴을 펴는 히다카 미코토. 우리 둘 사이에서만 통하는 대화를 들으며 "너희 둘, 가끔 이상한 대화를 하더라"라고 중얼거리는 점장님.

참고로 숨어 있는 건 물론 히츠지타니 미와, 그리고 스토커가 될 예정인 남자다.

처음엔 알바가 끝나기 직전에 가게 앞을 청소하면서 내가 찾을 생각이었는데, '그런 건 내 특기 분야'라는 설득력 강한 히다카의 말에 따라 맡겼더니 바로 발견.

역시 적극적인 노력가.

점장님과 인사를 한 후, 히다카와 함께 편의점 밖으로 나갔다.

그런 다음 바로 걸음을 멈추고 스마트폰을 한쪽 귀에 댔다.

그리고 마치 전화를 하는 척하고는 히다카와 작은 소리로 대화를 시작했다.

"잘 들어, 위험해지면 도망치는 거야! 나도 바로 갈 거지만……."

"괜찮아. 위험해지면 최소한의 피해만 입고 카즈뽕에게 책임을 물을 거니까."

"역시 작전은 중지하——."

"자, 실행."

"……네."

나는 마지못해 히다카에게는 들리지 않도록 통화하는 척하면서 가게 안으로 돌아갔다.

우리를 지켜보고 있던 히츠지타니에게도 예상 밖의 상황이었는지, 숨어 있던 곳에서 고개를 내밀고 우리를 확인했다. 물론 혼자는 아니다. 아마다가 아닌 다른 남자와 함께.

자, 너희들이 원했던 '히다카가 그 자리에서 움직이지 못하는 상황'이다.

아마도 스토커 역할을 맡게 될 남자가 서둘러 히다카에게 말을 거는 모습을 곁눈질로 확인하면서, 나는 편의점 사무실로 들어갔다.

3분 후, 히다카에게 온 메시지를 확인하고 바로 가게를 나섰다.

메시지에는 『걸려들었어. 이 메시지에 3초 안에 답장을 보내지 않을 경우엔 책임을 지게 될 거야』라고 적혀 있어서 사전에 준비해 둔 이모티콘을 바로 송신. 좋은 의미에서든 나쁜 의미에서든 나는 히다카에게 익숙해지고 있었다.

그대로 가게 밖으로 나가니 남자가 히다카에게 말을 걸고 있는 게 보였다. 한 손에는 만 엔짜리 지폐가 세 장.

주위를 확인하니 히츠지타니의 모습은 이미 어디에도 없

었다.

아마 가짜 증거를 만드는 데 성공했으니 들키기 전에 도 망친 것이리라.

즉시 히다카 옆에 서서 말했다.

"고마워, 히다카."

"카즈뽕을 위해서라면 이 정도는 간단. 어떤 상을 줄지 기대돼."

작은 미소와 작은 V 사인. 그리고 약삭빠른 포상 요구.

이상한 짓을 당하지 않아서 다행이다. 안도하자마자 남자에게 말을 걸었다.

"저기, 뭐 하고 계시는 거죠?"

"앗! 아니, 그게, 저……."

갑자기 내가 나타나자 횡설수설하는 남자.

어제와는 다른 남자였다. 즉 이 녀석도 히츠지타니의 방송을 돕는 추종자 중 한 명이라는 뜻이다.

히츠지타니는 자신의 계획이 잘 풀리고 있는 줄 알겠지만, 그건 이쪽도 마찬가지였다.

이것으로 히츠지타니가 가짜 증거를 만들었다고 믿게 만드는 데 성공했다.

자, 슬슬 결판을 내볼까.

다음 날. 히다카와 함께 교실로 들어가니 티가 나게 발랄한 츠키야마가 다가왔다.

"이시이, 히츠지타니의—."

"스토커의 얼굴을 알아냈어?"

"나도 말 좀 하자!"

"히츠지타니 사건에 진전이 있었나 보지? 드디어 스토커의 얼굴을 알아냈다거나."

"너 진짜 초능력 있는 것 맞지?"

유감스럽지만 아니다. 그냥 상황을 보고 추측한 것뿐.

그리고 (처음부터 알고 있었지만) 스토커의 얼굴이 드러났다는 건 히츠지타니 스토커 사건 제1 페이즈의 끝이 얼마 남지 않았다는 뜻이다.

오늘 방과 후, 히츠시타니가 히교할 때 가짜 스토커가 나타나고 그를 1학년 C반 남자아이들이 잡겠지만…… 어차피 고등학생이다.

스토커를 잡은 후에 어떻게 하면 좋을지 몰라서 결국 경찰에 넘기게 될 것이다.

"네 얼굴을 보고 바로 안 거야."

"뭐? 그렇게까지 나를 잘 이해하고 있는 거?"

갑자기 얼굴은 왜 붉히시는 겁니까, 츠키야마 씨?

뭐, 그건 됐다 치고. 그럼, 살짝 작업을 해볼까.

"그러면 나도 스토커의 얼굴을 알 수 있을까?"

예전에 스토커 일로 조언했을 때, "스토커의 얼굴을 알게 되면 나한테도 연락해 줘"라고 부탁했다.

츠키야마는 성실하니 그 약속을 지킬 거라고 기대했건만,

"아~. 미안……. 그건 좀 힘들겠다."

역시 불길한 예상은 언제나 빗나가는 법이 없었다.

츠키야마는 괴로운 표정으로 사과하며 얘기를 이어갔다. 나한테만 들리는 작은 목소리로.

"실은 히츠지타니의 스토커에게 정보를 흘린 인간이 있다는 얘기가 있어. 그래서 스토커의 얼굴은 극히 일부만 공유하자는 거지……."

이미 제2페이즈의 준비도 끝났다는 건가.

그러고 보니 첫 번째 인생에서도 스토커의 얼굴 사진을 공유했던 건 방과후였다. 히츠지타니가 신뢰할 수 있는 사람에게만 가르쳐 준다고 했었다.

그때는 '난 히츠지타니에게 신뢰받는 남자였구나'라며 무의미한 우월감을 느꼈지. 처음부터 신뢰 같은 건 하지도 않았는데.

"히다카와 내가 정보를 흘릴 거라 생각해?"

"아니. 하지만 저기…… 이번 일에 너랑 히다카는 별로 끌어들이고 싶지 않아."

하아……. 실망 프린스는 쓸데없이 착해서 문제다.

이번에도 그 강한 정의감을 아마다가 실컷 이용하고 있잖아.

진작에 말려들었지만, 사실을 말해 줄 수도 없고.

"알았어. 열심히 해. 너라면 죽어도 슬퍼할 사람이 별로 없으니까 괜찮을 거야."

"그 사실이 괜찮지 않거든?!"

그런 대화를 나눈 후, 츠키야마는 아마다의 자리로 가고 나는 내 자리로 갔다.

의자에 앉기 전에 눈이 마주친 아마다는 불길한 미소를 짓고 있었다.

이번에는 내가 이겼다고 말하는 듯한 표정.

전부는 아니겠지만, 아마다는 내가 뭔가를 눈치챘다는 것을 알고 있는 게 아닐까.

그런데도 저런 표정을 짓고 있는 건 자신의 작전에 상당히 자신 있다는 뜻이겠지.

처음부터 네가 아니라 히로인들이 세운 작전이면서.

◇ ◇ ◇

수업이 끝나자 남학생들이 일제히 히츠지타니의 자리에 모였다.

여학생 참가자는 두 명뿐. 이바와 우시마키다.

그리고 오늘만큼은 지금까지 찬밥 신세였던 아마다가 히츠지타니의 옆에 서 있었다.

"다들 협조해 줘서 고마워. 이렇게 위험한 일인데……."

"신경 쓰지 마."

고개를 숙이며 눈물을 머금는 아마다에게 한 남학생——요시카와가 다정하게 말을 건넸다.

다른 남학생들도 내가 바로 용사라는 듯 다정한 미소를 지으며 아마다를 쳐다보고 있었다.

당연히 그건 진짜 다정해서 그런 게 아니라 히츠지타니에게 점수를 따기 위한 것.

전학 온 지 얼마 되지도 않아 우리 반 남학생 거의 모두를 손아귀에 넣은 수완에는 그저 감탄할 뿐이었다.

"일단 작전 말인데……."

그다음부터는 아마다가 아니라 츠키야마가 말을 이어갔다.

스토커의 얼굴 사진은 모두가 아닌 일부에게만 공유될 거라고 했다.

이유는 아침에 츠키야마가 내게 설명한 내용과 같았다. 앞으로를 위한 포석으로 '스토커에게 정보를 흘린 녀석이 있다'는 정보를 모두와 공유한 것이다.

기본적으로 3인 1조로 행동하는데 그중 한 명에게만 얼굴 사진을 알려준다고 했다. 인원 배치의 경우, 일단 히츠지타니는 미끼 역할도 겸해 혼자 움직인다. 단, 아마다가 옆에서 상황을 확인한다. 그런 두 사람보다 조금 앞에서 가는 그룹, 뒤에서 따라가는 그룹, 다른 장소를 감시하는 그룹 등, 여러 역할을 분담해서 이 대대적인 범인 체포를 실행할 거라고 했다.

하지만 모두가 딱 세 그룹으로 나뉘는 건 아니라서 츠키야마는 단독 행동. 첫 번째 인생과 똑같았다.

　이번에는 내가 참가하지 않으니 깔끔하게 나뉠 줄 알았는데 다른 반 녀석들도 몇 명 돕겠다고 나서서 결국 츠키야마는 혼자가 되었다. 역시 실망 프린스.

　"그럼, 나부터 가볼까. 모두 힘을 모아서 반드시 히츠지타니를 지키도록 하자!"

　그렇게 말하고 의기양양하게 교실을 나서는 사람은 츠키야마였다.

　츠키야마의 역할은 척후병. 지극히 평범한 고등학생이 무슨 척후병 노릇이냐고 한마디하고 싶었지만, 그건 아마다가 가지는 러브 코미디 파워가 만들어낸 것이다.

　"히다카, 알바나 하러 가자."

　"응."

　나와 히다카는 츠키야마가 교실을 나가는 것을 확인하자마자 나란히 교실을 나갔다.

　"평범한 고등학생이 척후병 노릇을 하다니, 기적적인 체험이야."

　"너희는 왜 따라오는데?!"

　학교를 출발한 츠키야마를 서둘러 쫓아가서 합류.

　갑자기 뒤에서 우리가 나타나자 츠키야마는 꽤나 놀란 기색이었지만, 그건 내 알 바 아니댔다.

아까부터 귀찮게 큰 소리로 항의하고 있었으니까.

"내가 말했잖아! 너희 둘은 끌어들이고 싶지 않다고! 위험할 수도 있고—."

"걱정되니까 그렇지."

어제 히츠지타니가 찾아왔을 때 "내일도 알바가 있어"라고 했지만, 물론 거짓말. 오히려 나와 히다카 모두 오늘 알바가 없기 때문에 어젯밤 히츠지타니의 증거 조작이 성공한 것처럼 보이게 만들 수 있었다. 그렇게 되면 오늘 반드시 작전을 실행할 테니까.

"뭐? 걱정이라니, 이시이와 히다카는 히츠지타니와 별로 안 친하잖아?"

의아해하는 눈빛. 츠키야마의 말은 지극히 당연하고 이미 예상했던 것.

그러니 할 말도 이미 준비해 뒀다.

"내가 걱정되는 건 너야."

"……두근."

그러나 모든 일이 꼭 예상대로 되는 건 아니었다.

기분 탓일까, 츠키야마가 대충 준비한 내 말 한마디에 뜨거운 시선을 보내는 것 같다.

갑자기 한기가 온몸을 엄습했다.

"큭! 설마 이시이가 그렇게까지 나를……! 알았어. 그럼, 같이 가자. 그래도 위험하다 싶으면 바로 도망가는 거다?

무슨 일이 있어도 내가 지켜줄 거지만."

꽃미남이 이를 반짝이며 엄지를 치켜세웠다. 너무 닭살
돋는다.

"그래. 너만 믿고 있을게. 인간 방…… 츠키야마."

"방금 인간 방패라고 하려고 했지?"

"참 인간적이고 듬직한 녀석이라고 말하려고 했지."

"카즈키가 나를 그렇게까지 생각하다니……! 크윽! 눈에
서 콧물이 나올 것 같아!"

멋대로 이름으로 부르지 말아 줄래?

이 남자는 대체 얼마나 우정에 굶주려 있는 걸까…….

"아, 미리 말하지만, 히다카와 내가 널 도와주는 건 비밀
로 해줘."

"훗. 쑥스러워하신."

귀찮으니까 그 정도면 됐어.

"그나저나 이제부터 어떻게 하는데?"

"일단 우리의 목적은 여기부터 역까지를 확인하는 거야.
그러다 스토커를 발견하면 테루에게 연락하는 거고. 그러
니까 스토커의 의심을 사지 않기 위해서도 가능한 한 친한
친구 사이처럼 보이게 행동하자. 물론 우린 늘 그렇지만!"

"카즈뽕, 이건 상상보다 2억 배는 어려운 일일지도 몰라.
나도 정신 바짝 차릴게."

"맞아. 나도 전율이 멈추지 않아. 다리가 후들거린다는 게
이런 건가."

"괜찮아! 여차할 때는 절친인 내가 지켜줄 테니까!"

설마 츠키야마와 절친처럼 굴어야 하게 될 줄이야…….

작전의 난이도가 급상승했잖아.

"저기, 츠키야마. 스토커 사진, 우리한테도 보여주면 안 될까?"

"난 이름으로 불러 줬는데……."

귀찮아 죽겠네…….

그러면 나도 츠키야마를 이름으로 부르면…… 아, 안 되겠다. 히다카가 '나보다 츠키야마를 먼저?'라는 눈으로 쳐다보고 있었다. 도대체 왜 이렇게 된 거지?

"츠키, 스토커의 사진을 볼 수 있을까?"

"분부대로."

츠키야마는 그렇게 말하더니 스마트폰 화면을 보여줬다.

아니나 다를까, 화면에는 어젯밤에 히다카에게 말을 건 남자가 있었다.

히다카도 그 남자를 기억하고 있는지, 초조한 기색이 드러나는 표정을 지었다.

"왜 그래, 카즈키?"

"아무 일도 아냐. 일단 역까지 갈까."

"어. 우선 주위를 주의 깊게 살펴줘."

아무리 찾아봤자 스토커는 어디에도 없겠지만.

첫 번째 인생과 전개가 동일하다면 스토커는 히츠지타니가 돌아왔을 때 그녀의 눈앞에 모습을 드러낼 것이다. 그전까지 어디에 숨어 있는지는 모르겠지만, 히츠지타니는 아마다가 자신을 도와주길 바랄 테니 다른 남자가 스토커를 찾아내는 일은 없을 터였다.

히로인은 아마다와 더 굳건한 유대 관계를 맺기 위해 움직이는 것이지, 모든 일이 아마다의 뜻대로 흘러가는 것은 아니다. 그리고 그게 바로 아마다가 가진 몇 안 되는 약점 중 하나였다.

그 후, 우리는 역까지 함께 갔지만 스토커의 모습은 발견하지 못했다.

아쉬운 결과로 끝나고 말았지만, 그래도 츠키야마는 아주 들뜬 모습이었다.

"안 보이던데, 이제 어떻게 하지?"

"테루 무리와 합류할 예정이야. 그래봤자 완전히 합류하는 건 아니고 어디까지나 근처에 있는 것뿐이지만. 그러다가 스토커가 나타나면 대처하는 거지. 그러니까 너희는 이만 돌아가도 돼. 여기까지 함께 와준 것만 해도 충분해."

"무슨 소리야. 당연히 끝까지 함께해야지."

"응. 같이 갈 거야."

"카즈키이, 히다카아……."

무슨 일이 있어도 오늘 안에 이 사건을 끝내고야 말 테다. 안 그러면 우리 둘 다 느끼해서 더는 못 버틸 것 같다.

우리는 츠키야마와 함께 왔던 길을 되돌아 히츠지타니가 있는 곳으로 향했다.

가는 길에 마찬가지로 이번 일에 참여한 남학생들을 발견했지만, 가볍게 눈인사만 할 뿐.

이동하는 그룹과 대기하는 그룹으로 나뉘어 있는 모양이었다.

"이제부터 우리는 히츠지타니를 확인하고…… 어라, 카즈키이랑 히즈키이, 왜 그래?"

""아무것도 아닙니다.""

"?"

여기까지, 정말 험난한 여정이었다…….

혼자 신이 난 츠키야마는 멋대로 우리를 절친으로 인정했는지, 아무 거리낌 없이 살갑게 말을 걸었다. 게다가 그 내용은 하나같이 다 끔찍했다.

기본은 자기 자랑. 옛날에 어떤 일로 골머리를 앓은 적이 있다는 둥, 여자는 귀찮은 존재라는 둥, 짜증 나는 일이 있었다는 둥, 자기가 얼마나 인기가 많은지를 구구절절 늘어놓았다.

그래서 네가 실망 프린스라 불리는 거라고.

조금 떨어진 곳에서 확인할 수 있는 히츠지타니. 근처에는 아마다가 숨어 있을 것이다.

가짜 스토커가 히츠지타니를 습격할 때, 누구보다 먼저 달려가기 위해.

역시 주인공.

3분 후, 스토커가 히츠지타니 앞에 나타났다.

"앗! 저 녀석은! 잠깐, 뭐 하는 짓이야, 카즈키이!"

츠키야마가 움직이려고 했지만, 난 구역질이 나는 걸 참으며 어깨를 잡았다.

첫 번째 인생에서는 스토커가 나타나는 것과 동시에 츠키야마가 곧바로 행동에 들어가서 다짜고짜 제압했다고 들었다. 하지만 그래선 안 된다.

멋진 모습을 보이려는 아마다의 목적도, 그런 아마다를 파멸시키고 싶은 내 목적도 달성하지 못한다.

"지금 잡아봤자 착각했다며 잡아뗄 가능성이 있으니까 잠깐 상황을 지켜보자."

"그치만 히츠지타니가…… 웃!"

"괜찮아. 저 스토커는 히츠지타니에게 아무 짓도 안 해."

"네가 그렇게 말한다면 믿어볼까NA☆"

하마터면 이성이 날아갈 뻔했지만, 얼른 사명을 떠올리고 간신히 버텼다.

이 속이 메스꺼운 변화가 오늘 안에 끝나기를 진심으로 기도했다.

"그래도 혹시나 모르니 조금 가까이 가자."

"그래. 히다카아는 뒤에 있어. 무슨 일이 생기면 내가 지켜줄게YO☆"

"네. 그러죠……."

아무래도 히다카도 심각한 데미지를 입은 것 같다.

무려 츠키야마에게 경어로 대답하다니…….

"……미야짱."

스토커는 어딘가 불안한 눈동자로 히츠지타니를 바라봤다.

하지만 그 태도를 연기라고 판단한 히츠지타니는 자기도 똑같이 공포에 질린 연기를 시작했다.

"히익! 다, 당신은……."

"잠깐!"

바로 그때, 히츠지타니를 자신의 등 뒤로 숨기고 스토커의 앞을 가로막은 남자가 한 명 있었으니 바로 아마다였다.

얼마나 연기에 몰입했는지, 아마다도 히츠지타니도 우리의 존재를 알아차리지 못했다.

하긴 어제 "알바가 있어"라고 거짓말을 해두었으니 그럴 만도 했다.

우리가 있을 거라곤 상상도 못 할 것이다.

"네가 계속 미와를 괴롭힌 것 맞지? 그런 짓은 절대 용서 못 해!"

아마다의 연기에 탄복을 금하지 못했다. 어쩌면 저렇게까지 잘할까.

그런데 그렇게 태연히 나와도 괜찮아?

눈앞에 있는 스토커 남자의 얼굴을 좀 보라고.

"미야짱, 이 녀석은 누구야?"

"……."

남자가 분노로 몸을 떨면서 히츠지타니에게 물었다. 하지만 히츠지타니는 아무 대답도 하지 않았다.

그저 도움을 바라는 눈빛으로 아마다를 바라봤다.

"테루치……."

"괜찮아, 미와. 내가 지켜줄게."

그 말과 함께 히츠지타니의 손을 부드럽게 잡았다.

지금 저 녀석은 러브 코미디의 주인공처럼 스토커를 물리칠 생각이었다.

알고 있기 때문이다. 스토커와 히츠지타니가 한통속이라는 것을.

전부 히츠지타니가 꾸민 연극이고 저 남자는 자신에게 지거나 도망치라는 지시를 받았을 거라고 생각하고 있을 터였다.

"저기, 미야짱. 왜 아무 대답도 안 해?"

스토커가 앞으로 한 발을 내디뎠다. 하지만 아마다의 표정은 흐트러지지 않았다.

아마다는 여기서 자기가 스토커를 제압할 수 있을 거라 생각하고 있을 것이다.

"넌 비켜. 미야짱과 할 얘기가 있으니까."

"웃기지 마! 이렇게 미와를 겁에 질리게 만들다니! 더 이상 미와에게 접근하지 마!"

"……고마워, 테루치."

잔뜩 폼을 잡는 아마다의 교복을 히츠지타니가 엄지와 검지로 살짝 잡았다.

네, 아주 멋진 주인공과 히로인이시군요.

그런데 그렇게 여유 부릴 때가 아닌 것 같은데요?

"아아, 역시 그랬군. **그 녀석이 한 말은 사실이었어……**."

"그 녀석?"

아마다가 의문을 표했다. 그리고 그제야 깨달았다.

스토커의 뒤에 나와 히다카가 있다는 것을. 그 순간, 아마다의 얼굴이 눈에 띄게 일그러졌다.

"아아아아아아아아아아!!"

"자, 잠깐만! 이건…… 커헉!"

스토커 역할을 맡은 남자가 격앙해서 아마다를 향해 다짜고짜 주먹을 휘둘렀다.

있는 힘껏 휘두른 주먹이 아마다의 코를 부술 기세로 정통으로 명중했다.

"아, 아프잖아! 이건 아니…… 난…… 아악!"

첫 번째 인생에서는 스토커가 일을 저지르기 전에 츠키야마가 먼저 제압했다.

그건 아마다와 히츠지타니 모두 예상하지 못한 결말이었겠지만, 두 번째 인생에서는 더 최악의 변화가 더해졌다.

아마다 테루히토는 고통에 둔감한 남자였다.

자신이 이 세상의 주인공이고 다른 이들은 등장인물에 불과하다고 생각하는 이 인간은 타인에게는 아무렇지도 않게 고통을 주면서 정작 자기도 고통받을 수 있다는 생각은 한 번도 해본 적이 없었다.

첫 번째 인생에서 그는 분명 내게 이렇게 말했다. "역시 러브 코미디가 최고야. 평화로운 세상에 소소한 자극이 있는 느낌이 절묘하게 리얼리티를 느끼게 해주거든"이라고.

그렇게 자신에게 유리한 것만 리얼리티라고 생각하는 아마다는 설마 러브 코미디의 주인공인 자신이 폭력의 대상이 될 줄은 상상조차 못 했을 것이다. 요컨대 그는 폭력에 약한 인간이었다.

"누, 누가 좀 도와줘……."

어이, 그러면 쓰나, 주인공. 지금은 '미와 가까이 오지 마'라고 해야 맞지!

히츠지타니도 눈앞의 전개에 깜짝 놀랐는지 서둘러 스토커를 제지하려 했다.

"그만해! 얘기가 다르ㅡ."

"시끄러워어어어어!! 나는 이렇게 미야짱을 위해 노력하는데 왜 나를 좋아해 주지 않는 거지?! 왜 이런 녀석을! 이런 녀석을!!"

"그, 그만…… 커헉!"

분노로 눈이 뒤집어진 스토커는 멈추지 않았다. 계속해서 아마다에게 주먹을 휘둘렀다.

그래, 히츠지타니. 원래 계획대로라면 폭력은 휘두르지 않고 아마다를 보고 놀라서 도망치는 게 맞겠지.

그럼, 왜 이렇게 됐냐고? 그야 내가 손을 썼으니까 그렇지.

어제 알바가 끝난 후, 넌 히다카와 저 남자가 금전 거래를 하는 장면을 사진에 담고 나서 우리에게 들키지 않고 도망친 줄 알겠지만, 사실은 그 뒷이야기가 있거든.

....

......

"당신, 히츠지타니에게 이용당하고 있는 거 알아요?"

"뭐?"

의도적으로 히츠지타니가 목적을 달성하게 만든 후, 다시 히다카에게 돌아온 나는 남자에게 말했다.

남자도 처음엔 당장이라도 도망치려고 했지만, 내 말을 무시하진 못하겠는지, 불안한 눈으로 되물었다.

"그게 무슨 말, 이지?"

"이 아이에게 돈을 건네는 척해달라는 부탁을 받았죠? 그리고, 어디 보자……. 반 아이들과 친하게 지내고 싶으니까 스토커인 척해달라고 했을 테고…… 아니에요?"

"……읏! 네가 그걸 어떻게?!"

일단 우리보다 나이는 많아 보여서 경어로 말하긴 했지만, 썩 존경할 만한 상대는 아니군.

내가 경어를 사용해서 그런지는 모르지만, 겁에 질려 있던 것치고는 태도도 고압적이고.

"안 됐지만, 히츠지타니는 반 아이들과 친하게 지내고 싶어서 그런 게 아니라 좋아하는 남자가 더 자신을 좋아하게 만들려고 그러는 거예요."

"뭐?! 그럴 리 없어! 미야짱의 특별한 사람은 나다! 다음에 둘이 데이트하기로 약속도 했고 나한테만 특별하게 오리지널 ASMR도 만들어주기로 했단 말이다!"

그게 이 남자를 조종하기 위한 먹이였군.

최애 버튜버의 실제 인물과 데이트하는 건 물론이고 자신만을 위한 ASMR까지 만들어준다는 건 팬에겐 참기 힘든 제안일 터.

히츠지타니, 넌 일단 다른 버튜버들에게 무릎 꿇고 사과부터 해.

너 같은 녀석이 있기 때문에 사람들이 다른 버튜버까지 이상한 눈으로 보는 거잖아.

"게다가 만약 그게 사실이라도……."

"시키는 대로 안 하면 히츠지타니가 싫어할지도 모른다, 이거죠?"

"……."

카니에가 말했었다.

'미움받고 싶지 않아' '열심히 노력하면 나를 좋아해 줄지도 몰라'

그게 바로 자신이 아마다를 위해 나쁜 짓을 저지른 이유라고.

하지만 꼭 아마다의 히로인에게만 국한된 얘기는 아니었다. 이 남자도 마찬가지였다.

히츠지타니에게 미움받고 싶지 않다. 설사 보수를 못 받더라도 곁에 있을 권리만 있으면 된다.

그러기 위해서라면 무슨 일이든 돕겠다고.

그런데 네 경우는 조건이 하나 더 붙었을 텐데?

"당신이 어떻게 할지, 거기까진 간섭할 생각이 없고 지금은 제 말을 안 믿어도 돼요. 그렇지만 내일이 되면 알게 될 겁니다. 히츠지타니 미와에게 특별한 사람이 누구인지……."

자신이 히츠지타니가 제일 좋아하는 남자라는 조건 말이다.

…………

……

"난 늘 미야짱을 위해 노력했어! 미야짱의 부탁도 몇 번이나 들어줬지! 그런데, 그런데 왜 너냐고오오오오오!!"

안타깝군. 원래 성실하고 다정한 남자는 인기가 없어. 이용만 당하고 끝나지.

특히 히츠지타니처럼 자기가 미인이라는 걸 잘 알고 있는 여자에게는.

"부탁이니까 그만해! 테루치에게 심한 짓은 하지 마!"

히츠지타니는 필사적으로 막으려 했지만, 스토커 역할을 맡은 남자는 멈추지 않았다.

저 남자는 히츠지타니를 너무 좋아하기 때문에 깨달은 것이다.

히츠지타니에게 자신은 특별한 존재가 아니고, 진짜 특별한 사람은 아마다라는 걸.

그래서 지금까지 가슴 속에 쌓인 불만이 폭발했다.

가짜 스토커에서, 어떤 의미로는 진짜 스토커로 변모한 셈이다.

"누가 좀……."

히츠지타니가 주위를 둘러보며 도움을 청했다.

하지만 히츠지타니를 지키기 위해 있던 남자들은 누구 하나 나서지 않았다.

아마 이 직전에 참여했을 때는 자신의 멋진 모습을 히츠지타니에게 보여줄 생각에 잔뜩 기대하고 있었겠지만, 스토커의 돌변한 모습을 보자 용기보다 공포가 앞섰을 것이다.

이렇게 많은 사람이 있으니 누군가 알아서 움직이겠지. 난 무서우니까 가만히 있어야지.

대부분의 남자들은 그렇게 생각하고 있었다. 그런데 단 한 명, 다른 남자가 있었으니 바로 츠키야마다.

"히츠지타니, 그 녀석한테서 떨어져!"

"츠키야마! 부탁이야, 테루치 좀 도와줘!"

"이거 놔! 이거 놓으라고오오오오오오!!"

아마다에게 주먹을 휘두르던 스토커를 츠키야마가 뒤에서 제압했다.

그 모습을 본 남자들은 이제야 안전하다는 생각이 들었는지 일제히 몰려들었다.

"아악! 아, 아아, 아……."

츠키야마에게 제압당하자 그제야 이성을 되찾았는지, 스

269

토커는 비로소 주먹의 통증을 느끼기 시작했다. 이윽고 쓰러져 있는 아마다와 눈물을 흘리는 히츠지타니를 보더니 갑자기 당황했다.

"아, 아니야. 나는…… 아아아아아아!!"

"웃! 아, 잠깐 기다려!"

츠키야마에게 붙들린 팔을 풀고 줄행랑을 치는 스토커.

하지만 자신이 이 자리를 떠나면 안 된다고 생각한 츠키야마는 꼼짝도 하지 않았고, 다른 남자들 중에도 무섭게 변모한 스토커를 쫓아갈 용기가 있는 이들은 없었다.

히츠지타니는 쓰러진 아마다의 상반신을 안아 올리며 눈물을 흘렸다.

"미안, 미안해……. 테루치……."

"괘, 괜찮아, 미와. 울지 마……."

오, 의외로 근성 있네.

스토커에게 흠씬 두들겨 맞아서 얼굴이 엉망이 되긴 했지만, 그래도 러브 코미디의 주인공 연기를 계속하는 걸 보니 저절로 감탄이 나왔다.

어쩌면 아직도 자신의 계획이 잘 진행되고 있다고 생각할지도 모른다. 그뿐 아니라 이렇게 폭력의 희생자가 되었으니 정당성까지 확보했다고 여길 수도 있었다.

나는 히다카와 함께 츠키야마의 옆으로 천천히 걸어갔다.

"앗! 왜 이시이와 히다카가! 오늘 알바가 있다고……."

우리를 본 히츠지타니는 당혹감을 감추지 못했지만 완전

히 무시했다.

난 처음부터 널 믿지 않았어. 그러니 일일이 사실대로 말할 필요는 없잖아?

"왜 그래, 카즈키이?"

츠키야마가 물었다. 구역질이 났다.

자연스럽게 다른 남자들도 나를 주목하고 있군. 그럼, 마무리해 볼까.

"아까 그 스토커, 어제 우리 편의점에 왔던 놈이야. 갑자기 히다카에게 돈을 주면서 연락처를 가르쳐 달라던 징그러운 녀석이지."

""……!"" "뭐?!"

그 말을 한 순간, 아마다와 히츠지타니는 이를 악물고, 츠키야마는 경악을 금치 못했다.

그래, 히츠지타니. 넌 내일이라도 히다카를 모함할 생각이었지?

하지만 이렇게 내가 먼저 정보를 내밀면 어떨까?

힘들겠지? 이젠 모함하지도 못하겠지?

"그럼, 히다카아는 그 녀석의 연락처를 알고 있는 거야? 그러면……."

"몰라. 갑자기 돈을 내미는 사람은 징그러워서 생각하기도 싫어."

"아아~. 하긴 그렇지……. 응, 알았어."

납득하는 츠키야마. 여전히 츠키야마에게 안겨 있는 아

마다.

나는 그런 아마다를 내려다보면서 말했다.

"우선 병원부터 가. 일단은 해결됐으니까."

"……읏! 그, 그래……. 걱정해 줘서 고마워, 이시이."

사실은 분해서 죽을 것 같겠지만, 지금은 이렇게 말하는 수밖에 없을 것이다.

안 됐군, 러브 코미디 주인공.

제6장

러브 코미디란
지독히도 비열하며 잔인한 것이라오

가짜에서 진짜로 바뀐 스토커 사건이 있은 지 이틀이 지났다.

아마다는 가짜 스토커에게 흠씬 두들겨 맞았지만 다행(나한테는 불행)히도 보기와 달리 경상이었나 보다. 다음 날엔 혹시나 몰라서 쉬었지만, 그다음 날엔 등교.

도망친 가짜 스토커의 행방에 대해서는 아직 모른다고 했다.

그래도 히츠지타니가 사는 아파트 우편함에 '망할 년, 이제 네 팬 노릇은 안 해'라고 적힌 편지가 들어 있었다고 히츠지타니가 반 아이들에게 보고했으니 아마 그 남자는 더이상은 히츠지타니와 엮일 생각이 없는지도 모른다.

첫 번째 인생에서는 (다른 남자이긴 하지만) 가짜 스토커임에도 불구하고 경찰에 체포되었는데, 두 번째 인생에서는 폭력을 휘두른 스토커인데도 경찰에 잡히지 않았다.

과연 어떤 게 올바른 결과일까——. 아무래도 상관없지만.

중요한 것은 내 소중한 사람들의 환경뿐이다.

히다카가 정보 유출범으로 몰리지 않았으니 이 정도면 합격점이다.

가능하면 완벽한 결과를 얻고 싶었지만——.

"카즈키이, 히다카아, 오늘도 맛있는 점심을 준비했어!"

사건을 해결하게 되면서 우리도 대가를 치르게 되었다.

점심시간, 양손에 값비싼 찬합을 들고 얼굴 가득 미소 지으며 다가오는 건 츠키야마 오지.

아마다가 돌아오자 거의 아마다와 붙어 지냈으면서 스토커 사건이 끝난 후에는 놀라운 기세로 나와 히다카에게 들러붙었다. 솔직히 말해 너무 짜증 난다.

"어제도 말했던 것 같은데 짜증 나고 징그럽거든?"

"뭐? 내가 짜증 나고 징그러워? 으헤! 으헤헤헤!"

지금껏 같은 학년 놈들에게 냉대받으며 살다 보니 어지간한 욕으로는 타격은커녕 오히려 기뻐하기까지 하는 상황.

원래라면 스토커 사건에서 단독으로 행동해야 했는데, 나와 히다가가 함께해준 게 상당히 기뻤는지, 호감도가 폭발적으로 상승했다.

씹다 버린 껌에서 초강력 접착제로 진화를 거듭한 셈이다.

"츠키야마. 이것도 어제 한 말인데, 나도 히다카도 도시락은 있으니까 네 것만 준비해도 돼."

"무슨 말이야. 많이 있어야 서로 교환해서 먹지. 너희 도시락은 왠지 특별히 더 맛있는 것 같거든. 뭐라고 하면 되나, 가족의 따뜻함이 느껴지는 맛?"

"너희 가족으로 맛보면 되잖아."

"그건 힘들어. 우리 아빠와 엄마는 사이가 안 좋아서 별거 중이거든. 엄마는 나와 아빠 모두에게 관심도 없어서 벌써 3년이나 얼굴도 제대로 못 봤어. 어제도 말했잖아?"

복수해 줬다고 말하는 것처럼 짓궂은 미소.

왜 뜬금없이 그렇게 무거운 얘기를 꺼내는 건데?

"뜬금없이 웬 심각한 얘기야?"

"난 신경 안 쓰니까 괜찮대두! 엄마가 없어도 아빠가 잘해 주셔."

하긴 츠키야마의 아버지는 아들 바보였지.

엄마가 없다 보니 그만큼 아빠가 애정을 쏟아부은 결과, 이런 괴물이 탄생한 건가.

히다카가 갑자기 내 교복을 꽉 잡았다.

"카즈뽕, 실망이도 데리고 가주자. ……부탁이야."

평소라면 함께 싫어했을 히다카가 츠키야마의 가정사를 듣더니 상당히 부드럽게 대하기 시작했다.

물론 나도 조금(아니, 상당히) 가엽다는 생각은 들지만…….

"알았어…….."

"땡큐, 히다카아."

"음. 그래도 『아』는 떼줘. 징그러워."

"어? 이름으로 부르면 오해를 살 수 있으니 위험하지 않아?"

왜 그런 발상을 하는 거지? 그냥 아만 떼고 부르면 될 텐데.

식당 야외 테이블에 셋이 함께 앉아서 도시락을 먹었다.

츠키야마가 가져온 도시락은 고급 식재료를 아낌없이 사용한, 평소엔 먹을 엄두도 못 내는 요리였지만 결국은 엄마 (와 히다카)가 만든 도시락이 더 맛있단 말이지.

"그런데 아마다는 그냥 놔둬도 돼?"

다짜고짜 내민 로스트 비프를 먹으면서 츠키야마에게 물었다.

"괜찮을 거야. 이바와 우시마키, 그리고 히츠지타니가 옆에 있으니까. 오히려 나는 옆에 없는 게 좋을 것 같아……."

조금 쓸쓸한 표정으로 투덜거렸다.

하긴 그 말이 맞다. 아마다는 자신을 러브 코미디의 주인공이라고 생각하고 있고, 츠키야마는 그런 아마다의 절친 포지션. 하지만 러브 코미디의 절친은 나설 기회가 별로 없다.

톱니바퀴 같은 역할을 짊어지고 이야기에 필요할 때만 등장한다.

"뭐라고 할까, 나를 원하지 않는 것 같아. 난 테루를 절친이라고 생각하는데 테루는 그렇지 않아……. 내 착각일 수도 있지만."

어쩌면 츠키야마는 첫 번째 인생에서도 아마다의 그런 속내를 알아차렸을지 모른다. 하지만 떨어지려고 해도 마땅히 갈 곳이 없었을 것이다.

그래서 더 자신은 아마다의 절친이라고 되뇌며 옆에 있었을 수도 있다.

"나와 히다카도 원한 기억은 없는데?"

"그러면 나를 원하도록 더 노력해야겠네."

뺨은 왜 누르냐! 네가 그러면 히다카도 물 만난 물고기처럼 '나도 할래'라며 적극적인 행동에 나선단 말이다. ……에

잇, 아니나 다를까, 양쪽에서 뺨을 눌러대고 있잖아.

◇ ◇ ◇

방과 후가 되자 츠키야마는 우리와 가볍게 인사를 나누고 동아리 활동을 하러 갔다.

그 후, 히다카와 알바를 하러 가려는데 귀찮은 녀석이 찾아왔다.

소독약 비슷한 냄새가 코를 간지럽히자 조금 성가신 기분이 들었다.

"이시이, 시간 좀 내줘."

"아마다, 더는 엮이기 싫다고 했을 텐데?"

날카롭게 노려봤지만, 들은 척도 하지 않았다. 주인공답게 진지한 눈빛으로 나를 쳐다본다.

"예상 밖의 일이 일어났는데, 네가 꼭 들어야 할 얘기인 것 같아서 그래."

교실을 힐끔 확인하니 나와 아마다가 얘기하는 모습에 흥미가 동했는지, 같은 반 녀석들이 우리를 주시하고 있었다. 이젠 많이 익숙해진 줄 알았는데, 그래도 주목받는 건 여전히 싫었다.

"오늘은 알바가 있어. 그래서 시간은 못 내."

"알바는 5시부터 아냐? 조금은 시간을 낼 수 있잖아."

자신만만한 미소. 이미 승리를 확신하고 거절은 용서하지 않겠다는 듯한 태도다.

게다가 딱히 틀린 말도 아니었다.

히라사카 고교의 수업은 보통 오후 3시 무렵에 끝난다. 그래서 학교를 바로 나서서 편의점으로 가면 의외로 시간이 남기도 했다. 보통은 잠깐 다른 곳에 들르기도 하고 아니면 편의점 사무실에서 시간을 때우기도 하는데, 아무래도 오늘은 그럴 시간은 없을 것 같다.

"나만 가면 돼?"

이렇게 방과후에 아마다가 말을 걸어오니 예전의 가짜 단죄극이 떠올랐다.

하지만 그때는 아마다의 옆에 이바와 우시마키가 있었지만 오늘은 아무도 없다.

이바도 우시마키도, 또 한 명의 소꿉친구인 히츠지타니도, 아마다의 옆에 없었다.

"아니, 미코토도 같이 와줘."

"……."

아마다가 히다카의 이름을 부른 게 너무 화가 났다. 하지만 그보다 강하게 밀려드는 건 의문이었다.

(아마다에게 이용당한) 히츠지타니가 꾸몄던, 히다카를 가짜 정보 유출범으로 모는 계획은 분명 그날 다 박살 냈다. 그러니 원래라면 아마다는 우리에게 아무 짓도 못 해야 맞았다.

그런데도 아마다는 주인공이라도 된 양 자신만만하게 찾

아왔다.

어째서 그런 태도를 취할 수 있는 거지?

이제 와서 보면 너무 안타깝지만, 첫 번째 인생에서 정보 유출범으로 몰린 키타미가 어떤 단죄를 받는지는 알지 못한다. 어디까지나 결과만 들었을 뿐.

그래서 지금 상황이 그때와 같은지조차 판별할 수 없었다.

"알았어. 여기서 얘기할 거야?"

"아니. 다른 사람들이 들어서 좋을 내용은 아니니까 장소를 옮기자."

아무래도 저번처럼 나와 히다카를 공개적으로 조롱할 생각은 아닌 모양이다.

그러면 오히려 무의미한 것 아닌가? 아마다의 목적은 히다카를 전학으로 몰아넣는 것.

그리고 최종적으로는 자기도 전학을 가서 다른 새로운 환경에서 러브 코미디를 즐기는 것이다.

"따라올래?"

"……그래."

안 되겠다. 아무리 생각해도 모르겠는 이상, 지금은 아마다를 따르는 수밖에 없다.

나와 히다카는 조금은 무거운 걸음걸이로 아마다의 뒤를 따라갔다.

아마다를 따라간 곳은 육상부 동아리방이었다.

방과후라서 동아리 활동이 있을 줄 알았는데, 오늘은 육상부가 쉬는 날이라서 이렇게 비밀 이야기를 하기에 좋은 곳이라나 뭐라나.

그곳에는 육상부 소속인 우시마키, 그리고 이바와 히츠지타니도 있었다.

"안녕하세요, 이시이, 히다카."

"여, 여어……. 이시이, 히다카."

"…….."

평소처럼 우아하게 행동하는 이바, 딱딱하게 굳은 얼굴을 한 히츠지타니, 아무 말도 하지 않는 우시마키.

세 사람의 태도는 각각 달랐지만, 이 셋이 모여 있는 걸 보니 무슨 일이 일어날지 대충 짐작이 갔다.

"여기라면 아무도 못 들으니까 안심해."

"그건 너한테도 해당하는 말인 것 같은데."

"그럴지도."

조금이지만 마음의 여유를 되찾았다.

보아하니 아마다는 히다카를 스토커 정보 유출범으로 몰아가고 싶은 모양이었지만, 그걸 굳이 교실이 아닌 아무도 없는 동아리방에서 하려는 건 지난번의 실패에서 얻은 교훈이 있기 때문일 터.

만약 자기가 실패하더라도 아무도 없으면 그게 보험이 된다는 계산. 즉 아마다도 이번 작전이 성공할 거란 확신이 없다는 뜻이다. 예전보다 더 한심한 놈이 됐군.

주인공이라면 실패를 두려워하지 않고 맞서야 하는 것 아닌가?

"미와의 스토커가 도망친 건 알고 있지?"

"어. 그렇게 큰 소리로 말하는데 모를 수가 있냐."

첫 번째 인생에서는 경찰에게 잡혔고, 두 번째 인생에서는 도망쳐서 모습을 감췄다.

두 번째 인생의 결과가 더 안 좋은 것 같지만, 어느 쪽이 됐든 히츠지타니의 안전은 보장되었을 것이다. 애당초 아마다는 히츠지타니야 어떻게 되든 알 바 아닐 테고.

"도망쳤더라도 더 이상 엮일 일 없을 거라고 했으니 다 해결된 것 아냐?"

"……그랬으면 좋겠지만……."

히츠지타니가 의미심장하게 말했다.

"저기, 이시이. 이번 일에서 한 가지 이상한 점이 있어."

"이상한 거?"

"히츠지타니는 스토커를 피해 우리 학교로 전학을 왔어요."

내 질문에 대답한 사람은 이바였다.

"그런데 스토커는 히짱의 주소를 알고 있었고 이사한 곳까지 쫓아왔어."

이어서 우시마키가 말했다. 우시마키는 히츠지타니를 '히짱'이라고 부르는 모양이다.

내가 볼 때는 다 끝난 이야기인데 아직 포기가 안 되는 건가.

"그건 누군가 미와의 정보를 스토커에게 넘겼다는 뜻이 겠지?"

마무리 쐐기를 박는 것처럼 마지막으로 아마다가 말했다.

모든 것이 예상대로였다. 아마다는 스토커의 정보 유출범을 꾸며내고 싶은 것이다. 히츠지타니를 위험에 빠뜨린, 존재하지 않는 진짜 흑막을 만들어내려는 속셈이었다. 그런데 이제야 히다카를 모함하려는 건가?

그렇다면 너무 안이한 생각이다.

"그리고 그 범인이 누구인지도 알아."

"오. 어떻게 알아냈는데?"

"미와가 애를 많이 썼지. 많이 무서웠을 텐데……."

아마다의 시선이 히츠지타니를 향했다. 다정하게 웃는 얼굴로, 정말 잘했다고 시선으로 말하고 있었다.

물론 '잘했다'의 본질적인 의미는 다르겠지만.

내가 의아한 표정을 짓고 있자 히츠지타니가 입을 열었다.

"실은 반대로 내가 스토커를 미행한 적이 한 번 있어. 필사적으로 도망쳐서 숨은 후에 그 사람이 나를 놓친 걸 확인하고 나서 반대로 따라간 거지."

"왜 그런 거야?"

"어쩌면 스토커에게 정보를 준 사람이 있을지도 모르니 나를 놓치면 그 사람을 만나러 갈 것 같아서……."

보아하니 첫 번째 인생에서 키타미도 이런 식으로 모함당했나 보다.

하지만 그건 어디까지나 첫 번째 인생의 경우. 두 번째 인생에서 키타미는 목표물이 되지 않았다.

게다가 히다카를 함정에 빠뜨리는 것도 불가능했다.

스토커 사건이 해결되었을 때, 내가 모두가 보는 앞에서 말했기 때문이다.

그 남자는 편의점에서 히다카에게 말을 걸고 돈을 건네려고 했다고.

이미 그 정보가 퍼진 상황에서 히다카와 스토커가 대화하는 모습이 담긴 사진이 나온다 한들 그 효과는 미미하다 못해 아예 없을 것이다. 그런 것도 모르냐?

"흐음. 그래서 결과는 어땠는데?"

"찍었어. 당시의 사진을……. 게다가 나에 대한 정보를 준 건 이시이도 아주 잘 아는 사람이었어. 그래서 이렇게 비밀리에 얘기하려고……."

진심으로 지금 상황에서 히다카를 범인으로 몰아세우려는 거냐?

히츠지타니의 이번 작전은 어설픈 부분이 눈에 띄는 조악한 계획이었다.

이렇게 시답잖은 작전을 진심을 다해 막으려 했던 내가 한심하게 느껴질 정도로.

"그러면 그 사진 좀 보여줘."

그러자 내 말을 기다리고 있었다는 듯 아마다가 진지한 눈빛으로 고개를 끄덕였다.

고작 여섯 명밖에 없는 동아리방은 이질적인 긴장감으로 가득했다.

그런 가운데 아마다는 스마트폰 화면을 내게 보여줬다.

"이 아이가 미와의 정보를 스토커에게 흘린 범인이야."

그리고 화면에 뜬 사진에 있는 사람은……

"유즈?"

히다카 미코토가 아니라 내 여동생인 이시이 유즈키였다.

"우, 웃기지 마! 유즈가 스토커에게 정보를 흘린 범인이라고?! 말이 되는 소릴 해!"

나는 분노해서 외쳤다. 히다카도 할 말을 잃은 모습이었다.

그러나 아마다는 어디까지나 냉정하고 담담하게 말을 이어갔다.

"그렇지만 이렇게 돈을 받는 사진이 있잖아."

아마다의 스마트폰을 확인하니 분명 가짜 스토커가 유즈에게 돈을 건네고 있었다.

그렇지만 유즈는 당혹스러운 표정을 지으며 돈을 받으려 하지 않고 있었다.

하지만 그걸 알아봤자 아무 의미도 없다. 문제는 이런 사진이 존재한다는 사실이다.

"유즈가 히츠지타니에게 그런 짓을 할 이유가 없잖아! 유즈는 아무것도—"

"이유가, 있어."

이번에는 아마다 대신 히츠지타니가 말하기 시작했다.

"이시이, 얼마 전에 내가 너랑 같이 학교에 간 날, 기억해? 그날 유즈는 내가 하나토리 미야비라는 걸 알고 있었잖아?"

"……읏! 그, 그게 어쨌다는 거야?!"

유즈가 히츠지타니가 하나토리 미야비라는 걸 알고 있었던 건 사실이다. 내가 가르쳐 줬으니까.

원래 나는 하나토리 미야비의 방송을 좋아하는 유즈가 히츠지타니와 만나게 되면서 쓸데없는 일에 이용당하진 않을까 걱정했었는데, 마침 히다카의 조언도 있고 해서 유즈에게 하나토리 미야비의 정체에 대해 말해 줬다.

그러자 유즈는 깜짝 놀랐지만, 막상 히츠지타니에게는 별다른 흥미를 보이지 않았다.

"그 사실을 알고 있다고 그게 정보를 흘린 이유가 되진 않아!"

"응. 나도 그 점이 이상했어. 유즈가 왜 스토커에게 나에 대해 말했을까, 하고."

처음부터 유즈는 아무 짓도 하지 않았다. 할 리가 없다.

그럼에도 불구하고 마치 유즈가 범인인 것처럼 말하는 히츠지타니를 용서할 수 없었다.

"아마 나 때문일 거야."

"뭐?"

"이시이와 유즈는 굉장히 사이가 좋잖아? 서로가 서로를

소중히 여기고 있지. 누가 봐도 알 수 있을 정도로. 솔직히 부러웠어."

마지막에 말한 '부럽다'는 말은 진심일 것이다.

아마도 히츠지타니는 아마다를 향한 자신의 마음과 자신을 향한 아마다의 마음이 다르다는 것을 알고 있지 않을까. 그래서 부럽다고 말한 게 아닐까.

물론 그래 봤자 동정의 여지는 없지만.

"갑자기 나타나서 소중한 오빠에게 접근한 여자가 눈엣가시이진 않았을까? 그래서 어떻게든 떼어놓으려고 조금 잘못된 방법을 선택한 거라고 생각해……."

"그건 전부 네 억측이잖아!"

"그렇지만 의심하기엔 충분한 억측이지."

"아마다아……."

"뭐야, 이시이?"

승리를 확신한 일그러진 미소.

아마다의 이번 작전은 처음부터 두 단계로 구성되어 있었던 거다.

이상적인 전개는 히다카를 정보 유출범으로 몰아서 자신과 함께 전학을 가는 것.

하지만 그건 내 경계 때문에 저지당할 가능성이 있었다. 저번처럼 함정에 빠뜨리려다가 반대로 자기가 함정에 빠질지도 몰랐다. 그래서 그 작전 자체를 미끼로 사용했다.

일부터 어설픈 작전을 세워서 내 방심을 유도한 것이다.

진짜 작전을 성공시키기 위해.

그게 바로 히다카가 아니라 유즈를 함정에 빠트리는 것.

아직 중학생이고 히라사카 고교에 다니지도 않는 유즈를 모함해 봤자 별 의미 없다고 생각했을 것이다.

하지만 그건 엄청난 착각이었다. 히츠지타니에게는 하나토리 미야비라는 또 하나의 얼굴이 있으니까.

그리고 하나토리 미야비는 인기 버튜버. 즉 강한 전파력을 가지고 있다.

첫 번째 인생에서 히츠지타니는 아빠와 유즈의 개인정보를 특정할 수 있는 내용을 방송에서 말했고, 그로 인해 두 사람은 결국 목숨을 잃었다.

이대로 내가 유즈에 관한 의혹을 밝혀내지 못하면 첫 번째 인생이 그대로 반복될 거다.

다니던 학교에서 왕따를 당해서 무척 힘들었을 텐데도 나를 배려해 아무 말도 하지 않았던 유즈는 결국 정신적으로 피폐해져 빨간 신호인 줄도 모르고 길을 건너다…… 비참한 최후를 맞았다.

모든 일이 끝난 후, 병원에서 연락을 받고 내가 본 유즈의 모습은 지금도 잊을 수가 없다.

괴로웠을 텐데, 힘들었을 텐데, 그래도 내게 걱정을 끼친 게 자못 후회된다는 듯 슬픈 표정으로 눈을 감은 유즈. 아무리 불러도 감은 눈을 다시 뜨지 않았다.

그런 일을 두 번 다시 반복하게 할 순 없다.

"처음부터 히츠지타니와 스토커는 아는 사이였잖아! 자기를 비극의 주인공으로 만들어서 특별한 녀석의 관심을 끌려고 한 짓이야! 이건 다 조작이라고!"

"이시이, 도대체 무슨 말을 하는 거야? 그럴 리 없잖아."

"넌 닥치고 있어! 난 히츠지타니에게 묻는 거야!"

"아, 아니야……. 난 그 사람한테서 도망쳐서……."

"도망쳤다고? 그 녀석도 네 방송을 도와주는 사람이지? 네가 그 녀석에게 스토커인 척해달라고 말했잖아!"

"그렇다면 테루치에게 그렇게 심한 짓을 하게 두지는 않았어!"

강한 목소리. 히츠지타니도 그 남자가 폭주할 줄은 몰랐을 것이다.

실제로 그 남자는 내가 부추겼기 때문에 폭주했다. 그리고 아마 히츠지타니도 그걸 눈치채고 있었을 거라고 본다. 그래서 더 용서할 수 없었다.

히츠지타니는 지금 자신이 잘못된 짓을 저지르고 있다는 죄책감을 아마다가 다친 데 대한 분노로 덮으려 하고 있었다.

"방송을 도와주는 사람이 있는 건 맞아! 하지만 그 사람은 아니야! 저기, 테루치에게 괜한 오해를 사기 싫어서 비밀로 했던 건데……."

히츠지타니가 여린 눈빛으로 아마다를 바라보자 아마다는 어리둥절한 표정을 지었다.

"어? 그런 걸 왜 숨겨?"

"……테루치."

입술을 살짝 깨문다. 네, 네, 넌 계속 그런 스탠스로 나가세요.

자신은 러브 코미디의 주인공이기 때문에 히츠지타니의 마음을 모른다. 히츠지타니는 어디까지나 오랜만에 재회한 소꿉친구이고, 친구의 연장선상 같은 존재라고 못 박은 셈이었다.

그리고 그게 히츠지타니의 격정에 박차를 가했다.

아직 자신은 특별한 존재가 되지 못했다. 그러니 더 특별해지고 싶다.

그러기 위해서는 아마다를 위한 일을 해야만 한다고.

아마다는 음산한 미소를 짓더니 내 어깨에 오른손을 올렸다.

"저기, 이시이. 난 이 일을 다른 사람들에게 말할 생각은 없어."

"뭐?"

"하지만 그렇잖아? 이 일이 알려지면 네 여동생은 곤경에 처하겠지. 자업자득이라고 생각하지만, 그래도 아직 어린 아이가 상처받는 건 싫거든……."

그 더러운 입에 유즈의 이름을 올리지 마. 너 때문에 첫 번째 인생에서 유즈는 죽었단 말이다.

아빠와 엄마를 다 잃고, 하다못해 유즈만은 행복해지길

바랐는데, 넌 그런 내 마지막 희망까지 빼앗아 갔지.

"그러면 왜 이런 얘기를 하는 건데?"

"부탁이 있어서 그래."

"부탁?"

"미코토와 거리를 뒀으면 좋겠어."

"......!"

그게 바로 아마다가 노리는 것이었다.

히다카와 나를 떼어놓는 것. 이 녀석은 지금 유즈를 함정에 빠뜨려서 나를 협박하고 있다.

이대로 나와 히다카가 떨어지지 않으면 나도 히다카도 아닌 유즈가 다치게 될 거라고.

"물론 그렇다고 내가 미코토에게 접근하는 일도 없을 거야. 지금 미코토에게는 친구도 있잖아? 모카와 히메랑 사이가 좋다고 들었어."

아무렇지도 않게 약속을 깨는 인간이 바로 아마다라는 남자다.

내가 히다카에게서 떨어지면 우시마키나 이바에게 말을 거는 척하면서 히다카에게 접근할 게 뻔했다.

"우시와 난 친구가 아니야."

"하하하. 쑥스러워하기는."

무슨 말을 해도 소용없었다. 아마다는 이미 승리를 확신하고 있었다.

그리고 이건 나뿐만 아니라 히다카를 협박하는 것이기도

했다.

그대로 히다카가 나와 가까이 지내면 유즈를 다치게 할 거라고. 그런데도 계속 가깝게 지낼 거냐고.

"난 카즈뽕이랑 헤어지지 않을 거야. 유즈를 다치게 놔두지도 않아."

히다카는 망설임 없이 말했다.

"나도 다치게 할 생각은 없어. 그래도 소꿉친구로서 걱정이 돼서 그래. 미와를 모함하려고 한 이유는 들었지? 다음엔 네가 그 타깃이 될 수도 있어."

"애당초 유즈는 아무 짓도 안 했어. 사진도 나랑 똑같이 그 남자가 먼저 말을 걸었을 테고. 카즈뽕 말대로 처음부터 스토커와 히츠지가 짜고 벌인 일이야."

"미코토는 이시이를 너무 믿는 경향이 있어……. 그래도 괜찮아. 언젠가는 알게 될 테니까. 진짜 믿어야 할 사람이, 진짜 널 지켜줄 사람이 누구인지."

기분 더러운 소리 좀 작작해.

조금 전에 네 입으로 히다카에게 접근하지 않겠다고 하지 않았냐?

"그리고 이시이가 싫어해도 계속 가까이 있을 거야?"

"……!"

아마다의 말에 히다카가 동요했다. 도움을 요청하는 눈빛이다.

나도 알아. 사실은 아마다가 두려운 거지? 그런데도 필사적으로 노력하고 있는 거지?

그렇다면 나는 그런 히다카의 마음에 보답해야 한다.

"아마다, 난 히다카와 떨어질 생각은 없어."

"그럼, 여동생 일은 어떻게 할 거지?"

요컨대 히다카와 떨어지지 않으면 유즈를 가만히 두지 않 겠다는 뜻이었다.

아니, 설사 거리를 두더라도 모함하겠지. 그것도 자기는 아무것도 하지 않고 전부 히츠지타니에게 시킬 생각이다. 그리고 다 끝난 후에 히다카에게 이렇게 말하는 거다.

난 말렸지만 미와가 '역시 위험해'라고 해서. 미안해, 미 코토.

그런 거짓으로 가득한 더러운 말을 믿을 거라 생각하는 걸 보면 이 녀석은 아무것도 변하지 않았다.

"이봐, 히츠지타니. 지금이 솔직하게 말할 수 있는 기회야. 스토커와 짠 것 맞지?"

"몇 번을 물어도 대답은 똑같아! 난 그 사람이 누군지 몰 라! 만난 적 역시 한 번도 없어!"

한 번도 만난 적이 없으시다? 그날 편의점에 둘이 함께 와 놓고는 그 말이 통할 것 같아?

추궁해 봤자 '난 몰랐어'라는 말로 얼버무리려 하겠지만.

도대체 아마다의 어떤 점이 그렇게 좋은 걸까. 기회가 있 다면 천천히 좀 들어보고 싶다.

나는 히츠지타니를 향해 내 스마트폰 화면을 조용히 내밀었다.

"그러면 네가 그 스토커와 얘기하고 있는 이 사진은 뭐지?"

"뭐? 어?! 어어어어?!" "무슨! 왜…….."

이번에는 내가 내민 사진을 보고 히츠지타니가 놀랄 차례였다. 옆에 서 있는 아마다의 눈도 휘둥그레졌다.

그 사진에는 히츠지타니가 스토커에게 웃으면서 말을 거는 순간이 찍혀 있었다.

"상당히 친하게 얘기하는 것처럼 보이는데?"

넌 아직 멀었어, 아마다! 난 처음부터 다 알고 있었다고!

네가 히다카뿐만 아니라 유즈도 노리고 있다는 건!

"뭐, 뭐야, 이게! 난 이런 거 몰라! 합성 사진 같은 걸로 억지로—."

"아니야. 그 사진을 찍은 건 나야."

"뭐?!" "어?"

예상 밖의 방향에서 들려온 목소리에 한층 더 당황하는 아마다와 히츠지타니.

아마다가 입술을 떨면서 그 여자의 이름을 불렀다.

"모카?"

어떤 망설임도 없이 그 사실을 말한 사람은 우시마키 후우카. 아마다의 예전 히로인 중 한 명이다.

"이거 찍는다고 얼마나 고생한 줄 알아? 밤늦게 이시이가 일하는 편의점까지 가서……. 들키지 않게 숨어 있으니까 이상한 남자가 말을 걸질 않나…… 그래도 덕분에 제대로 찍었지."

이번에 내가 가장 고심했던 부분이 바로 이거였다. 상대가 히다카나 유즈를 모함하려 한다면 그 결정타가 될 증거를 확보해야만 했다.

히츠지타니와 스토커 역할을 맡은 남자가 사이좋게 대화를 나누는 순간을 찍은 사진이 필요했다.

하지만 그렇게 유리한 장면을 목격하는 건 여간 어려운 일이 아니었다.

예전에 (다른 남자였지만) 백화점에서 우연히 만난 건 유즈가 하나토리 미야비의 방송을 즐겨 봤기 때문에 얻을 수 있었던 기적적인 우연.

감사하게도 그런 우연이 다시 나를 찾아올 리 만무했다.

그래서 의도적으로 그 상황을 만들어야 했다.

그때 활용한 게 바로 예전에…… 히다카를 모함할 증거를 만들던 순간이었다. 그때 히다카와 가짜 스토커가 금전 거래를 하는 듯한 사진을 찍은 후, 히츠지타니는 자리를 떠났다.

하지만 그것으로 끝이 아니었다. 찍은 사진을 둘이 함께 확인하는 단계가 필요했다.

물론 히츠지타니에게는 거추장스럽기만 한 과정이었겠지만, 그녀에게 심취해 있는 가짜 스토커에게는 그 시간이야말로 가장 중요한 순간이었다.

히츠지타니에게 칭찬을 받고, 그녀의 호감을 얻을 수 있는, 지복(至福)의 시간이니까.

그래서 그 순간을 노렸다.

상대가 경계하는 나와 히다카가 아니라 경계하지 않는 우시마키가 움직여줬다.

"모카, 어째서⋯⋯."

"어쩌긴 뭘 어째. 난 처음부터 널 안 믿었어. 짜증 나는 캐릭터라고 생각하면서도 꾹 참고 같이 있었던 것뿐이야."

"모카, 그래도 넌 나와⋯⋯."

"아마다. 당연히 넌 더 싫어."

"⋯⋯읏!"

아마다. 넌 머릿속이 온통 꽃밭이라 너 좋을 대로 혼자 단정 짓고 있었던 거야.

반성하고 사과하면 히로인은 용서해 준다고?

웃기지 마. 우시마키는 널 용서하지 않았어. 구역질이 날 정도로 싫어한다고. 그런데도 네 곁으로 돌아간 건 이유가 있었기 때문이야.

처음부터 네 계략을 알아내려고 일부러 친한 척한 거란 말이다.

아마다는 나와 히다카는 경계하고 츠키야마는 신뢰하지 않았다.

하지만 히로인은 별개다. 아마다는 자신이 러브 코미디의 주인공이라고 생각하기 때문에 히로인은 자기가 원하는 대로 움직이는 존재라 믿고 있었다.

그리고 우시마키가 아마다를 배신했다는 건 당연히 다른 한 명도 마찬가지라는 뜻.

"나는 모카가 가짜 스토커를 미인계로 유혹하는 게 더 좋을 것 같다고 제안했지만요. 그래서 제 의견을 거절한 데 대해 유감의 뜻을 표했죠."

이바 코우키도 아마다가 아니라 우리와 같은 편이었다.

"당연하지! 내가 왜 그렇게까지 해야 하는데!"

"그렇지만 말했잖아요? 이시이를 위해서라면 무슨 일이든—."

"시끄러워어어어!!"

"하아……. 이래서 쉬운 여자는 안 된다니까요……."

"나 쉬운 여자 아니거든! 그냥 고마워서 그런 거야!"

새빨개진 얼굴로 필사적으로 뭔가를 부정하는 우시마키. 히다카는 무진장 무서운 얼굴을 하고 있었다.

하긴 아까도 확실하게 말했었지.

난 우시와 친구가 아니라고. 이바는 거기서 무사히 제외된 것 같고.

"히메!"

"더 이상 애칭으로 부르지 말아 주시겠어요? 불쾌하거든요."

둘은 나란히 아마다의 뒤에서 내가 있는 곳으로 옮겨왔다.

물 흐르는 것처럼 자연스럽게 히다카 옆에 서는 이바와 처음에는 내 옆으로 이동하려고 했지만, 허둥지둥 이바의 옆으로 옮기는 우시마키. 히다카가 노려보자 우시마키는 풀이 죽은 모습이었다.

"도대체 왜 그래? 히메도 모카도 나를 용서한다고 했잖아!"

"그 말을 곧이곧대로 믿는 점이 바로 당신의 짜증 나는 면이에요."

윽! 이건 나한테도 데미지가 있는 말인데…….

왜냐하면 처음엔 나도 이바와 우시마키가 아마다 쪽에 붙은 줄 알았기 때문이다.

그게 오해라는 걸 깨달은 건 히다카 덕분.

그날 히다카에게 히츠지타니를 모함할 동기가 있는 것처럼 말하러 왔던 이바.

처음에는 히다카에게 동기를 부여하는 듯한 대화를 나누었다. 하지만 이건 다 아마다를 방심하게 만들기 위한 것이었다.

이번에도 히로인이 자신을 위해 움직인다. 그렇게 착각하도록 만들려고 일부러 히다카를 궁지에 몰아넣는 듯한 대화를 나눈 것이다. 하지만 진짜 목적은 그다음 말에 있었다.

──그러고 보니 히다카, 친한 사람 중에 버튜버를 좋아하는 사람이 있죠?

처음엔 키타미를 말하는 줄 알았다. 그런데 아니었다.

키타미만이 아니다. 유즈도 '버튜버를 좋아하는 사람'에 해당한다.

──아니, 그냥 잡담이에요. 혹시라도 친구가 곤경에 처하게 되면 꼭 우리와 상의해 주세요. 반드시 힘이 되어드릴 테니까요.

이게 두 번째 말. 히다카는 이때 이미 이바가 배신하지 않았다는 것을 눈치챘다.

이바는 히다카에게 아마다가 유즈를 노리고 있다는 사실을 알려준 것이다.

그리고 다음은 나다.

──이시이는 자신에게 소중한 여자만 무사하다면 히츠지타니야 어떻게 되든 상관없다고 생각하는 거군요. 오히려 소중한 여자를 지키기 위해서라면 어떤 더러운 짓이라도 하겠다는 뜻으로 받아들이면 될까요?

──그래. 너희도 내게 죄책감을 느낀다면 이쪽을 우선시해 줬으면 좋겠는데?

우리 사이에 오간 대화.

나와 히다카는 아마다와 히츠지타니에게 경계 대상이었다.

그들의 방심을 유도하기 위해서도 나는 히다카만 지키는 척해야 했다. 그렇게 되면 유즈를 지키지 못하게 되는 상황이 발생한다.

그래서 나는 이바와 우시마키에게 의지했다. 그 녀석들을 믿어보기로 한 것이다.

그리고 이바와 우시마키는 방과 후가 되면 반드시 유즈

근처에 있어 주었다. 다행히 가짜 스토커가 유즈에게 난폭한 짓을 저지르진 않았지만, 그래도 진심으로 유즈를 도와주었다.

물론 첫 번째 인생에서 나를 함정에 빠뜨린 이바와 우시마키를 믿는 데 망설임이 없었던 것은 아니다.

그런데 히다카가 말해 주었다.

——이바와…… 정말 내키진 않지만, 우시는 믿을 수 있어…….

히다카가 믿는다면 나도 믿는다. 유즈를 지키려는 나 때문에 오히려 유즈가 더 위험해질 수 있다면 예전에 나를 모함한 두 사람을 믿고 맡겨 보자.

이바와 우시마키가 자신을 배신했다는 사실이 여전히 믿기지 않는지, 아마다는 거칠게 외쳤다.

"당연히 믿지! 히메와 모카는 내게 소중한 존재야! 소중하기 때문에 믿는 거라고!"

"그게 다는 아닐 텐데요. 인정 욕구를 채워주는 소중한 존재라서 믿는 것 아닌가요?"

"아니야……!"

"아마다, 당신이 우리를 인형이라고 생각한다면 마음대로 하세요. 사실 당신의 인형이 되어 이시이와 미코토에게 많은 폐를 끼친 건 사실이니까요."

이바가 한 발 앞으로 나왔다.

"그렇지만 지금은 달라요. 당신이 이시이와 미코토에게

해를 가한다면 절대 용서하지 않을 겁니다. 두 사람은 행복해져야 할 존재예요. 그러니……."

크게 심호흡. 떨리는 손을 진정시키려는 듯 힘껏 쥔 주먹.

이바는 잠깐 고개를 숙이는가 싶더니 아마다를 똑바로 응시하며 확실하게 말했다.

"노리려면 나를 노리세요."

그 이바 코우키가 왜 나와 히다카를 위해 이렇게까지 하는지는 모르겠다.

첫 번째 인생에서도, 두 번째 인생에서도, 이바는 명확히 나의 적이었다.

그런데 이번 생의 이바는 뭔가 달랐다.

내가 아는 냉혹하고 교활한 이바 코우키와는 뭔가가 달랐다.

그런 이바 덕분에, 우시마키가 협력해 준 덕분에 지금의 상황에 이를 수 있었다.

"히츠지타니, 아까 말했지? 그 남자와는 만난 적도 없다고? 그렇다면 이 사진은 뭐지? 아무리 봐도 친해 보이는데?"

"아, 아니야……. 그, 사진은……."

필사적으로 틈을 노려 아마다를 쳐다보는 히츠지타니.

하지만 이런 상황이 되었을 때, 아마다가 어떻게 행동하는지, 우리는 아주 잘 알고 있었다.

"미와, 내가 널 잘못 본 것 같아."

"……!!"

아마다는 너무나 쉽게 미와를 버렸다. 자신이 이기지 못한다는 것을 깨달은 이 남자는 자기 안위를 위한 행동을 선택한 것이다.

사실 분하긴 하지만, 아마다를 궁지에 몰아넣을 방법은 더 이상 없었다.

만약 이 일이 예전처럼 교실에서 일어났다면 아마다를 궁지에 빠뜨릴 수 있었겠지만, 지금 이 자리에는 우리 여섯 명밖에 없다. 이래선 효과를 기대할 수 없다.

내게 제일 골치 아픈 행동은 바로 이거였다.

"네가 무슨 짓을 한 건지 알아? 모두 너를 지키기 위해 위험을 무릅썼어! 그런데 그게 전부 네 자작극이고 이시이와 미코토를 함정에 빠뜨리려고 했다니……."

"아니야! 나는 테루치를 위해……. 테루치에게 미움받고 싶지 않아서……."

눈물을 뚝뚝 흘리며 필사적으로 아마다에게 매달리는 히츠지타니.

전에 카니에게 들었던 대로군. 역시 히츠지타니는 아마다를 실망시키지 않으려고 필사적으로 아마다를 위해 행동했던 거구나. 그런데 그 행동 자체가 최악의 결말을 초래하고 말았다.

하지만 여기서 끝나게 놔둬선 안 된다.

아마다 자신을 궁지에 몰진 못해도 전력은 소실시킬 수 있다.

"저기, 아마다. 전에도 그랬지? 방법이야 어찌 됐든 히츠지타니는 너를 위해 행동한 거야. 그런 히츠지타니에게 어떤 특별한 감정도 없냐?"

"미와에게 특별한 감정?"

이건 아마다에게 굉장히 불편한 질문일 것이다. 왜냐하면 이 자리에는 히다카 미코토가 있으니까.

아마다에게 유일한 메인 히로인이자 유일하게 자신의 마음을 전한 상대.

그런 사람 앞에서 다른 여자에게 특별한 감정이 있다고 말하고 싶지는 않을 거다.

하지만 부정하게 되면 히츠지타니의 마음은 사라진다.

이 녀석의 유일한 아군인 히로인을 잃게 되는 셈이다. 그건 안 된다.

──라고 보통은 생각하겠지만,

"당연히 우리 둘 다 그런 건 없지 않아? 우리는 그냥 소꿉친구야."

"……읏!"

네. 바보가 낚였습니다.

이 자식이 하는 생각은 뻔했다. 지금은 냉정하게 거절해도 나중에 얼마든지 만회할 수 있다고 생각하고 있겠지. 하지만 세상은 그렇게 만만하지 않단다.

이바와 우시마키에게 배신당하고도 아직 정신을 못 차리다니.

"그래? 뭐, 네가 그렇다면 어쩔 수 없지."

자신을 위해 노력한 히츠지타니에 대한 그 어떤 위로나 감사의 말도 없었다.

오히려 실패하니 감싸주지도 않고 냉정하게 버리는 아마다 테루히토. 망연자실한 아마다를 바라보는 히츠지타니를 보고 있자니 예전에 아마다에 대해 얘기했던 게 떠올랐다.

백문이 불여일견. 얘기를 듣는 것보다 직접 경험하니까 완전히 다르지?

"이렇게……, 이렇게 애썼는데…….."

히츠시타니의 입에서는 원망하는 목소리가 흘러나왔다.

분명 아마다에게도 들릴 텐데, 이 녀석은 히츠지타니는 완전히 무시하고 나를 향해 머리를 숙였다.

"이시이, 비록 오해였지만 정말 미안해. 네 여동생에게도 대신 사과한다고 전해줘."

"그럼, 마지막으로 하나만 더."

아마다가 내 말에 반응해서 고개를 들었다. 나는 그 얼굴을 향해 가차 없이 주먹을 날렸다.

"커헉!"

"한 대만 좀 맞자."

"때리기 전에 말하라고……."

예상치 못한 고통에 꼴사납게 엉덩방아를 찧는 아마다.

눈물을 흘리며 아마다를 노려보는 히츠지타니를 무시하고, 나는 히다카와 이바, 그리고 우시마키와 함께 동아리방을 뒤로했다.

【이바 코우키】

내가 믿었던 행복은 너무나도 쉽게 무너져 내렸습니다.

아니, 그런 피해자 같은 생각은 잘못되었군요.

나는 절대 용서받을 수 없는 큰 죄를 지은 죄인이니까요.

고등학생이 된 나는 사랑에 빠졌습니다. 태어나서 처음 해보는…… 첫사랑이었어요.

아마다 테루히토…… 테루. 나를 고통에서 구해준, 세상에서 제일 다정하고 멋진 사람.

그렇지만 내 첫사랑에는 어려움이 많았습니다. 테루는 너무 인기가 많았기든요.

우시마키 후우카, 카니에 코코로, 히츠지타니 미와.

그 외에도 많은, 내게는 없는 매력을 가진 많은 여자들이 그를 좋아했습니다.

나를 포함해서 많은 여자가 그에게 접근했지만, 그 누구도 그의 연인이 되지 못했고, 그 역시 누구의 마음도 알아차리지 못했습니다. 테루에게는 좋아하는 사람이 있었으니까요.

히다카 미코토.

이렇게 아름다운 사람이 이 세상에 존재한다는 사실이 믿기지 않는, 그 모습을 보기만 해도 열등감에 사무치는 엄청난 미소녀입니다. 게다가 테루와는 소꿉친구 사이라고 하니 나 같은 건 상대가 될 리 없죠.

질투심, 열등감, 초조함. 온갖 추악한 감정을 품는 자신에게 진절머리가 나는 나날.

어느새 내 마음은 부서지면서 한 가지 생각을 품게 되었습니다.

이젠 테루의 연인이 되지 못해도 괜찮아. 곁에만 있을 수 있다면 그것만으로 만족해.

그런 생각에 이르자 히다카의 존재가 그렇게 고마울 수가 없었습니다.

그녀가 존재하는 한, 우리는 누구도 테루의 연인이 되지 못하죠. 즉 현재의 이 마음 편한 환경이 깨질 일은 절대 없다는 증거와도 연결되니까요.

다행히도 히다카에게는 테루가 아닌, 다른 좋아하는 사람이 있었습니다.

이시이 카즈키. 테루와 비교하면 도대체 어디가 그렇게 좋은 건지 이해가 안 되지만, 히다카는 그에게 강한 애정을 품고 있었답니다.

그 애정이 있기에 히다카의 마음에 테루가 들어갈 일은 절대 없었어요.

히다카 미코토와 이시이 카즈키. 나를 둘러싼 환경은 이 두 사람에 의해 지켜지는 셈이었어요.

첫사랑을 잃고 싶지 않아, 지금 환경을 지키고 싶어, 새로운 한 발을 내딛고 싶지 않아.

그런 소극적인 생각을 하고 있었던 건 비단 나 혼자만이 아니었어요.

우리는 굳이 대화를 나누지 않아도 어느새 손을 맞잡게 되었습니다.

이 환경을 지키기 위해 마음을 고백하지 말고 테루를 응원하자고요.

분명 언젠가 히다카는 테루의 매력을 깨닫고 그와 연인이 될 겁니다.

그래도 아직 시간은 있어요. 다행히도 테루는 '고등학교 졸업식 때 고백한다'고 했거든요. 적어도 히라사카 고교에 다니는 동안 우리의 행복은 보장된 셈이죠.

그렇다면 우리는 아무것도 안 해도 되는 겁니다.

졸업식 때 첫사랑으로부터도 졸업하고 새로운 한 발을 내디디면 되니까요.

그렇게 우리의 기간이 한정된 행복한 시간은 계속 이어졌습니다.

인간은 보람 있는 일을 할 때 가장 활기가 도는 법인가 봐요.

테루를 웃게 해주자. 거기에서 보람을 찾아낸 나는 헌신적으로 노력했습니다.

하지만 보람은 서서히 공포로 변질되어 갔습니다.

만약 테루를 웃게 해주지 못하면 나는 더 이상 그의 곁에 있지 못하게 될지도 몰라. 이 행복을 잃을 수도 있어. 그에게 미움받고 싶지 않아. 그를 실망시키고 싶지 않아.

그 감정에 사로잡힌 나는 서서히 잘못된 일에 손을 담그기 시작했습니다.

분명 잘못된 일이라고 말할 수 있는 첫 번째 행동은 키타미 사에 사건입니다.

키타미는 히다카의 친구였습니다. 그런 그녀의 존재로 인해 테루는 히다카와 교류할 시간이 줄었습니다.

"요즘 미코토에게 친한 친구가 생긴 것 같은데, 아무래도 고백하는 게 좋을까……."

그게 광기 어린 이상 행동이라는 것을 당시의 나는 깨닫지 못했습니다.

우리의 행복이 깨질지도 모른다는 공포에 정신이 나가서 당장 키타미를 모함했죠. 그리고 그녀는 교내에서 왕따를 당하게 되었고, 결국 전학을 갔습니다.

그녀가 떠난 후, 테루는 말했습니다.

"안타까운 결말이지만…… 미코토가 외로워하면 그만큼 내가 곁에 있어 줘야겠지!"

그렇게 말하며 웃는 얼굴의 위화감을 나는 성취감이라는 감정으로 덮어버렸습니다.

아닙니다. 테루는 순수하고 착한 사람이에요.

이런 생각을 하는 건 내가 추악한 인간이기 때문이지 테루는 그런 나와는 다릅니다.

깨끗한 테루가 더러워지지 않게 대신 내가 더러워지자.

그런 생각에 심취해 있었어요.

그 후에도 나는, 우리는 몇 번이나 잘못된 행동을 반복했습니다.

여럿이 함께 행동한 덕분에 죄책감마저 희미해졌는지, 테루의 행복을 가로막는, 그 어떤 잘못도 저지르지 않은 사람들을 몇 명이나 궁지에 빠뜨렸습니다.

우리가 그의 행복을 지켜준다며 그는 늘 웃어 주었어요.

그런데 언제부터일까요? 그 미소를 봐도 전혀 기쁘지 않게 된 건.

차근차근 쌓인 의문. 인정하고 싶지 않은 자신.

더는 되돌릴 수 없게 되었기 때문일까요.

하지만 아니었습니다. 이 단계에서는 아직 되돌릴 기회가 있었어요.

진짜 되돌릴 수 없게 된 것은 그 후…… 이시이 사건이 일어났을 때입니다.

어느 날, 테루는 히다카가 좋아하는 사람이 이시이라는 것을 알아차렸습니다.

"미코토에게 좋아하는 사람이 있으면 이제 나도 포기하고 새로운 사랑을 찾아볼까."

그동안 쌓인 의문은 전부 날아가고 순식간에 머리가 뜨거워졌습니다.

테루가 새로운 사랑을 시작한다. 그 상대가 나라면 얼마나 좋을까. 하지만 만약 다른 사람이라면?

졸업식까지 보장되어 있던 행복이 사라지게 되는 건 아닐까?

나만 그런 생각을 한 게 아니었습니다.

우리는 똘똘 뭉쳐서 이시이를 제거하기로 결심했습니다.

그를 의도적으로 도촬범으로 몰아서 왕따를 시킨 다음 전학을 가게 만든다.

괜찮습니다. 지금까지 한 일도 아무 문제 없었으니까요.

그렇게 해서 차근차근 준비를 해나가고 있었을 때입니다. 어느 날, 모카가 말했습니다.

"저기, 히메."

"왜 그래요?"

"있지⋯⋯. 혹시 테루는⋯⋯."

"쓸데없는 생각은 하지 말고 빨리 찍기나 하세요. 민망하단 말이에요."

나는 모카의 말을 끝까지 듣지 않았습니다.

아니에요, 그럴 리 없어요.

테루가 우리의 마음을 알아채고 이용하고 있다니, 절대 있을 수 없는 일입니다.

만약 그렇다면 지금껏 내가 해온 일은 뭐가 되는 거죠?

싫어요. 지금까지 믿었던 모든 것이 가짜라니, 결코 인정할 수 없어요.

그리고 우리는 이시이에게 누명을 씌웠습니다.

이제 이 일로 그가 전학을 가면 끝. 행복한 시간은 지켜냈다.

그렇게 생각했는데, 사태는 그것을 훨씬 뛰어넘는 비극으로 이어지고 말았습니다.

키타미 때와는 비교도 할 수 없이 처참하게 괴롭힘당한 이시이는 전학이 아니라 퇴학이라는 길을 선택했어요. 아니, 그것밖에 선택할 수가 없었습니다.

그의 부모님이 목숨을 잃으셨거든요.

그때 뜨거웠던 내 머리는 순식간에 식고, 지금까지 단단히 틀어막고 있던 죄책감이 봇물 터지듯 넘쳐흘렀습니다. 내가 도대체 무슨 짓을 저지른 거지?

"그딴 쓰레기의 가족에게 어울리는 결말이네."

히다카 고교에서는 다들 이렇게 떠들었습니다.

아니야. 아니에요……. 전부 제 잘못입니다…….

"죄송해요. 죄송해요. 죄송해요……."

절대 닿지 않을 사죄의 말을, 방에서 혼자 중얼거릴 수밖에 없는 나.

그 후, 고등학교를 퇴학한 이시이는 아르바이트를 시작했습니다.

단 하나 남은, 소중한 여동생을 지키기 위해.

그런데…….

"이시이의 여동생이, 죽었다고……?"

이 세상은 얼마나 잔인한지, 불행한 사람에게 더 큰 불행을 안겨줍니다.

결국 죄책감을 견디다 못한 나는 테루에게 말했습니다. 이시이를 도와달라고.

"이시이가 한 짓은 절대 용서 못 해. 게다가 히메는 제일 큰 피해자잖아. 네가 도와줄 필요는 없어. 괜찮아. 내가 널 지켜줄게……."

어째서죠? 곤경에 처한 사람을 절대 못 본 척하지 않는 사람이 당신 아니었나요?

애당초 이시이는 나쁜 짓은 하나도 하지 않았어요. 다 내가 잘못한 겁니다.

나는 굳게 각오하고 테루에게 다 말했습니다. 내가 해온 모든 짓을.

그러면 세상에서 제일 멋지고 착한 그가 이시이를 도와줄 거라 믿고…….

"히메는 너무 착한 게 탈이야. 그런 거짓말까지 하면서 이시이를 지켜주지 않아도 돼."

그 미소를 본 순간, 예사롭지 않은 구역질이 치밀어 올랐습니다.

인형을 보는 것처럼 차가운 눈. 거짓투성이 미소. 내가 좋아한 사람이 이런 사람이었나요?

확신하고 말았습니다.

그는 처음부터 모든 것을 알고 있었던 겁니다. 처음부터 우리를 이용했던 거예요.

평소 다정하게 웃는 모습은 모두 가짜.

모든 게 자기 뜻대로 된다고 생각하는 미친 남자.

그럼 나는? 미친 남자를 좋아해서 미친 짓을 저지른 나는?

그날부터 나는 테루…… 아니, 아마다 곁을 떠났습니다.

그를 좋아하던 마음은 산산이 흩어지고, 공포와 죄책감에 시달리는 나날.

마음 같아선 이시이를 도와주고 싶어. 하지만 그랬다간 이번엔 내가 표적이 될지도 몰라.

무서워. 무서워서 아무것도 못 하겠어. 누가 저 남자를 좀 말려줘. 누가 나를 좀 도와줘…….

나는 나 자신의 안위를 위해, 그 어떤 죄도 짓지 않은 이시이를 모른 척한 겁니다.

그리고 마침내 그날이 찾아왔습니다.

그날, 퇴학한 이시이가 히라사카 고교에 모습을 드러냈습니다.

앙상하게 마른 볼품 없는 모습으로 옥상에 간 그는 펜스를 넘었습니다.

안 돼, 그것만은 절대 안 돼. 나는, 우리는 달렸습니다.

하지만 이미 늦었습니다.

누구보다 먼저 도착한 히다카의 말도 이시이에게 닿지 않은 채, 그는 몸을 던진 것입니다. 히다카는 망연자실해 있는 우리를 눈물로 퉁퉁 부은 눈으로 노려보며 말했습니다.

"꺼져."

일주일 후. 나는 내가 저지른 잘못을 모두 끌어안은 채, 이 세상에 작별을 고했습니다.

◆ ◆ ◆

"……윽!! 또 그 꿈……."

눈을 뜨자 온몸이 땀으로 흠뻑 젖어 있었습니다.

그날…… 이시이가 우리가 꾸민 흉계를 막아서고 아마다의 진실을 밝힌 날부터 자주 꾸는 꿈.

나 때문에 죽은 이시이. 무서운 눈으로 우리를 노려보는 미코토.

그렇지만 꿈에 불과합니다.

그는 살아 있고 현재 두 사람의 관계는 양호하니까요.

그런 짓을 저지르는 바람에 호된 경험을 하긴 했지만, 사실 지금이 인생에서 제일 즐거운 시간인 것 같아요. 나는 나쁜 아이라 죄책감보다는 즐거움이 앞서니까요.

그러니 이런 얼토당토않은 꿈은…… 그냥 꿈, 이겠죠?

"그럴 리 없어요."

머릿속에 떠오른 뜬금없는 생각을 지워버립니다.

그런데도 내 가슴속에는 분명 죄책감이 존재하고, 동시에 강한 사명감 또한 존재합니다.

——당신은 이미 큰 잘못을 저질렀습니다. 이번에야말로 이시이와 히다카를 지켜주세요.

　마치 또 다른 내가 호소하는 것 같은 느낌입니다. 그렇지만 너무 황당한 내용이에요.

　이시이와 미코토를 지키라고요? 내가 왜 그런 일을 해야 하죠?

　침대에서 일어나 땀으로 젖은 잠옷을 벗습니다.

　시원한 해방감. 바람을 쐬면 더 기분 좋겠지만, 이대로 창문을 열면 부끄러운 모습을 만천하에 드러내게 되겠죠. 그런 건 모카에게 맡기기로 합시다.

　교복으로 갈아입기 전에 샤워부터 해야겠어요.

　그렇게 마음먹고 일단 편한 옷을 대충 꿰어 입고 방문으로 향합니다.

　문을 열다가 뒤를 돌아본 나는 웃으며 말했습니다.

　한 명밖에 없는 방에서, 있을 리 없는 또 하나의 나를 향해.

　"지키는 게 아니라 행복하게 해줄 거예요."

활동적인 히로인보다
무서운 것은 없다

그로부터 일주일. 아마다와 히츠지타니 사이에는 교류가 사라졌다.

이바와 우시마키는 처음부터 배신했으니 히츠지타니와의 교류도 없어지면 그야말로 완전한 히로인 소멸이다. 그렇게 되면 아마다에게는 안 좋은 일이 아닐까 했지만, 의외로 본인은 그 상황을 순순히 받아들이고 최근에는 우리 반에서도 비교적 눈에 띄지 않는 남학생 셋과 함께 어울려 다녔다. 첫 번째 인생에서는 나도 포함되었던 친하게 연합 멤버들이다.

그러고 보니 아마다는 예전에도 그 녀석들과 어울려 다녔지. 하지만 그런 감상보다 이번에는 아마다를 끝장내지 못했다는 후회가 앞섰다.

지금은 히로인을 잃고 얌전하게 지내고 있지만, 그 녀석은 절대 포기할 놈이 아니었다. 나뿐만 아니라 히다카와 유즈에게 다시 위해를 가하려 할지도 모른다.

하지만 어차피 나는 일개 고등학생. 아마다를 완전히 제거할 방법은 당연히 없고, 이번 문제를 잘 극복했다고 가슴을 쓸어내리는 게 고작이었다.

게다가 뭐, 인정하는 건 열받지만…… 이번에는 얻은 것도 많았으니까…….

◇ ◇ ◇

"그나저나 깜짝 놀랐어요. 이시이가 히츠지타니를 용서 하다니……."

점심시간, 야외 테이블에 모인 네 사람. 아마다가 돌아오기 전까지 모였던 멤버들이 이렇게 다시 모여 넷이 함께 점심을 먹고 있었다. 또 한 명은 조금 있다가 올 거다.

"난 유즈의 행복이 최우선이니까."

"정말 여동생한테 너무 약한 거 아니에요?"

"이 정도는 상식의 범주에 드는 거 아닌가? 이바야말로 무슨 말이야?"

"무슨 말을 해도 소용없다는 걸 깨달았네요."

제대로 사고를 친 히츠지타니였지만, 나는 그녀를 용서하기로 했다.

그 이유는 녀석의 음모를 밝힌 다음 날로 거슬러 올라간다.
……
…

"이시이, 유즈, 정말 미안해!!"

아침, 나와 히다카, 그리고 유즈가 집을 나서자 기다리고 있던 히츠지타니가 머리를 깊이 숙였다.

사정을 모르는 유즈 혼자만 고개를 갸웃거렸지만, 사실 이번 사건의 가장 큰 피해자는 유즈였다.

유즈가 사진을 찍힌 건 학교에서 집으로 돌아오는 길. 모르는 남자가 갑자기 나타나서 "돈을 줄 테니까 연락처 좀 가르쳐 줘"라고 말을 걸더란다.

당연히 그 자리에서 거절. 스토커가 그대로 냅다 뛰어서 도망치는 바람에 뒤에 몰래 숨어서 상황을 지켜보고 있던 우시마키와 이바는 당황해서 뒤를 쫓아갔다고 했다.

그때 히츠지타니에게 들킬 위험은 없었냐고 물었더니 "미코토에게 아무에게도 들키지 않고 배웅하는 방법을 배웠거든요"라는 대답이 돌아왔다. 배웅…… 음, 배웅이라.

"저기, 카즈. 무슨 일 있었어?"

나의 천사가 미간을 찌푸리며 물었다. 귀엽다. 너무 귀엽다.

"우리 천사를 타락시키려는 괘씸한 놈이 있어서 손을 좀 봐줬지. 유즈는 물러나 있어."

"아, 그래……."

평소와 같은 천사의 한숨을 만끽하고 있자 히다카가 유즈를 내 뒤로 감추었다.

어제 일을 생각하면 아마다와 히츠지타니의 관계는 끝난 것처럼 보였지만, 방심은 금물이었다.

지금 이것도 아마다를 위한 행동일 가능성이 있다.

그런 내 생각을 알아차렸는지, 히츠지타니가 겸연쩍은 표정으로 입을 열었다.

"처음부터 네 얘기를 진지하게 들어야 했는데……. 심한 짓을 하긴 했어도 그냥 어쩌다 그런 거겠지, 사실은 착한 사람이겠지. 그렇게 생각했던 내가 바보였어……."

"바보가 아니라 쓰레기겠지. 어디서 피해자인 척 굴어, 이 가해자야."

"냉정하네……. 하긴 틀린 말은 아니지……. 나처럼 한심한 인간은 없을 거야. 남자를 이용할 수 있는 특별한 존재라고 착각하면서 오히려 이용이나 당하고 있잖아. 그래도 이젠 아니야. 지금까지 방송을 도와줬던 사람들과는 모두 인연을 끊었고, 아마다에게도 『이제 가까이 가지도 않을 테니까 너도 가까이 오지 마』라고 말했어."

"아, 그래."

히츠지타니가 진실을 말하고 있다는 보장이 없는 이상, 아무래도 상관없는 정보다.

그래도 신빙성은 높을 것이다. 첫 번째 인생에서 히로인들은 아마다가 아무리 둔해도(둔한 척해도) 절대 아마다에게 화내지 않았다.

본인이 없는 곳에서도 적대적인 발언은 결코 하지 않았으니까.

"어제 너희가 돌아간 후에 그 자식이 뭐라고 했는지 알아? 『미안해, 미와. 이시이와 다른 애들이 있어서 그렇게 말할 수밖에 없었지만, 난 미와 네 편이야』라고 하더라구."

"완전 재수 없네."

"그치? 그냥 솔직하게 『순간적으로 무서워서 도망쳤어』라고 했으면 그나마 다행인데 그것조차 없더라고. 그딴 인간을 좋아했던 시간을 돌려받고 싶을 정도야."

"이야기는 다 했냐? 네가 우리에게 아무 짓도 할 생각이 없다면 어찌 되든 알 바 아니지만, 앞으로는 말도 걸지 마. 짜증 나니까."

거기까지 말하고 유즈, 히다카와 함께 걸음을 떼려고 했다.

그런데 바로 직전에 히츠지타니가 불러 세웠다.

"잠깐! 본론은 이제부터야! 실은 사과의 의미로 주고 싶은 게 있는데……."

"응?"

"유즈, 이거, 받아주면, 안 될까?"

"……!"

히츠지타니가 가방에서 꺼낸 물건을 본 순간, 유즈의 눈빛이 변했다.

"이거, 내가 가지고 싶었던 한정판 화장품! 합리적인 가격 덕분에 인기가 많아서 구하기가 하늘의 별 따기였는데…… 정말 내가 받아도 돼요?!"

"응. 알다시피 방송에서 이런저런 이벤트도 많이 하잖아? 그중 한 회사가 이 화장품을 판매하는 회사와 잘 아는 사이라서 나눠 주신 거야……."

"와아! 고마…… 앗."

그 순간 이성을 되찾았는지, 유즈가 곤혹스러운 눈빛으로 나를 쳐다봤다.

그 모습이 너무 사랑스러워서 나는 바로 고개를 끄덕였다.

……

…

그런 일이 있었던 고로, 이번만큼은 히츠지타니를 용서하기로 했다.

내가 천사(유즈)에게 약한 걸 알고 그 점을 노린 방법이었지만, 그래도 유즈를 웃게 만들었으니 물러나는 수밖에 없다.

뭐, 용서 여부와 관계없이 내가 그 이상 히츠지타니에게 뭔가를 할 수 있는 것도 아니니까.

그렇다면 유즈의 미소라는 이익이라도 챙기는 게 낫다.

"사정은 잘 알겠지만, 그녀는 당신을 함정에 빠뜨리려고 했어요. 방심은 금물이에요."

"나도 알아. 그래서 경계도 게을리하지 않고 있어. 너도 포함해서."

"알겠습니다. 그럼, 더 많은 신뢰를 얻기 위해 내가 히츠지타니를 처리하도록 하죠."

"됐어! 네가 그렇게 말하면 진짜 위험한 짓이라도 할 것 같아서 무서우니까!"

물론 또다시 우리 가족이나 히다카에게 무슨 짓을 하려고 했다간 가만히 두지 않겠다고 했지만, "이젠 나도 그쪽 편에 서고 싶어"라며 단숨에 거리를 좁혀오는 바람에 단호하게 거절. 어딘가 씁쓸한 미소를 지으며 히츠지타니는 자리를 떠났다.

최근 히츠지타니는 남학생들 사이에서는 여전히 인기가 많지만, 아마다와 거리를 두고 스토커 문제까지 해결되면서 여학생들과 어울리는 시간이 더 늘어났다.

단, 주로 어울려 다니는 건 카니에가 속한 그룹과는 다른 그룹이라서 1학년 C반에는 두 개의 여학생 파벌이 탄생했다(파벌 싸움을 하는 건 아니지만).

어쨌든 아마다의 히로인에서 완전히 벗어난 과거의 소꿉친구 히츠지타니는 지난 생의 이바 무리처럼 비참한 상황에 처하진 않았으니, 비록 아마다와의 연애는 포기하게 되었어도 그럭저럭 즐거운 학창 시절을 보낼 수 있지 않을까 싶다.

"저기, 이번엔 정말 고마웠어. 우시마키, 이바."

식당의 야외 테이블에서, 나는 일주일 만에 두 사람에게 감사 인사를 전했다.

첫 번째 인생에서는 나를 지옥에 빠뜨린 이바와 우사마키였지만, 이번 사건에서는 이 두 사람이 없었다면 나는 분명 아마다의 계략에 빠졌을 것이다.

히다카와 떨어질 것인가, 아니면 유즈를 버릴 것인가, 하는 양자택일을 강요받다가 둘 중 어떤 것을 선택해도 결국엔 최악의 결말이 찾아왔을 게 뻔했다. 하지만 우시마키와 이바 덕분에 그 미래를 피할 수 있었다.

"아뇨, 신경 쓰지 마세요. 모든 게 다 완벽했던 건 아니니까……."

이바가 깊은 한숨을 흘렸다.

"그래?"

"네. 특히 미코토에게는 미안한 마음뿐이에요……."

아무리 일부러 그런 거라도 이바가 히다카를 궁지로 몰아넣은 건 사실이니까.

할 수만 있다면 히다카의 입장을 불리하게 만들지 않고 이번 사태를──.

"우리가 다 거리를 두면 이시이가 본격적으로 히다카에게 의존하게 되지 않을까 기대했지만, 예상보다 더 두 사람의 거리는 좁혀지지 않더라고요……. 내 계획에 따르면 두 사람은 이미 아이까지 만들어야 했는데……."

"그런 노력은 하지 마! 도대체 그런 쓸데없는 계획은 왜 세우는 건데!"

"이시이와 조금은 친해졌다고 생각했는데, 내 생각이 안이했던 것 같아요. 더 친해질 수 있도록 앞으로도 최선을 다해 노력할게요."

"괜찮아, 히메. 너희가 다 떠나가니까 카즈뽕도 쓸쓸해했어. 더 이상 새 글이 안 올라오는 단톡방을 몇 번이나 들여다보곤 했거든."

"히다카, 어떻게 그런 것까지 아는 건데!"

"흐음. 나처럼 적극적인 노력가에게 그 정도는 아무것도 아니야!"

그러니까 네가 무서운 거라고.

"더 이상 새 글이 올라오지 않는 단톡방 얘기만으로도 답

례는 이미 충분해요."

이바는 입안 가득한 계란말이를 즐겁게 씹으며 그렇게 말했다.

"맞아, 맞아! 우리가 예전에 한 짓도 있으니까 이 정도는 신경 쓰지 마! ……그나저나 우리가 없어서 진짜 외로워했어? 호오~."

우시마키가 그 옆에서 히죽거리는 걸 보니 괜히 화가 났다.

"그래도 이런 말은 직접 해야 하는 거니까. 최근에, 그 뭐냐…… 이상한 게 붙어 있어서 말하기 좀 그랬잖아."

"……그 심정, 이해합니다."

내가 이렇게 두 사람에게 직접 고맙다고 말하는 게 늦어진 건 츠키야마가 늘 옆에 있었기 때문이었다.

방과 후 일어난 사건에 대해 모르는 츠키야마 앞에서 두 사람에게 고맙다고 하면 히츠지타니 일이 알려지게 된다. 우리에겐 딱히 나쁠 일도 없지만, 히츠지타니는 곤란해질 수밖에 없었다.

"그런데 츠키는 왜 그렇게 된 거야? 예전에는 좀 더—."

"우시, 내 허락 없이는 카즈뽕에게 말 걸지 마."

"말 거는 것 정도는 괜찮잖아!"

그리고 지난 일주일 동안 히다카의 인간관계에도 조금이 긴 하지만 변화가 생겼다. 키타미와도 여전히 사이가 좋지만, 거기에 한 명 더, 이바와도 친해진 것이다.

그 증거로 아까부터 서로 이름과 애칭으로 부르고 있었다.

"히메는 봐줄게. 하지만 우시는 안 돼."

"후후후. 고마워요, 미코토."

하필이면 첫 번째 인생에서 나를 모함에 빠뜨리고, 두 번째 인생에서도 말도 안 되는 짓을 저지른 이바와 친해지다니……라며 당황도 했지만, 히다카가 믿을 수 있다고 판단한 사람이라면 분명 믿을 수 있을 것이다. 실제로 이번에는 도움도 많이 받았고.

"모카, 당신은 그 쉬운 여자 체질부터 어떻게 좀 하는 게 어때요?"

"왜 내가 쉬운 여자야?! 이시이 일만 해도 히메가 멋대로 떠드는 거잖아! 히다카를 방해할 생각은 없고, 처음부터 포기했단 말이야!"

"포기했다?"

히다카의 눈이 날카롭게 빛났다.

"……핫!"

"역시 우시는 우시."

"읏! 으으으으으!!"

눈물을 글썽이는 우시마키와 고개를 홱 돌리는 히다카.

그 모습을 보고 있던 이바가 불온한 미소를 지으며 말을 걸어왔다.

"이시이, 모카와 미코토 사이에 우정을 싹틔우기 위해서도 이참에 히다카와 연인 사이가 되는 건 어떨까요?"

"그런 이유로 연인 사이가 되고 싶진 않거든!"

일단 히다카와 우시마키 사이에 우정이 싹트려면 아직 시간이 더 걸릴 것 같았다.

하지만 이건 이것대로 사이가 좋은 편 아닌가 하는 생각도 들었다.

"그렇군요. 그럼 다른 이유라면 연인이 되고 싶다?"

"그렇게 쓸데없는 말만 골라서 하는 것도 진짜 재주다!"

"역시, 히메. 굿 잡."

히다카에게는 좋은 친구일지 몰라도 내게는 한없이 거추장스럽기만 한 이바다.

앞으로 히다카와의 사이에 더 이상 진전이 없으면 계속 이 말을 듣게 되는 걸까…….

그런 미래에 넌더리를 내고 있자 조금 떨어진 곳에서 내 불안을 날려버리는 더 큰 불안이 돌격해 왔다. 츠키야마다.

"늦어서 미안해!"

"자, 점심은 다 먹었으니까 다들 교실로 돌아가자."

"응." "알겠어요." "오케이."

"난 이제부터 먹을 건데?!"

요즘 들어 츠키야마는 도시락이 아니라 학생 식당에서 밥을 먹는 일이 많아졌다. 본인 왈, "카즈키이의 절친으로서 평범한 밥의 맛도 알아둬야 하니까"라고 한다.

의도치 않게 돈 자랑을 하며 과시하는 게 묘하게 화가 났다.

"아, 맞다. 여름방학 말인데, 언제 갈래?"

츠키야마가 고등어 된장조림 정식을 먹으며 이해할 수 없는 발언을 했다.

"무슨 얘기야?"

"별장 말이야, 별장! 전에 우리 아빠 별장에 가자고 했잖아."

그러고 보니 그런 얘기를 했었지. 가겠다는 말은 한마디도 하지 않았지만.

"여름방학엔 알바를 잔뜩 할 생각이야. 그러니까—."

"카즈뽕, 잠깐."

그때 뜬금없이 히다카가 끼어들었다. 이유는 모르겠지만, 눈이 예사롭지 않게 빛나고 있었다.

"저기, 실망이. 그 별장, 사용하려면 돈이 들어?"

"음~. 교통비 정도는 있어야겠지만, 별장은 마음대로 사용해도 돼."

"흠……."

첫 번째 인생에서는 여름방학 때 아마다 일행이 별장에 갔었지.

전형적인 수영복 에피소드, 장소는 오키나와.

함께 간 히로인들과의 러브 코미디는 물론, 현지 소녀들과도 러브 코미디를 즐겼던가? 아마다는 가는 곳마다 사건을 일으키니까.

"카즈뽕, 나 가고 싶어."

"……에?"

"오옷! 그렇지, 히다카아! 여름방학에는 역시 절친과 지내고 싶지!"

깜짝 놀랐다. 내 일에 있어서는 적극적으로 행동하지만, 이런 종류의 일에서 자기 뜻을 명확하게 밝히는 건 상당히 드문 일이었다. 내가 싫어한다면 절대 아무 말도 하지 않았을 것이다.

그런데도 히다카는 자기 의견을 확실히 밝혔다.

"어때, 카즈키이. 히다카아가 가고 싶다는데 너도 갈 거지? 응?"

"뭐, 히다카가 가고 싶다면……."

"좋았어!"

나는 어안이 벙벙한 채로 히다카의 부탁을 순순히 받아들였다.

물론 귀찮긴 하지만, 뭐, 그…… 바다는 여러 의미에서 기대되니까.

"그나저나 깜짝 놀랐어. 히다카아가 흥미를 보일 줄은 몰랐거든……."

"한여름의 추억은 소중하지. 설마 이렇게 딱 맞는 장소가 있을 줄은 몰라서 나도 깜짝 놀랐어."

"응? 그게 무슨……."

"호텔 츠키야마. 카즈뿅과 한여름의 추억(기정사실)."

"우리 아빠 별장을 어디에 사용하려고?!"

이 여자는 도대체 무슨 생각을 하는 걸까.

바다를 기대하고 있었던 건 사실이지만 거기까지 바라는 건 아니다.

"잠깐, 츠키! 나도! 나도 갈 거야!"

"혼자만 소외되는 건 싫으니까 나도 같이 가겠어요. 안심하세요, 미코토. 호텔 츠키야마에는 숙박 외에도 대실이라는 멋진 시스템이 있으니 그쪽을 활용하도록 하죠."

"더할 나위 없이 완벽해. ……좋아."

"아버지 별장에 그런 시스템은 없거든!"

떠들썩한 츠키야마와 우시마키의 목소리. 괜히 기합을 넣는 히다카와 조용히 미소 짓는 이바.

확실히 변한 두 번째 인생, 두 번째 학교생활.

어쩌면 현재 나를 둘러싼 환경이 바로 아마다가 원했던 게 아닐까 생각하니 아주 조금이긴 해도 우월감이 느껴졌다.

◇ ◇ ◇

"오키나와에 가는 건 좋지만, 방은 따로 쓸 거야."

"알았어. 그런데 카즈뽕, 수영복은 섹시한 스타일과 청순한 스타일 중에 어떤 게 더 좋아?"

"……청순한 스타일."

"알았어. 둘 다 들고 가서 단둘이 있을 때는 섹시한 스타일로 입을게."

"히다카, 너무 적극적인 거 아니야?"

알바를 마치고 돌아가는 길, 내 생각을 정확하게 읽은 히다카의 말에 전율하는 나.

그런데 설마하니 첫 번째 인생에서는 조연이었던 내가 츠키야마의 별장에 가게 될 줄은 몰랐다.

　뭐, 그건 그렇다 치고.

　"저기, 히다카. 이번에는 미안했어. 불쾌한 역할을 맡게 해서……."

　"무슨 말이야?"

　"그 왜, 히츠지타니가 준비한 스토커 역할 남자와……."

　"후후. 그 정도는 아무것도 아니야. 다 카즈뽕을 위한 일인걸."

　히다카는 진심으로 그렇게 생각해서 하는 말일 것이다.

　지난번에도 그랬지만, 이번에도 나는 히다카에게 도움만 받았다.

　처음에 나는 이바와 우시마키가 진짜 우리를 배신하고 다시 아마다에게 붙은 줄 알았다.

　그 녀석들은 첫 번째 인생에서 나와 우리 가족을 철저하게 궁지로 몰아넣은 놈들 중 두 명이었다.

　이번에도 친해진 척하면서 언젠가 복수할 기회를 노리고 있는 거라 단정 짓고, 그 녀석들에겐 절대 마음을 열지 않고 신용하지도 않기로 했다.

　만약 내가 계속 그런 생각을 가지고 있었다면 분명 최악의 결말을 맞이했을 것이다.

　유즈는 학교에서 왕따를 당하다가 결국 다시 목숨을 잃게 되었을지도 모른다.

하지만 그런 미래는 사라졌다. 히다카가 이바와 우시마키를 믿어줬기 때문에.

"……."

"카즈뽕?"

나도 히다카를 위해 뭔가 하고 싶다.

자의식 과잉일지도 모르지만, 히다카가 나에게 무엇을 원하는지도 잘 알고 있었다.

하지만 역시 그 한 발을 내디딜 수가 없었다. 이번 일로 뼈저리게 깨달았기 때문이다.

아마다는 포기하지 않았다. 오히려 예전보다 더 과격해졌다.

나뿐만 아니라 유즈에게까지 해를 가하려 했다.

그렇게 위험한 남자를 자극하고 싶지 않았다.

"그렇게 불안해하지 않아도 돼."

"에?"

"그 녀석은 무진장 성가시고 나도 무서워. 하지만 우리는 더 이상 둘만 있는 게 아니야. 히메와 츠키야마, 내키진 않지만 우시도 있잖아."

아마 히다카는 내가 이번 아마다 사건으로 인해 불안해하는 줄 알 것이다.

평소에는 무서울 정도로 날카로우면서 중요할 때는 둔한 히다카가 조금 신기했다.

"그럴지도."

두 번째 인생. 혼자 지내려던 내 주위에는 어느새 많은 친구들이 생겼다.

게다가 그게 다 저번 인생에서 적대적이었던 녀석들이니, 이보다 더 아이러니한 일이 또 있을까.

그래도 첫 번째 인생에 비하면 훨씬 즐거운 인생이다…….

그러니…… 나도 용기를 내보자.

"저기, 히다카."

"왜 그래?"

갑자기 내가 말을 걸자 히다카는 눈을 깜빡거렸다.

지금도 나는 중요한 한 발을 내디디지 못하고 있다. 그래도 조금이라면…….

"손, 잡지 않을래?"

"……!"

깜짝 놀란 히다카의 눈이 동그래졌다.

그래도 그 눈은 내가 내민 손에서 절대 떨어지지 않았다.

그대로 조심스럽게 천천히, 내가 내민 손을 향해 손을 뻗더니 중지끼리 살짝 부딪쳤다.

"잡아, 줄래?"

이미 알고 있는 온기인데도, 그것은 왠지 더 특별하게만 느껴졌다.

작가 후기

안녕하세요, 라쿠다입니다.

이렇게 2권을 구매해 주셔서 감사합니다.

개인적인 일이지만, 이번 작품 발매에 맞춰서 SNS를 본격적으로 시작했습니다.

지금까지는 좋아하는 작품의 애니메이션화가 있을 때만 활발하게 사용하고 그 외에는 가끔 생각난 것처럼 리트윗하는 정도로만 사용했었거든요.

'작가는 작가의 인간성이 아니라 작품의 재미로 승부를 봐야 하는 게 아닐까?'라는 개인적인 갈등 때문에 SNS 이용에 소극적이었던 거죠.

그런데 참 각박한 세상이지 뭐예요. 예전에 비해 서점의 수가 급격히 줄어드는 바람에 제 책의 존재를 알릴 기회 또한 급감한 거예요. 그래서 아무리 재미있는 작품을 만들어도 아무도 알아주지 않으면 의미가 없다는 결론에 도달하면서 여전히 익숙하지 않지만 SNS를 이용하기로 결심했습니다.

제가 학생일 때는 매월 10일에 친구와 함께 서점에 가서 잘 진열된 전격 문고의 책 중에 내가 읽고 있는 작품의 속간과 새로 발굴한 신간 몇 권을 사곤 했는데, 지금은 그런 사람도 많이 줄었겠네요. 슬프지만 이게 시대의 변화겠죠.

변화하는 환경에 적응하지 못하면 사라진다. 새로운 형태를 모색해 나가야 할 것 같습니다.

자, 여기서부터는 스포가 있을지도 모르니 주의해 주세요. 이번 작품의 주제 중 하나도 '환경 구축'에 관한 것입니다. 1권에서 다양한 환경을 파괴한 카즈키와 미코토가 2권에서는 새로운 환경을 구축합니다.

그 환경을 다시 파괴하려는 사람이 있으면 지키려는 사람도 있죠.

일종의 생존 경쟁인지도 모르겠네요(장르는 아마도 러브코미디 아닐까요?).

그럼, 마지막으로 감사 인사를 드릴 차례입니다.

'주인공의 소꿉친구가 조연인 내게 엄청 들이댄다 2권'을 구매해 주신 여러분, 진심으로 감사드립니다. 너무 살벌한 것 같아서 좀 더 훈훈한 요소도 넣고 싶어요!

코무피 님, 멋지고 훌륭한 일러스트, 감사합니다.

이번 일러스트 중에 제가 제일 좋아하는 건 권두화에 나오는 이바의 교활한 미소입니다. 처음 본 순간, "이거지이이이이이!"라며 무척 감동했답니다.

담당 편집자 여러분, 이번에도 힘써주셔서 감사합니다.

라쿠다

SHUJINKO NO OSANANAJIMI GA, MOBU NO ORE NI GUIGUI KURU Vol.2
©Rakuda 2025
Edited by 전격 문고
First published in Japan in 2025 by KADOKAWA CORPORATION, Tokyo.
Korean translation rights arranged with KADOKAWA

주인공의 소꿉친구가 조연인 내게 엄청 들이댄다 2

2025년 11월 15일 1판 1쇄 발행

저　　　자 라쿠다
일 러 스 트 코무피
옮 긴 이 권미량
발 행 인 유재옥
이　　　사 조병권
편 집 부 정영길 조찬희 박치우 이소의 정지원 최유정 김혜주
디자인랩팀 김보라 전세연
디지털사업팀 김지연 윤희진 장혜원
라이츠사업팀 김정미 이지현 유아현
영업마케팅팀 최원석 윤아림
물 류 팀 백철기 이새롬
경영지원팀 최정연
인쇄제작처 ㈜코리아피엔피
발 행 처 ㈜소미미디어
등　　　록 제2015-000008호
주　　　소 서울시 마포구 토정로222, 502호 (신수동, 한국출판콘텐츠센터)
판매 및 마케팅 (070) 8822-2301

ISBN 979-11-384-8837-2
ISBN 979-11-384-8763-4 (세트)